ことのは文庫

魔女は謎解き好きなパン屋さん

―吉祥寺ハモニカ横丁の幸せな味―

湊祥

MICRO MAGAZINE

Contents

魔女は謎解き好きなパン屋さん

—吉祥寺ハモニカ横丁の幸せな味—

1. 魔女のいるパン屋

「うっま……」

自然と凛弥の口からは、そんな声が漏れてしまった。

なぜ自分は、今までこのパン屋を訪れなかったのだろう。もうこの地に住んでから二年以上も経つというのに。その間、なんと無駄な時間を過ごしていたのか。

「ふんわりしていておいしそうだ」と思って選んだミルクティーブリオッシュをひと口かじった瞬間。本能的に称賛の言葉を放ったのと同時に、凛弥の脳内に勢いよく流れ込んできたのは、十数年前の記憶だった。

――幼い頃の霞がかった思い出。カーテンが半開きの窓からのぞく寂寥感漂う夕焼け、薄暗く殺風景な部屋。そしてちゃぶ台の上には、柔らかく、穏やかな味のデニッシュパン。

両親不在のひとりきりの夕食で、絶品のパンに舌鼓を打っていたあの頃の光景を。

現在、大学生の凛弥が借りているアパートは、吉祥寺駅北口から徒歩十分ほどの場所だ。

本当は大学がある南口方面に住みたかったが、そちらはこの辺ではセレブ地域と称されている。家賃相場が少々……いや、かなり凛弥の予算を上回っていたため、泣く泣く諦めたのだった。

アパートから大学までは少し時間がかかるが、駅にはまあまあ近いし、安い弁当屋やスーパーなんかもいくつかあり、それなりに住みやすく気に入っている。

そして吉祥寺北口といえば、飲食店や居酒屋をはじめ、和菓子屋、魚屋、花屋など、さまざまな商店が軒を連ねている、通称ハモニカ横丁が有名だ。

太平洋戦争後の闇市がルーツらしい、このレトロでどこかディープな通りは、いつも地元民や観光客で賑わいを見せている。

引っ越し初日。平日だったにもかかわらず、ハモニカ横丁も吉祥寺のメインストリートであるサンロードもかなりの人の往来があって「さすが都会だ」と感心した覚えがある。

さらに休日は、まっすぐ歩くのが難しいほど殷賑(いんしん)を極めていた。「祭りでもやってんのかな」と凛弥が素で思ってしまったほどに。

そんな風にこのあたりの人の密集具合に驚いていた、ひとり暮らしを始めたばかりの頃。凛弥は都会気分に浮き立って何度かハモニカ横丁に通った。

しかし、地元に古くから住んでいる同期生に、

「ハモニカ横丁？　あんまり行かないねー。ごちゃごちゃしてるし、観光客とか飲食店の常連ばっかで落ち着かないし。なんだかんだでスタバとかのチェーン店に行っちゃうな」

と言われてから、妙に冷めてしまった。

上京したからにはとりあえず有名どころに行って都会に慣れようと試みたが、まさにそれはお上りさんの思考だったのだ。住みたい街ランキングで例年上位にランクインする吉祥寺の通りを、素知らぬ顔で闊歩するのが都会の人間というものらしい。

もともと、流行りものには興味の薄い凛弥だ。大学生活を始めて数か月もすれば、大学と、近所のスーパーとコンビニと、何軒かの弁当屋とパン屋と、井の頭公園とその近くの道場が、主なテリトリーとなった。

井の頭公園は凛弥にとって癒しの空間だった。吉祥寺駅南口から徒歩十分程度で到着するその公園は、都会らしくない広大な敷地を有している。公園の中央には東西に延びる大きな池があり、休日にはボートがたくさん浮かぶ。住民や観光客の憩いの場所として有名だ。

講義の合間や休日、その池を眺めながら、公園の売店で購入した三色団子やホットスナックを食べてぼんやりするのが、凛弥のお気に入りの過ごし方だった。

ハモニカ横丁には、地元の友人が遊びに来て「行きたい!」と言われた時に案内する──そんな機会にしか足を踏み入れなくなった。

しかし本日は、その雑多なストリートを凛弥は歩いていた。大学構内の道場での稽古のあと、柔道サークルメンバーの一樹の家に立ち寄ったためだ。彼が前々からおすすめしていた、全三巻の少年漫画を受け取りに。

明日大学に持っていこうか?と一樹に提案されたが、本日日曜の午後は何も予定がない。

午前中にあった柔道の稽古で適度な疲労を覚えていることもあり、ワンルームでスナック片手に漫画を読んでダラダラするという、至高の時間を凛弥は過ごしたかったのだった。

一樹の家から凛弥の自宅までは、吉祥寺駅を経由して横丁を突っ切り、武蔵通りに出るのがもっとも近道だった。

——腹が減ったなあ。

ハモニカ横丁のちょうど中心部を歩いていた時。ふと強い空腹感に凛弥は襲われた。きっとそれは、不意に漂ってきた香ばしい匂いによって促されたものだろう。

匂いの出所に目を向ける。今まで通ったことのない横道だった。

半分外にはみ出しているような飲み屋や食事処が多いこの界隈では珍しく、お洒落な雑貨屋や古着屋が軒を連ねている、かわいらしい雰囲気の通りだった。

そしてその雑貨屋と古着屋の間の店から、その魅力的な匂いは漏れているようだった。

ヨーロッパの街の一角にでもありそうな、カントリー調の外観の小さなパン屋だった。

猫のシルエットの隣に、「ベーカリー・ソルシエール」とゴシック体で描かれた看板がかけられている。

——ソルシエールってどういう意味だっけ。

第二言語として履修しているフランス語で聞いた覚えがあるが、意味は思い出せない。

ベーカリー・ソルシエールのガラス扉の向こうには、オープンディスプレイの形でさまざまな種類のパンが陳列されていた。

幼少の頃の境遇から、パンに目がない凛弥は迷わずに入店した。

無垢(むく)の木の床にオレンジがかった白熱灯の電球が、店内全体に温かみを与えていた。

こげ茶色の木材のトレイの上にはさまざまな種類のパンが並び、それぞれに美しい手書きの字でパンの名前と値段が書かれたプレートが置かれ、そこには主な原材料とアレルギー表記まで記載されていて、お店の人の親切さを感じられた。

そして適当に三つパンを選び、アールグレイティーと一緒にイートインスペースで味わうことにした。テーブルと椅子も、素材は柔らかな雰囲気のある木材で、初めて訪れた店にもかかわらず、妙な懐かしさを凛弥に与える。

小さいがサンルーム席もあり、小型犬を連れた女性客がパンを食べていた。

サンルームだけペットOKなんだなと思いながら、凛弥がひと口ミルクティーブリオッシュをかじった瞬間。懐かしい記憶が蘇ったのだった。

両親共働きで、鍵っ子だった小学生時代。「ひとりで寂しい」なんて、よくある家族ドラマのいたいけな子供のような気持ちになったことは無い。ゲームはやり放題、漫画も読み放題、宿題しろだなんて小言も言われない。子供らしい自由を最高に謳歌していた。

まあ、忙しいなりに両親がちゃんと凛弥を愛してくれているという実感があったからこその余裕だったのだな、と今となっては思う。

何より、凛弥には楽しみがあったのだ。高学年になった頃だ。テーブルの上に五百円玉が置いてあり、夕飯を好きに買える日があった。

その時に決まって向かうのが、近所のパン屋だった。

不愛想な老人の店主からは想像できないほどの、柔らかく、優しく、ひと口噛んだだけで幸福感に満たされるパンたちが、その店には並んでいた。

一緒に食べる相手がいなくても、皿やカトラリーがなくても、出来立てでも冷めていても、パンはいつだって、どんな場所で食べたって、おいしかった。

そんな経験があるためか、凛弥はパンを完璧な主食だと思っている。まあ、日本人の遺伝子がそうさせるのか、ご飯ももちろん好きだけれど。

その懐かしい味を、ふらりと入った吉祥寺のパン屋はなぜか思い起こさせてくれた。一体どうしてなのだろう。単純に味が絶品だから？　いや、おいしいだけのパン屋ならば他にもある。しかしなぜか、過去の記憶を蘇らせたのは、ここのパン屋だけだ。

ふと気になって、店内を見渡してみる。――すると。

「加賀見（かがみ）ちゃん！　ありがとうね」

先ほど凛弥の会計をしてくれた店員が、常連らしい中年の女性に話しかけられていた。視線をレジに落としていた店員は顔を上げると、にこりと微笑む。

年の頃は凛弥より少し上くらいだろう。

真っ黒で艶のあるストレートヘアーをポニーテールにし、前髪はフルで下ろしていた。大きく切れ長の漆黒の瞳に、線の美しい鼻梁（びりょう）、形の良い唇にはグロスが薄く塗られている。目鼻立ちの整った、かなりの美人だった。しかし彼女の微笑みからは美しさ以上の魅力を凛弥は感じ取った。

　Tシャツに黒のスキニーパンツ、店名が入った紺色のエプロンという、機能性を重視した服装に、飲食店の店員らしいまとめ髪。色気のある装いでは全く無い上に、控えめでしとやかな笑顔。だが、しゃんと伸びた背筋や、いちいち揃えられる指先、大きな双眸に宿る深い光からは、底知れない色香が滲み出ていた。

　本人が意識してそれを発しているようには見えなかった。しかし所作のすべて、表情のひとつひとつにいちいち惹きつけられるのだ。きっと生来のもので、彼女もあずかり知らぬところだろう。

　——加賀見さん、というのか。

　他に店員の姿は見つからない。ということは、彼女がこの店の店主らしい。凛弥にはちょっと信じられなかった。どんなに多く見積もっても、二十代後半には届かない。

　パン屋になる過程について凛弥はよく知らないが、専門学校を卒業して数年修業して、ひとり立ち……という流れならば、それくらいの年で店を構えることは不可能ではないのかもしれない。

「あ、見つかったんですか？　眼鏡」

「そうなのよー！　加賀見ちゃんの言った通り、ドラッグストアに問い合わせしたらあったのよ！」

「いえ、たいしたことではありません。菊池さんはお化粧が好きですから、サンプルを試している時にもしかしたら外したのではないかと思いまして」

中年の女性に、透明感のある声で受け答えをする加賀見。声すらも魅惑的だった。

しかし、静かだがはっきりと喋(しゃべ)るその様に、店に対する誇りのようなものをほのかに感じた。やはり彼女のお店なのだろうと凛弥は思った。

「さすが加賀見ちゃん！　本当に魔法が使えるみたいね～」

手放しで褒める素振りの中年女性に、加賀見は「いえ、ちょっとした推理が当たっただけですよ」と謙遜する。

その会話を聞いていた凛弥は、はっとさせられた。

――魔法が使える、だって？

『凛弥先輩、知ってるすか？　吉祥寺には魔女のいるパン屋があるんすよ』

随分前に、後輩の和華(わか)が言っていた言葉を凛弥は思い出した。どういうことなのか聞いてみたら、魔女はとても美しく、お客さんの悩みを魔法のように解決するんだとか。

『まあ、自分が行った時は魔女っぽいところは見られなかったんすけどね。あ、ちなみにパンは激うまでした』

そう言われて、その時はとても魔女について気になったことを凛弥は思い出した。

しかし直後に丁度テストとレポート地獄になったことと、大学近くにおいしいパン屋が数軒あることで「行きたい」という熱が冷め、いつの間にか忘失してしまっていた。

――ここが噂の魔女のパン屋だったのか。そう言えば「ソルシエール」ってフランス語で「魔法使い」って意味だったな。

確かに店主は美人だし、内面から滲み出る妖艶さは、どこかミステリアスでもある。だがパン屋の魔女は、一般的にあやしいイメージのある魔女らしくもなく、きびきびと動いていた。加賀見が笑うと、その周囲が華やかになり自然とこちらも口元が緩む。

——本当にきれいな人だ。っていうかぶっちゃけ好みなんですけど。

……と思ったところで、何を考えているんだ俺は、と凛弥は我に返ってアールグレイティーをすすった。

そしてほんのり甘苦いミルクティーブリオッシュを食した後、一緒に買ったカレーパンをかじる。辛すぎず甘すぎず、あらびき肉に絡んだカレーが後を引くおいしさだ。パンの生地はカリカリで、食感も楽しい。

すると今度は高齢の男性が入店した。彼の姿を認めると、加賀見は再び笑顔を向ける。

「重野さん。いつもありがとうございます」

「いやいや～。こちらこそ、いつもおいしい食パンをどうもね～」

「いえ。今日も六枚切りで大丈夫ですか？」

「うん、もらうよ。……あ、そうそう。加賀見さんのいう通り、妻は俺に内緒で料理教室に通っていたんだよ。危うくあらぬ疑いをかけるところだった……。ありがとうね」

男性は少し嬉しそうに笑う。どうやら、妻の謎の外出に不貞を疑ったが、内密に料理の腕を磨いていた、という微笑ましい流れだったようだ。

そして会話の流れ的に、彼がそれに気づかされたのは加賀見の助言のお陰だったらしい。

「いえ、おふたりはいつも仲がよろしいので。そんなことなんじゃないかなって思ったのです」

またもや謙遜しながらお礼を受け流す加賀見。彼女のことが気になった凛弥は、思わずじっと見つめてしまう。

立て続けに、常連客から「加賀見さんのおかげで助かった」と礼を言われていた現場に出くわしたのだ。本当に彼女は魔法が使えるのだろうかと、俄然興味が湧いてしまった。

男性が会計して退店した。イートインスペースを含め、現在店内には凛弥と加賀見のふたりしかいない。凛弥は椅子から立ち上がり、カウンターへと向かった。

「すみません」

「はい？」

「飲み物の追加オーダーをしたくて」

凛弥がそう言うと、加賀見は頷いてメニュー表を提示した。——そして。

「運動後でお疲れでしょうから、オレンジジュースがおすすめです」

彼女はにこやかにそう言った。そう、言い切ったのだ。

凛弥は驚愕（きょうがく）する。なぜ自分が運動の後にここに立ち寄ったと分かったのだろう、と。

自分が加賀見に向けた言葉は、一度目の注文の時も含めて、飲み物のオーダーに関することのみだというのに。

思わず目を見開いて凛弥は加賀見を見つめてしまう。加賀見はしばらくの間目をしばたたいていたが、はっとしたような面持ちになった。

そして「まずい、やってしまった」とでも言いたげな、苦笑を浮かべる。

「……すみません。急に変なことを申し上げてしまって。つい、常連様たちとお話しする時のくせで——」

「ちなみに。俺がなんの運動をしていたのか、分かりますか？」

加賀見の言葉を遮って、凛弥はそう尋ねた。彼女はきょとんとした後、どこか楽しそうな笑みを浮かべる。凛弥が自分に挑戦状を叩きつけたことを理解したらしい。

　そして加賀見は、カウンター越しに凛弥を眺めた。上から下に視線を流すように、頭のてっぺんから、足の先まで。その間、ほんの数十秒程度。

「柔道の稽古の後、でしょうか」

挑戦的な笑みを浮かべたままはっきりと加賀見はそう言った。凛弥は全身を強張(こわば)らせる。

——図星だ。何故、分かった？　ほんの少しの間、俺を眺めただけで。

凛弥は昔からどれだけ食べても太らず、華奢(きゃしゃ)で線が細いと他人から言われるのが常だった。顔はどちらかといえば童顔だし、頭髪は生まれつきほんのり茶色で猫っ毛だ。

柔道を十年以上もやっていますと凛弥が自己紹介で言うたびに、「へえ、そんな風に見えないね」と何度聞いたことか。

柔道といえば、汗臭い、ダサい、筋肉ムキムキの野暮ったい男のスポーツ、というのが世間一般のイメージだからだろう。凛弥の外見は、多くの人のイメージにある柔道男子とは似ても似つかないらしいのだ。

いかにも柔道やってそうだねと言われるのも清潔感がないんだろうかと心配になるが、あまりに男らしくない外見がコンプレックスでもあった。そこまで流行に敏感なわけではないが、年頃男子としてはある程度は自分の外見レベルが気になるのである。

「まず、運動後だと分かったのは、あなたが持っていた荷物です」

「荷物……？」

「ええ」

凛弥はイートインスペースの椅子に置きっぱなしの、自分のバッグに目を向ける。素材の味を売りにした、某量販店で販売されていたシンプルな形のトートバッグだ。チャックをきっちり閉めているため、中身はまったく見えていないが、使用済みの柔道着や汗拭き用のタオルが押し込まれているため、パンパンに膨らんでいる。

加賀見があのトートバッグの中身を見る暇はなかったはずだ。会計の時も、凛弥はポケットに入れていた財布で済ませたので、バッグは一切開けていない。

「まず、あなたは外見年齢と服装から学生さんとお見受けしました。最近の男子大学生は、持ち歩く荷物をとてもコンパクトにしています。リュックやトートに荷物をたくさん詰めて膨らんでいる方は稀です」

「……そうですね」

スマホやタブレットで学術書の電子版が読めたり、調べ物が出来たりしてしまう昨今はよりその傾向が顕著だろう。紙の教科書も授業によっては使用するが、配布されるプリントと板書だけで事足りてしまうことも多い。一日のうちに受ける講義だって、大抵は二時間か三時間だ。そうなると、通学バッグがいっぱいになることは珍しい。

「医学部などならノートPCやたくさんの学術書を持ち歩く学生もいらっしゃると思いますが、あなたのバッグの丸い膨らみ方は書籍やパソコンの類には見えません。きっと衣類だろうなと。そして大学生の男の子は友人や彼女の家に泊まるのに、着替えを持ち歩くほどマメな人は少ないはずです。そうなると、運動系のサークルや部活で使ったユニフォームなどだろうと推測しました」

「なるほど……」

凛弥はしばしの間押し黙ってしまった。そう言われてみれば、凛弥のことを何らかの運動後と推測するのは難しくないかもしれない。

――いや難しいって。そんなところまで考えて人の荷物なんて注目しないだろう、普通。

「――それで。柔道と分かったのは？」

「それはとても簡単でした」

やたらと自信たっぷり、はっきりと加賀見が言う。その堂々とした様子に、思わず凛弥は見惚（みと）れてしまう。しかしすぐに一抹の不安が生まれた。

「か、簡単……？」

そんなに柔道臭をぷんぷんとまき散らしていたのだろうか。もしかして汗臭かったか？

するとそんな凛弥の思いを察したのか、加賀見はぶんぶんと大きく首を横に振る。

「あ、いえ！　あなたが柔道をやっていそうな見た目だとか、練習後の残り香があるとか、そういうわけではないです」

彼女の言い分に、ふうと凛弥は安堵の息を漏らす。

――本当にそうならいいけれど。

「では、どうして？」

「まず、あなたの耳の形ですよ。いわゆる餃子耳ですよね？」

「……よくご存じで」

柔道は、投げ技で畳に打ち付けられたり、寝技で引きずり回されたりと、なかなか激しい武道だ。そのため耳が何度も圧迫刺激されてしまい、長年鍛錬に励んでいる者は耳に血が溜まったまま固まり、体質によっては餃子のように膨れ上がった形になることがある。

また、同じように投げ技や寝技で勝敗を決めるレスリング経験者も、このような耳の形になっている者はたくさんいる。

しかし餃子耳だけでは、長年武道をやってきた証にしかならない。本日練習を終えてからこのパン屋に寄った、という証拠にはならないのだ。

「その耳を見て、柔道またはレスリングなどの武道の心得がある方なのだなと思いました。そして柔道の練習後だと思ったのは、首と足首に見えた痣(あざ)です」

自分では痣が出来ていることに、凛弥は気が付いていなかった。確かにジーンズの裾から覗く足首は、外側も内側も赤くなっている。

首にもついているのか。そういえば今日、稽古で絞め技を食らったのを凛弥は思い出す。

——そういえば、結構しつこく絞められてたもんな。

「赤いのでまだ出来たてでしょう。次第に青くなってくるはずです。足首の外側、内側にできているので、転倒やぶつけたことによる負傷の可能性は低いのではないかな、と。柔道の小外刈や小内刈で丁度相手の足が当たる位置ですよね。そして、首の痣は絞め技をかけられた後だとすると——」

「……正解です」

凛弥は苦笑を浮かべた。あまりにも完璧な推理だった。

「柔道のこと、どうしてそんなにお詳しいのですか？　まさか経験者ですか？」

「いえそういうわけでは。私、人間観察とか、謎解きが好きなんです。それでいろいろな雑学を知らないうちに吸収しているみたいで。時々気持ち悪がられてしまうのですが」

苦笑いで加賀見は言う。

少し話しただけなのに、推理力が高く、雑学の知識も豊富なことが見て取れた。

知的でミステリアスで美しい外見、少しの情報だけで人の事情を暴いてしまう高い観察力。それらによって、常連客は彼女を「魔女」と呼称しているのだろう。

「えっ！」

「いや、完敗です。『魔女』と言われているらしいのでどんなもんかと吹っ掛けてみましたが……。完膚なきまでにやられました。本当に魔法が使えるみたいですね」

「ああ。そう言われているらしいですけどね。本当に、たいしたことじゃないんですよ。お客様とお話しがてら、いろいろ想像しているだけなんです。しかし、今回はありがとうございます」

「えっ？」

不意にお礼を言われて虚を衝かれる。感謝されるようなことをしたつもりはないのだが。

「いえ、とても楽しい謎解きタイムだったので。できればまた、お願いしたいところです。……ふふ」

とても楽しそうに、無邪気に加賀見は微笑む。本当に心底満足いく時間を過ごせたらしい。一瞬だけ、おもちゃに夢中になった子供のような、純粋さが垣間見えた気がした。

知識豊かなパン屋の魔女が放った微笑みは、あっさりと凛弥の心臓を捉えてしまう。

——あ、もう無理だ。なんだこれ。こんなの、無理だろう。

麦田凛弥、二十歳。人生で初めての一目惚れを、吉祥寺ハモニカ横丁のパン屋で、不意に食らってしまう。

なんて恐ろしい魔女なのだろう。凛弥はあっさりと、その術中にはまってしまったのだった。

2．君といつかポンデケージョを

カレーうどんとライスのセット、さらに大盛りのタンメンが、凛弥の向かいの席のテーブルの上を陣取っていた。

凛弥と同じ経済学部の卓人(たくと)は細身なのに大食漢だ。テーブルの隅に放られたレジ袋の中にはきっと、食後のデザートと称した菓子パンも潜んでいるに違いない。

「今日は一段とよく食べるなあ」

天ぷらそば単品をおとなしくすすり、凛弥は呆(あき)れたように笑う。

卓人は口に含んでいたうどんを飲み込んだ後、ニカっと笑う。天性の陽キャにしか浮かべられない、眩(まぶ)しすぎる微笑み。

「だってな、嬉しすぎてたまらんで。ようやく俺にもかわいい彼女ができたんやで」

「ああ、美緒(みお)ちゃんね」

凛弥が一年生の時に出会った頃からずっと、卓人は「大学生になったからには、かわいい彼女がほしい」としきりに言っていた。

大阪人で気さくな卓人は、とても人が良くておおらかな性格だし、顔面のレベルも凛弥の見立てではそう低くないと思う。しかし、東京の女性にとっては少しテンションが高いと感じるのか、なかなか恋が実らずにいた。

しかしついに昨日、卓人に念願の恋人ができたのだった。凛弥もよく知っている、同じ学部の美緒だ。美緒は控えめであまり表立って発言するタイプではない。卓人とは正反対だが、それがかえって合うのかもしれないと凛弥は思う。

「美緒ちゃんとどこにデートに行こか迷うてるんだ。やっぱり女の子やからパスタやらパンケーキやらかな。俺はラーメン屋とかも行きたいんやけど」

「えー？　なんだよ、食べ物ばっかりじゃん。もっとあるだろ、遊園地とか映画とか」

呆れたように笑って凛弥は言う。

確かに交際において食事は重要なイベントだろうけれど、それだけじゃないだろう。

「なに言うとんねん。まずは食を一緒に楽しむことが大事やろ。それにおいしいってわろてる時が一番かわいいやろ、女の子は」

「……そうかなあ」

適当に返事をしつつも、確かにおいしそうに何かを食べている女の子はかわいらしいかもしれない、と凛弥は思い直す。

加賀見がおいしいものにありついたら、どんな笑顔を見せてくれるのだろう。

きっと大層美しくかわいいんだろうなあ……と凛弥は恋に落ちたばかりの彼女について、思わず想像してしまった。

そこで凛弥は、あっと思いついた。

「それならパン屋はどうかな？」

「パン屋？」

凛弥の提案に、卓人は箸でタンメンをつまみながら首を傾げた。

「ハモニカ横丁に、すげーおいしいパン屋があるんだ。イートインスペースもあるし、内装もかわいくて女の子が喜びそうなとこなんだよ」

基本的に女子は男子よりパンが好きな人が多いし、デートの場所にパン屋は打ってつけなのではないか。

……というのは建前で。

加賀見に少しでも近づきたい凛弥は、毎日でもベーカリー・ソルシエールに赴きたいと思っている。しかしあまりしつこく行くとうざがられるかなと考え、渋々だが初来店以降は二、三日に一回のペースで来店していた。

そういうわけで今現在の凛弥は、もう三日も加賀見の顔を見ることを耐えていたのだ。友人を連れて行けば粘着質な男だとは思われないだろうし、その分パン屋の売り上げも増える。加賀見だって喜ぶはずだ。

すると卓人はパッと瞳を輝かせた。

「おー、ええやないかパン屋！　俺も好きやし！」

「ああ、卓人も気に入ると思うよ」

というわけで、凛弥はふたりを連れてベーカリー・ソルシエールに行くこととなった。ちょうど、卓人と美緒は午後の講義後に会う約束をしていたので、そこに凛弥が加わる形で。

講義終了後、待ち合わせ場所である大学のエントランスに凛弥が行くと、すでに卓人と美緒が待っていた。最愛の彼女の隣にいるのが嬉しいのか、卓人がやたらとニヤニヤしているのが遠目からも分かった。

「ごめん、お待たせ」

「おー、そないに待ってへんで」

卓人は明るく言う。美緒は凛弥の姿を認めると、ほのかに微笑んだ。

「凛弥くんと話すの、久しぶりだね」

「あー、そうかもね。一年の時以来だっけ」

一年生の時、たまたま講義のグループ発表で凛弥と美緒は同じ班になった。

カラーリングもパーマもしたことがないような黒く艶やかな髪を靡(なび)かせた彼女の第一印象は、おとなしい、控えめな大和なでしこだった。

しかし一緒に課題をまとめていくうちに、引っ込んでいるだけの女性ではないことに凛弥はすぐに気づかされた。

自分の意見を言うべき時はきっちりと発言するし、テキパキと素早く作業も進める。

美緒は奥ゆかしそうに見えるが決して気が弱いわけではなく、芯がしっかりしている。

チャラそうに見えて根はいい奴である卓人とは、やっぱり通じるところがあるのだろうと凛弥は思う。

「ちょうど話しとったんや！　今日は凛弥がええところに連れて行ってくれるって」

ニヤけ顔を抑えずに卓人がテンション高く言う。

「まあきっと、気に入ってくれるとは思うよ。めっちゃおいしいから」

「……おいしい？　何か食べに行くってこと？」

美緒が眉をひそめて尋ねた。どうやら卓人は彼女にまだ何も説明していなかったらしい。

——おいおい、お前みたいにみんな年中空腹じゃないんだぞ。ちゃんと言っとけよ。

と、内心呆れる凛弥だったが、今日行くのはパン屋なので、テイクアウトにするという逃げ道があるからいいか、と判断した。

「ああ、パン屋だよ。卓人にふたりで行けるおいしい店ないかって聞かれたから、俺の行きつけのパン屋を紹介することになって」

そう言うと、少し不安そうにしていた美緒は、表情を明るくさせた。

「パン屋！　いいね！　私パン大好きなんだ」

素直に喜んでいる素振りが、とてもかわいらしい。卓人もキュンと来るものがあったらしく、さらにだらしなく頬を緩ませた。

——いいなあ。

単純に羨ましくなった。まあ羨ましさよりも、仲のいい卓人に彼女ができたことを祝福する気持ちの方が大きいけれど。

――頑張れよ、卓人。

友に密かにエールを送ると、「じゃ、行こう」と凛弥は言って、ベーカリー・ソルシエールまでの道を先導した。

道中ずっと、美緒は卓人の話に相槌（あいづち）を打ったり、くすくす笑ったりしていた。このカップルはどうやら、よく話す卓人が引っ張り、控えめな美緒がそれについていくといった形らしい。

――ふたりとも楽しそうだな。

なんて凛弥が思っているうちにベーカリー・ソルシエールにたどり着いた。

到着するなり、凛弥はいつものミルクティーブリオッシュにカレーパンをトレイに載せた。そして明日の朝食用のパン・オ・ショコラとセサミベーグルをテイクアウトする。

卓人はクリームパン、チョココロネ、プレッツェル、ウィンナーロール……などなどを、大量に選んでいた。さらにテイクアウトにバゲット丸々一本や、メロンパン、フォカッチャまで購入した。彼を知らない人間が見たら、四人家族の分のパンを買っている心優しい男子大学生に見えることに間違いない。

男子ふたりはパパっとパンとドリンクを購入し、イートインスペースのテーブルにつく。

しかし美緒は、どのパンを買うか時間をかけて悩んでいた。パンの説明書きを注意深く読んだり、加賀見に説明を仰いだりしている。

「すげー熱心に選ぶね、美緒ちゃん」

彼女のそんな様子を見て、凛弥は感心したように言う。

本当にパンが好きで、さまざまな知識を取り入れようとしているのだろうか。

「せやな。真面目にパンを選ぶ美緒ちゃんマジ天使や」

「……そ、そうか」

たぶん今の卓人には、美緒がどんな行動を取っても天使に見えるのだろう。恋愛初期の男なんて、みんなそんなものである。

「これはどんなパンなんですか？」

カウンターに並んでいる、太いコッペパンのような形のパンを指さして、美緒は加賀見に問う。

「これはパン・オ・ノアという、フランスパンです。中にはローストした胡桃（くるみ）とドライフルーツが入っていますので、香ばしく食感が楽しめます。ライ麦が配合されたパンですよ」

加賀見がいつものように、透明感のある声で答えた。性懲（しょうこ）りもなく胸を高鳴らせた凛弥は、自分も卓人のことは馬鹿にできないなと、密かに自身に呆れる。

「凛弥が買ったパン、めっちゃおいしそうやなあ」

席から加賀見の様子を見ていた時に、不意に卓人に話しかけられたので、凛弥ははっとして彼に視線を合わせた。

「あ、パン？　これか？　ミルクティーブリオッシュ？」

「そうそう、それや」

「うん、うまいよ。紅茶の風味がいいし、甘すぎないし」

「マジでか。帰りに買うわ」

「……まだ買い足すのかよ」

相変わらずの大食いっぷりに凛弥が呆れていると、パンを買い終えたらしい美緒がやってきた。

「あれ、一個だけ？」

美緒はトレイは持っておらず、先ほど加賀見から説明を受けていたパン・オ・ノアを、テイクアウト用の袋に入れて手からぶら下げていた。

売り場では一個丸ごとで売られていたが、一切れずつスライスされた状態になっている。食べやすいように、きっと加賀見にカットを頼んだのだろう。

すると美緒は、どこか遠慮がちに笑う。

「うん、とりあえずはね。そんなにお腹すいてないし……。これ食べて足りなかったらまた買い足すよ」

「えー！　だって午後の三時やん。おやつの時間やで？　お腹すくやろ？」

信じがたいといった様子で卓人は言う。凛弥はそんな彼に軽くチョップした。

「お前みたいな規格外の大食いを基準にするなって。昼飯食ったら夜まで腹減らない人間もいるんだよ」

半眼で卓人を睨みながらそんな冗談を凛弥が言うと、くすくす笑いながら美緒は卓人の隣の椅子に腰かけた。

「そうだねー。卓人くんに合わせてたら、あっという間に太っちゃうなあ、私」

「そっかあ……。せやけど俺は美緒ちゃんが少しくらい肥えても気にせえへんよ」

「少しじゃ済まないって、お前に合わせたら」

またもやそんな突っ込みを凛弥が入れると、ふたりは顔を見合わせたまま笑う。仲がよろしそうで、何よりだ。

その後も三人で大学の授業や教授の話題で盛り上がった。卓人の前では美緒はよく笑い、よく話した。こんなに表情豊かな子だったかなと凛弥は一年生の時の美緒を思い起こす。きっと卓人に心を許しているのだろう。長続きしそうなふたりだ。

ふたりを見て微笑ましい感情になっていたら、美緒の少し不思議なパンの食べ方に、ふと凛弥は気づいた。

彼女のテーブルの上には、アールグレイティーが入ったグラスだけ。先ほど購入したパン・オ・ノアは、袋に入れられたまま彼女の膝の上に置かれている。時々一切れ出してちまちまかじっていたようだが、袋の中身はあんまり減っていないように凛弥には見えた。あまりお腹がすいていないと言っていたから、それは別に不自然ではない。

しかし、どこかパンを隠すように食べている彼女の食べ方が、少し不自然に思えた。テーブルの上に袋を置いた方が、明らかに食べやすいはず。

——そういえば一年生の時にも、美緒ちゃんの食べ方を不思議に思ったことがあったっけ。

ふと凛弥は思い出した。講義内で美緒とグループが一緒になった時に、グループメンバーで学食やファミレスに行く機会が何回かあった。しかし美緒は「私あんまりお腹すいていないから」とか「用事あるから」と理由づけて、ほとんど来ていなかったと思う。学食で彼女を見たことも無い気がする。講義の合間に、コンビニのパンやおにぎりをかじっている姿は、何度か見かけたが。

食事を共にできるような友達がいなかったわけではないと思う。「美緒、なんでいつもランチの時いないのかな」って、彼女と仲の良い女子が言っていた覚えがあるし。

——などと凛弥が考えていると。

「おい凛弥、聞いてるんか？」

小首を傾げた卓人にそう言われて、凛弥はハッとする。

「ごめん、ちょっとぼんやりしてた」

「えー、なんやねん。人がせっかくタコパという素晴らしい催しの話をしとったちゅうのに」

仰々しく言われて、凛弥は苦笑を浮かべた。

それと同時に、美緒の食べ方については「まあ俺が気にすることじゃないし、今日も本当におなかがすいてないだけなんだろう」と片づけてしまう。

タコパとは、たこ焼きパーティーの略だ。大阪人の卓人はたこ焼きというジャンクフードをこよなく愛している。凛弥も彼の自宅で何度も彼が焼いたそれをご馳走になっていた。

卓人のたこ焼きを食べるまでは、お店で買ったタコ入りソースマヨネーズ味のスタンダードなたこ焼きしか食べたことが無かった。しかし卓人は、ウィンナーやツナ、チーズを具にしたり、味付けは塩コショウにしたりと、いつも変わり種も作ってくれた。

もはやそれらはたこ焼きではない気がするが、それはそれでとてもおいしいのである。

友人たちとたこ焼き器を囲みながらさまざまな具やソースを試すタコパは、凛弥も楽しいイベントだと思っている。

「タコパ？　いいじゃん、やるの？」

「おー、美緒ちゃんとも一緒にやりたい思てな」

「タコパかあ……私、やったことないな」

満面の笑みで提案する卓人だったが、美緒は少し困ったように呟く。

するとと卓人は驚愕の面持ちとなった。

「マジで!?　美緒ちゃん！　そんなん人生半分損してんで！」

お前の人生の半分はタコパなのか、とよく聞くフレーズに凛弥は内心ツッコミを入れる。

野暮だから言わないけれど。

美緒はそんな卓人の勢いに、気圧されたように苦笑を浮かべた。

「そ、そんなに好きなんだね卓人くん」

「おうよ！　大阪の家庭には一家に一台はたこ焼き器があってな。夕飯のおかずにたこ焼きを食べることも珍しくないんや。俺も上京する時に真っ先に持っていこうと考えたのはたこ焼き器やで。今だってひとりでも週にいっぺんはタコパ開催してんで！」

「……さすがにひとりでは寂しくない？」

「だってうまいやん！」

凛弥の皮肉に臆することもなく、卓人は堂々と言う。相変わらずのたこ焼きへの熱い思いが、ひしひしと凛弥には伝わった。美緒は相変わらず、ぎこちなく笑っている。

──おい。お前の熱に美緒ちゃん若干引いてるじゃないか。

「ま、まあ。なんかこいつテンション高いけど。本当においしいし、みんなでたこ焼き器を囲んでわいわい言いながら焼いてくのって結構楽しいよ」

ふたりの温度差を埋めるよう、美緒に対して凛弥はフォローを入れた。すると卓人は後押しされたように美緒の肩をトントンと叩き、満面の笑みを浮かべてこう言った。

「せやで。絶対楽しいし、おいしいから。俺が美緒ちゃんに大阪の味をたっぷりご馳走するから」

「──うん」

美緒は表情を緩めて頷いた。付き合いたての彼氏に優しく「ご馳走する」なんて言われたら女子としても嬉しいのだろう。

だけど、美緒が思ったよりも乗り気じゃないように凛弥には見えた。タコパの話題になってから、終始声が小さく、覇気がないように思えたのだ。

そんな美緒の様子を不思議に思う凛弥だったが。

「もう、違うったら。値札のスタンドはお客さんに見えるように置くんだってば」

カウンターの方から、加賀見の彼女らしくない発言が聞こえてきたため、一瞬で思考を中断して凛弥はそちらに目を向ける。

彼女のその言い方は、気を許した親しい者へと向けるような口ぶりだった。

「もうしょうがないなあ、あなたは」とでも言いたげな、冗談交じりの。

「ご、ごめんって。俺はこういう丁寧な作業、苦手なんだよ」

加賀見と親しそうに話している羨ましい相手は、四十歳前後のナイスミドルだった。日焼けした肌の似合う、彫りの深い顔立ち。年上好きの女性ならば、彼は余裕でストライクゾーンに収まるだろう。

だが蛍光色のグラデーションカラーに染められた麻のTシャツに、ヨガパンツのようなダボダボのボトムという格好が、やけに派手であやしい。

一体どういった職についているのか、見当もつかない。

――誰なんだ、あのおっさん。

凛弥に戦慄が走っている間にも、ふたりは「もう、それじゃあ外の掃き掃除をしててくれる？」「へーい。相変わらず手厳しいなあ」なんて、仲睦まじい会話をしている。

あの感じはただの従業員ではないだろう。友人とも違う。明らかにもっと親密な関係だ。父親か？と一瞬思ったけれど、その線はあり得ない。以前に常連客と加賀見が話していた時に知ったのだが、彼女の両親は何年も前に事故で他界しているらしいのだ。両親が生前営んでいたこのパン屋を、加賀見が復活させる形で一年前にこのお店は再オープンしたとのことだった。

まさか恋人……？　いや、夫では？

そういえば、加賀見が未婚なのか既婚なのか、恋愛する上での基本情報すら凛弥は知らないことに気づく。大学生である自分の周りには、ほぼ未婚の女性しか存在しない。だから恐らく自分とそんなに年齢も変わらないであろう加賀見も、勝手にそうなんだと思い込んでいた。

――まさか。

久方ぶりの片思いが、何も行動を起こすことなくあっさりと終止符を打ってしまうかもしれない。

――いや、まだそうと決まったわけではない。軽く聞いてみればいいじゃないか。あの人、もしかして旦那さんですかって。きっと違うって。何より年が離れているし。

と、気を取り直すも、若くして自分の店を構えている加賀見ならば、年上の夫がいても何ら不思議じゃないとか、夫じゃなくても恋人かもしれないとか、次々とマイナスの想像が駆け巡る。

――すると。

「よし、そろそろ行こか！」

卓人が勢いよく椅子から立ち上がった。トレイにてんこ盛りになっていたパンは、跡形もなく消滅していた。

「うん、そうだね」

美緒はバッグの中にごそごそと袋をしまっていた。ふと凛弥が見た感じでは、パン・オ・ノアはほぼ丸ごと残っていた。

少し気になったが、今はそれよりも加賀見と謎のおっさんとの関係である。

――まさか、違うよな。違いますよね？　神様、お願いします。

と、凛弥はこっそり神頼みをしてしまう。今日は卓人と美緒がいるので、加賀見に「結婚してるんですか？」なんて踏み込んだ質問はできそうもない。

――後日改めることにしよう。何、違うって。違う違う。きっとボランティアのおっさんか何かだ。うん、そうに違いない。

そう強く言い聞かせて、凛弥は卓人と美緒とともにベーカリー・ソルシエールを後にした。

＊

卓人と美緒とベーカリー・ソルシエールを訪れた数日後。凛弥は再び店を訪れた。

講義後に行われた、柔道の稽古の後だった。激しい運動はエネルギーを枯渇させる。昼に食した日替わり定食など、すでにすべてが体内から消滅してしまっていた。

稽古の後は決まって、魔女のパンにありつきたい衝動に駆られる。夕食にはまだ少し早い時間帯に、夜までのつなぎとしてパンは持って来いなのである。

とはいうものの、キャンパスから家までの帰り道にそこそこレベルの高いパン屋があるので、以前はいつもその店で購入していた。

わざわざハモニカ横丁の小さなパン屋まで足を運ぶのは、不純な動機に他ならない。

「凛弥くん、いらっしゃい」

入店した瞬間、加賀見がいつものようにしとやかに微笑んで名を呼んでくれた。

「どうも。今日もお腹すいたから来ました」

「稽古お疲れ様です。凛弥くんはいつも頑張っていますね。今日はどのパンにします？」

――凛弥くん。

彼女の美声で自分の名が呼ばれるだけで、もうこの店に来た大半の目的は果たしたような気すらしてしまう。出会って数週間だが、加賀見は凛弥を下の名前で呼んでくれている。恋愛下手な自分にしては、幸先の良いスタートだと思う。

しかしパンを選びながらも、この前彼女と親し気にしていたおっさんの存在を思い起こしてしまった。

「ミルクブリオッシュとチーズフォカッチャとアールグレイティーですね」

「あっ……はい。あ、あの加賀見さん」

「はい？」

加賀見と会計のやり取りをしながら、凛弥は勇気を出して彼について尋ねることにした。

加賀見は美しく小首を傾げる。

――軽く聞けばいいんだよ。この前、加賀見さんのこと手伝っていた男性って誰ですか？　まさか旦那さんですか？……なんて。何気なくさ。

そう言い聞かせるも、凛弥にとっては恋の行方を左右する重大な質問なのだ。どうしても喉が震えてしまう。

「あ、あのっ。ここここ、この前」

「はい」

――言え。言ってしまえ！　凛弥！

「この前の！　ですね！」

「はい」

「この前のっ。一緒に居た！……友人とタコパをすることになりました。それで何かおすすめの具材ってありますかねー？　あはは」

顔で笑って、心で泣いて。自分の小心者っぷりを凛弥は呪う。

しかしもちろん、加賀見が凛弥の内面に気づくはずもなく。「タコパ」と聞いて微笑む。

「いいですね、たこ焼きパーティー。やっぱりスタンダードなタコもいいですけど、意外な具材がおいしかったりしますよね」

料理人だからか、凛弥が思った以上に加賀見はノリよく答えてくれた。

苦し紛れに絞り出した質問だったが、彼女の弾んだ声を聞いて「まあ、これはこれでいいか」と単純な凛弥は元気づく。

――例のおっさんについては、折を見て尋ねることにしよう。

「チーズやツナなんかはよく入れるんですけどね。他にどんなのが合いますかね」

「そうですね。エビとか、小さく切ったお餅なんかも楽しいですよ。あとはデザートにあんこやチョコなんかもおすすめです」

「あんこにチョコですか！　それはやったことなかったですけど、いけそうですね。やってみます！」

甘い味ならきっと美緒も喜ぶに違いない。卓人に提案してみよう。

「ええ、是非に。この前一緒に居た方とやるんですよね。あの、大阪弁の彼ですか？」

「そうです。それと、あの時一緒にいたあいつの彼女も。彼女はタコパが初めてみたいで、大阪人のあいつ張り切っちゃってて」

何気なく凛弥がそう言うと、なぜか加賀見の表情が固まった。どうしたのか、と凛弥は眉をひそめる。

「あの方も。そうなんですね」

意味深な言い方だった。何かまずいことでもあるかのような口ぶりに凛弥には聞こえた。

「どうしたんですか？」

そう尋ねると、加賀見ははっとしたような面持ちをした後、笑みを顔に張り付ける。何かを誤魔化しているかのような、作られた微笑みだった。

「いえ。なんでもないですよ。……あ、いらっしゃいませ」

気になった凛弥はさらに尋ねようとしたが、客が入店してきたので口を噤む。

さっきまでは他に客がいなかったため加賀見と長話ができたが、さすがに接客を遮ってまで聞くことではないだろう。少し気がかりだったけれど、突っ込んだら加賀見は「なんでもない」と言ったのだ。きっと重大な問題ではないだろう。

そう思い直して、凛弥はイートインスペースのテーブルについた。そして相変わらず優しく懐かしい味のパンを、幸せな気持ちで頬ばったのだった。

＊

これは一体どういうことなのだ。眉尻を下げ、情けない顔をした卓人からスマホの画面を見せられた凛弥の脳内は、疑問符で支配されていた。

だって先日まで、あんなに仲がよかったではないか。卓人は大雑把な性格だが、基本はいい奴である。こんなに突然引導を渡されるような男ではないはずだ。

一コマ目の必修の講義につい数分だけ遅刻してしまった凛弥が、忍び足で講義室に入って空席に座ると、隣はたまたま卓人だった。いつものように気軽に「おはよー」と言った凛弥だったが、大阪弁の陽気な返事がなく、訝しむ彼の顔を見て絶句した。

まるで世界の終焉でも悟ったかのような、覇気のない顔をしていた。

泣き腫らしたのか、目は真っ赤だったけれど表情は「無」そのものだった。真っ白に燃え尽きた、という表現がいかにも似つかわしい。

「ど、ど、どうした？」

戸惑ってそう尋ねた凛弥に、卓人がスマホの画面を差し出す。そしてそこには。

『ごめんなさい。あなたと私は合いません。別れてください』

という、美緒からの死刑宣告メッセージが表示されていた。

驚きのあまり、凛弥はほぼ屍と化した卓人を追及してしまった。茫然自失状態の卓人からは要領のえない答えばかりだったが、話を総合すると振られる心当たりはまったく思い当たらず、本当に突然のことだったようだ。

「卓人が何かまずいこと言ったんじゃないの？」

女の子の地雷ポイントは男には想像もつかないことがよくあると、ネットニュースで見たことがあったので、凛弥はそう尋ねた。

「分からん……。せやけどそれなら言ってくれれば……。理由もなしにいきなり、なんて……」

覇気のない声で卓人は答える。

「電話とかメールとかはしてみたの？　なんでだって聞いたのか？」

「……した。せやけど電話には出ないし既読スルーや。さっき講義前に見かけたけど、目が合ったらダッシュで逃げられてもうた……」

「えっ、マジかよ」

信じられなかった。あの美緒がそんな非情なことをするタイプには、どうしても思えなかった。

――一体何があったんだ？

講義室で美緒の姿を凛弥は捜す。真面目な彼女は、前の方の席に座っていた。

講義終了後、机に突っ伏して口から魂を出している卓人をあまりにも哀れに思った凛弥は、すぐに彼女の元へと走った。

「美緒ちゃん！」

背後から声をかけると美緒はびくりと身を震わせた後、振り向く。そして凛弥の姿を認めると、表情を強張らせた。

「なあ、どうして？　なんで卓人に、あんな……」

「…………」

美緒は俯くと、しばしの間黙りこくる。しかし顔を上げると、まるで能面のような無表情で冷たくこう言い放った。

「別に。もう好きじゃなくなったから、別れるってだけだよ。何か変かな？」

「え……」

いつも穏やかな美緒から発せられた言葉とは思えず、硬直してしまった。すると美緒はそんな凛弥には構わず、足早に講義室から出て行ってしまった。

取り残された凛弥は、あまりにも納得がいかなかった。

――どうして？　だって、ふたりともとても仲が良かったじゃないか。それに美緒ちゃんは、たとえ別れたいという気持ちになったとしても、こんな風に冷たく引導を渡すようなタイプじゃないはずだ。何か絶対に原因があるはずだ。絶対に……。

いまだに生気を失っている卓人を遠目で見ながら、凛弥はここ最近のふたりの様子を思い起こす。何かきっかけは無かったか記憶を手繰(たぐ)り寄せた。

しかしまったく見当がつかなかったのだった。

＊

いつも凛弥が大学帰りにベーカリー・ソルシエールに立ち寄った時は、加賀見のことを思ってそわそわしてしまう。しかしさすがに本日は、絶望の淵に立たされた友のことを慮(おもんぱか)ると、浮かれた気持ちにはなれなかった。

――美緒ちゃん。君に何があったんだ？

ハムとチーズの相性が抜群のクロックムッシュをかじる。味はやはり絶品だけれど、素直に堪能できない。

「凛弥くん。元気がないのでは？」

ちょうど凛弥の他に客がいなかったためか、イートインコーナーのテーブルを布巾で拭いていた加賀見が、心配そうな面持ちで話しかけてきた。

「えっ。そ、そうですか？」

「いつも楽しそうにパンを選んでくれるのに、今日は全然喋っていなかったですし、今もぼんやりしていますし。何かあったんですか？」

加賀見が自分のことを気にかけてくれているなんて。それだけで凛弥にとっては、天にも昇る気持ちになれる。しかし、もし加賀見に突然冷たくされたとしたら？　考えるだけで心が折れそうだ。世界の終わりとすら思えるほどの絶望感に苛まれるだろう。

そういえば。加賀見は常連客の迷いごとを解決してしまう「魔女」だったのだ。

今こそ、彼女の力を借りる時かもしれない。

「あの、加賀見さん。この前俺が連れてきた、大阪人と黒髪の女の子のカップルなんですけど。どんな印象でしたか？」

思い立った凛弥は、加賀見にふたりについて相談してみることにした。

「あのおふたりですか？　男の子の方は明るくて、女の子の方は奥ゆかしくて。正反対のふたりに見えますが、とても仲が良さそうで。なんだか見ているだけで微笑ましい気持ちになるカップルでしたよね」

ふたりの姿を思い起こしているのだろう。加賀見は視線を少し上げて言う。

さすが、人間観察が好きだと言っていた加賀見だ。一度来店しただけで、ふたりの性格について把握していた。

「別れたんですよ、あのふたり」

「えっ？」

「別れちゃったんです。女の子の方から、一方的に。理由を聞いても『嫌いになったから』としか教えてくれなくて。……そんな風に言うタイプには見えなかったので、何か別に理由があるんじゃないかって思うんです」

加賀見はあまり驚いた様子もなく、神妙な面持ちになって凛弥の話を聞いていた。彼女に説明しながら、凛弥はあることを思い出す。

「そういえば。卓人の話によると、ちょうどここのパン屋に三人で来た後くらいから、美緒ちゃんの様子が少しおかしくなったそうなんです。なんだか何かを考えているような、難しい顔をしていることが多くなったって」

「あの時は、おふたりとも楽しそうにお話していましたよね」

「はい。そうなんですけど」

確かあの時、美緒がパンを隠すようにして食べていたことに引っかかった。また、一年生の時の彼女も、食事の仕方がどこか奇妙だったことを凛弥は覚えている。

「もしかして、美緒ちゃんのあのおかしな様子が関係あるのかなあ」

「おかしな様子？」

「はい。たまたまかもしれないんですけど、一年生の頃からパンばかり食べてるんですよね。しかもちょっとずつ、パンが入った袋を隠すように。あと、一年生の時に講義のグループが一緒だったので、メンバーで学食やファミレスに行く機会があったんですけど、美緒ちゃんは理由をつけてほとんど来なかったんです。それと、大阪人の卓人が『タコパやろう！』って誘った時も、ちょっとテンションが低いように見えました」

「……実は私も彼女の様子は少し気になっていました。すごく注意深くパンを選んでらっしゃったので。ああいった方は、食事について何らかの悩みを抱えている場合が多いんですよね」

加賀見の言葉に凛弥は少し驚かされる。たった一度、少し話しただけで美緒のことをそこまで見ていたとは。やはり「魔女」の二つ名は伊達じゃない。

もしかして、すでに美緒について何らかの事情があると加賀見は察していたため、美緒と一緒にタコパをすると凛弥が言った時に複雑そうな顔をしていたのだろうか。

「食事に関する悩み……。あ！　もしかしてアレルギーとかじゃないですか？　そういえばこの前、こちらでライ麦のパンを美緒ちゃんは選んでいたじゃないですか。小麦アレルギーなんじゃないですか？」

小学生の頃、同じクラスに小麦アレルギーの女子がいた覚えがあった。

小麦はパンだけではなく、麺類やお菓子、揚げ物などにも使われているため、食べられるものが少なくてかわいそうに思った記憶がある。

たこ焼き粉も小麦が主成分のはずだ。だからたこ焼きフリークである大阪人の卓人に自分の体質について言い出せず、別れを選んだのではないか？

それなら事情を話せば卓人は理解するだろうし、結論を急ぎ過ぎな気もするが……。美緒の一連の行動に一応納得はいく。

なかなかいい推理だと凜弥は思ったが、加賀見は、苦笑を浮かべてこう言った。

「残念ですがハズレです。彼女は小麦アレルギーではありません」

「えっ」

図らずも美緒の真実についての謎解きをする流れになったためか、加賀見はどこか楽しそうだ。

「この前美緒さんが購入してくれたパン・オ・ノアですが、確かにライ麦が使われています。しかしベースの配合は、小麦が七十パーセント、ライ麦が十五パーセント、全粒粉が十五パーセントで、むしろ小麦の方が多く使われているんですよ。世の中に出回っている『ライ麦パン』という名のパンのほとんどが、少量だけライ麦を使っているものなんです」

「えっ！　そうなんですか!?」

ライ麦パンだと謳っているからには、ライ麦しか使われていないのだと凜弥は思い込んでいたので、驚きの事実だった。

「まあライ麦が百パーセントのパンもなくはないのですが、癖が強すぎてほとんど一般のパン屋には置いてないです」

「それは知らなかったです……。それじゃあ美緒ちゃんがアレルギーの線は消えますね」

自信満々の予測があっさりと外れて、敗北した気分になり凜弥はシュンとする。

せっかく加賀見に理知的なところを見せられたと思ったのに。逆に知識が浅いところを突かれた気がして、情けない。

そう言えば、美緒がコンビニで販売されているクリームパンやメロンパンを食べていたのを何度か見たことがある。量産されたコンビニのパンなんて、確実に小麦が使われているではないか。自分の思慮の浅さにさらに凜弥は呆れてしまう。

しかしそれなら、他に一体どんな理由が考えられるのだろうか？

食に関する悩みというと、他に過食症や拒食症といった有名どころしか凜弥の知識にはない。しかし美緒は標準体形だし、いたって健康そうなので、食事の量が不適当になりがちなそのふたつはきっと当てはまらないだろう。

やっぱりなんとなく卓人が嫌いになったというだけか？　いや、たとえそうだとしても、自分を好いてくれた男をあんなこっぴどい形で振るような、非情な人間には到底思えない。

そうなるとやはり、パンの選び方や食べ方、タコパの件が関係している可能性が高いのだが……。

「一番のポイントは、凜弥くんも気になっていた彼女の食事の仕方でしょうね」

「はい。今回、なんだか少し隠すようにパンを食べていたのと……。一年生の時から、ワンハンドでも食べやすく、持ち帰りやすいものを食べているのをよく見ます。パン以外には、おにぎりとか」

「なるほど、やはり」

加賀見は納得がいったような顔をした。美緒の行動の理由についてある程度は予測ができていたらしいが、凛弥の今の言葉でそれが確信めいたものに変わったようだった。

「――分かっちゃったんですか。美緒ちゃんが卓人に別れを告げた本当の理由」

「これは私の推測で、間違っていたら大変申し訳ないんですけど」

そうは前置きしたものの、自信ありげに口角を上げて加賀見は自分の推測について語り出した。

彼女の得意げなその様子に、凛弥は「やっぱりきれいだ」と不覚にも思ってしまう。

加賀見によると、食についてある事情を抱えている人が、美緒のように食べるものを注意深く選んだり、人前では食べ残ししやすいものを食べたりする傾向にあるのだとのこと。

ある事情――それは。

「会食恐怖症……？」

加賀見から告げられた聞きなれない病名に、思わず凛弥は復唱してしまった。生まれて初めて聞く名称だった。

「凛弥くんがご存じないのも無理はありません。病名が世に出回ったのは、ごく最近のことですからね」

「そうなんですか。病名から推測すると、人と食事をするのが怖い……といった病でしょうか？」

「ええ、その通りです」

頷いた加賀見は、さらにこう説明した。

会食恐怖症。それは人前で食事を摂る際に極度に緊張してしまい、うまく食べられなくなってしまうという心の病。

幼稚園や学校での執拗な完食指導などがトラウマとなり発症する場合が多いが、特に理由もなく食事という行為に生まれつき緊張してしまう、というパターンもある。

いずれにせよ「残したら怒られるのではないか」「食べて気持ち悪くなって吐いてしまったらどうしよう」などといった、強い不安感を抱いてしまうことが原因だ。

「凛弥くんの話によると、美緒さんはパンばかり食べているそうですね。学食やレストランに誰かと行くのも避けていたと。会食恐怖症の患者さんは、量の決まった定食や、残飯が目立ちやすい皿に盛られた料理を避ける傾向にあります。美緒さんが、残しても目立たないパンばかりを食べていたのは、まさにその特徴に当てはまるんですよ」

「確かに、お盆に載った食事を残すのは目立ちますが、パンは残しても目立たないし、人からもそこまで突っ込まれないかもしれないですね」

実際に凛弥も、一年生の時から美緒の食べ方は少々気になったが、「食事メニューを頼まずにパンをかじっていることは、あまりおなかがすいていないのだろう」と、勝手に考えて納得してしまった。

「しかし、大学生なら自分で好きに食事を用意できますが、給食をみんなで食べる小中学生でこの病を抱えていたら、さぞかし大変でしょうね……」

「ええ、そうでしょうね。多様性が認められるようになった最近では、完食指導をする学校も少なくなってきていますが、少し前までは、出された物は何が何でも残してはならない、食べ残しなど言語道断だという指導を、善だと考える教育関係者が多かったのです。根性論が美徳とされていましたからね。その頃は、会食が恐怖だと訴えても、周囲から小馬鹿にされてしまうような心の問題だったようです」

加賀見は少し目を細めて、どこか切なそうに言う。食に携わる彼女だからこそ、食の悩みを抱えている人間がいることに凛弥よりも深い思いがあるのだろう。

思い返してみると、確かに小学校の頃は教師に「残さず食べるように」と、よく言われていた覚えが凛弥にもあった。

食の細いクラスメイトが、昼休みもずっと教室の隅で給食と向き合っていた場面を何度も見たが、こっそりと憐憫の眼差しを向けることしかできなかった。

「しかしさすがです加賀見さん。パン屋さんを営んでいるだけあって、食に関する病にも詳しいんですか？」

会食恐怖症は、ごく一部の人たちに限られた精神的疾患だろう。マイナーな事柄も、詳細をしっかりと説明できてしまう加賀見に、凛弥は改めて尊敬の念を抱いた。

加賀見は控えめに微笑む。

「うーん。あまりパン屋は関係ないですかね。以前に、食についての病気や悩みなどを深く知らなければいけない機会がありまして。その時に会食恐怖症のことを学んだのですが、患者の特徴に美緒さんの行動がまるっと当てはまったので、もしかしたら……と今回思ったのです」

知らなければいけない機会があった、という加賀見の言い回しを凛弥は少し不思議に思った。つまり、自分から興味を持って知識を得ようとしたのではなく、何らかの理由で食に関する病について学ばなければいけなかった、ということだ。

そんな機会、医療や教育に携わる職業を目指している場合以外で、あり得るのだろうか？

――知識欲が強い加賀見さんだから、そんな言い方をしたのかな。

それにしても、美緒には失礼だが、なぜそんな些細なことで悩むのだろう、と凛弥には思えてしまった。そんなこと、周囲の人間はまったく気にしないのに。

同時に、それについて深い悩みを抱えていたら、生活がとても大変だろうなと素直に彼女に同情心を抱く。

「もし美緒ちゃんが本当にそうだとしたら、卓人に自分の病気のことを打ち明けたらよかったんじゃ……。なぜ言わずに別れたのでしょうか？」

卓人が思いやりのある人間であることは、美緒も知っているはず。精神的な問題があると打ち明けても、卓人なら親身になって寄り添ってくれるに違いない。

そんな凜弥の疑問に、加賀見はどこか歯がゆそうにこう返した。

「それについては、私は確かなことは分かりませんが……。卓人さん、とてもおいしそうにパンを食べる方でした。見ていて私も嬉しくなるくらいでした。そんな人の食事に水を差すような彼女に、美緒さんはなりたくなかったのではないでしょうか」

――卓人のことを好きだからこそ、彼が愛してやまない食事の時間を邪魔したくない。

加賀見の言葉を聞いて、美緒の健気（けなげ）な想いを想像した凜弥の胸が締め付けられた。

「なるほど……。それは俺の想像力が足りませんでした。それなら、美緒ちゃんが卓人との付き合いを考え直すのも無理もないかもしれませんね……」

どんな料理でも掃除機のように吸い込んでしまう卓人は、思うように食事ができない人間の対極に位置する。さらに、根が単純であるため、言われなければ繊細な問題には一切気が付かないだろう。

「そうですね。……しかし、卓人さんにきちんと事情を話して、彼が美緒さんに寄り添うことができるとしたら、彼女の気も変わるかもしれません」

もし、卓人のことを好きな気持ちのまま、自分の体質のせいで美緒が別れを選んだのだとしたら。こんなに寂しいことはない。

いや、きっとそうだ。卓人も美緒も、冗談で恋人を作るような人間ではない。

加賀見の言う通り、美緒には卓人に知られたくないのっぴきならない事情があったために、彼から離れる道を選んだに違いない。

「そこで、私から凛弥くんに作戦の提案です」

どこか楽しそうに加賀見は言う。

凛弥が目をぱちくりしていると、「ふふ」と少しあやしく含み笑いをした。なんてかわいい魔女なのだろうと、彼女の魅力に性懲りもなく凛弥はときめいてしまう。

「さ、作戦ですか？」

気を取り直して尋ねると、加賀見は超然とした微笑みを浮かべたまま、自分の思惑について話し出した。凛弥にとってはとても簡単な作戦だったが、果たしてうまくいくのだろうか。卓人を拒絶している美緒が、果たして乗ってくるのかどうか。

——しかし。

「まあとりあえず、やってみます。俺がふたりのためにひと肌脱いでみます！」

自分の胸を拳で叩いて凛弥が気合いを見せると、加賀見は満足げに頷く。

「お優しいですね、凛弥くん」

「いやあ……。大事な友達のためですからこれくらい」

——お。今のちょっと俺かっこよかったんじゃね？

と自負する凛弥だったが、ちょうどその直前に新たな来店者があったため、加賀見はすでに自分には目を向けていなかった。「今日のおすすめはあんこクロワッサンです」なんて、にこやかに来客対応している。

　空回りしてばかりの自分に凛弥は嘆息をするも、今はそれよりもあのふたりのことだとすぐに思い直す。そしてまずは卓人に加賀見の推理を打ち明けようと、スマートフォンをタップしたのだった。

＊

　閉店後のベーカリー・ソルシエールのイートインスペースには、香ばしい匂いが立ち込めていた。加賀見がレンタルした業務用のたこ焼き器の上では、ミニトマトやブロッコリー、カマンベールチーズ、そしてたこが熱せられている。

　加賀見が現在調理しているのは、たこ焼きではなく一口アヒージョ。オリーブオイルとすりおろしにんにく、塩コショウだけの味付けでできる、お手軽料理だった。

「へえ、たこ焼き器でアヒージョなんてできるんですね」

　と、加賀見の隣で凛弥は感心する。たこ焼きの変わり種はいろいろ試したことがあるが、たこ焼き器で別の料理をした経験はなかった。

「たこ焼き器って、実はとても優秀な機材なんですよ。今日は他にも、一口パンやキッシュ、ピザなんかも作ろうと思います」

　にっこりと微笑んでそう言った加賀見の前には、さまざまな具材が並んでいた。シュウマイの皮はピザ、売れ残りの食パンはキッシュに使うらしい。

「へぇ……」

「もちろん、たこ焼きも作りますけどね。主役ですから」

加賀見の言葉を聞いて、隣のテーブルでたこ焼きの生地を泡だて器で混ぜている卓人を凛弥はちらりと見た。浮かない顔をしているが、慣れた手つきなのはさすが大阪人である。

彼にはすでに、「美緒が会食恐怖症かもしれない」ということは打ち明けている。もちろんあくまで加賀見の推理で、間違っている可能性もあるが。単純な卓人にはいまいち理解できないようで、「そんな病があるんか?」と半信半疑の様子だった。

——でもきっと、加賀見さんの推理は当たっている。彼女は他者の機微を捉えることができる、「魔女」なのだから。

そんな加賀見の提案で、「たこ焼き器を使っていろいろな料理を楽しむ会」をベーカリー・ソルシエールで開くことになった。

美緒には、凛弥が事前にこんなメッセージを送っている。

『この前みんなで行ったパン屋でやるんだけど、もし卓人のことを本当に嫌いになったわけじゃなければ来てください。料理は食べても食べなくても大丈夫です』

別れ話をした卓人本人だけではなく、共通の友人である凛弥や、一度会っただけの加賀見というクッションがあった方が美緒も気が楽なはずだ。

また、卓人本人が作るたこ焼きだけだと美緒がプレッシャーを感じるかもしれないので、他の料理も添えることを加賀見が提案してくれたのだった。

　持参した自分のたこ焼き器で、卓人はたこ焼きを焼き始めた。窪みにたこ焼きの生地を流し、たこを一切れずつ入れていく。しばらくしてから、ピックで器用にひっくり返した。

　そして焼き上がったたこ焼きを紙皿に載せ、青のりとソース、マヨネーズをかけると、彼はしんみりとこう言った。

「美緒ちゃん、来てくれるかな……」

　すると、その時だった。

　ゆっくりとベーカリー・ソルシエールの出入り口のドアが開いた。おずおずと入ってきたのは、美緒だ。

「美緒ちゃん……！」

　卓人が慌てて駆け寄るが、美緒は硬い表情で凛弥と加賀見に向かって無言でぺこりと会釈する。

「来てくれておおきに！　さ、入って！」

「…………」

　卓人に促されてイートインスペースに入るも、美緒は口を開かず強張った面持ちのままだ。

「いらっしゃい、美緒さん」

　アヒージョを作り終わり、食パンを使った一口キッシュを焼き始めた加賀見が笑みを浮かべて声をかける。美緒は「あ……どうも」と、か細い声で答えた。

するとテーブルの紙皿の上に載ったたこ焼きを目にしたらしい美緒は、さらに顔を強張らせた。少し辛そうに。

その表情を見た瞬間、凛弥は確信した。――魔女の華麗なる推理が正しかったことを。

「美緒ちゃん、やっぱり君は」

凛弥がそう言うと、美緒は自嘲的な笑みを零す。

「メールの文章を見て、ひょっとしたらって思ったんだけど。……気づいたんだね、私のこと」

「ごめん、俺は凛弥に言われるまでは全く気付かんかった。そもそも、知らなかったんや。――会食恐怖症っていう病気があるなんて」

卓人が神妙な面持ちで美緒を見つめながら、震えた声で言う。

「そうだよ……。私は会食恐怖症。幼稚園の時に、先生に残したご飯を無理やり口に入れられたのがすごく怖くて……。それから、ずっと家族以外の誰かの前でご飯を食べることが、怖いんだ」

卓人の前で、美緒は今にも涙を落としそうな表情をしている。そして、重苦しそうに口を開いて自分の病状を語り出した彼女は、加賀見の想像通りのことを言った。

食べることが何よりも大好きで、自分とタコパをすることを卓人はとても楽しみにしてくれている。そんな彼の彼女として、自分みたいなろくに食事も摂れない女なんて、ふさわしくないのではないか、と。

――やっぱり加賀見さんはすごい。

改めて、魔女の洞察力、推察力に凛弥は感動を覚えた。

そして、他人の心の内を想像する力にも。

会食恐怖症について以前から知っていれば、美緒がその病を患っていることは、状況で推理するのは難しくないかもしれない。しかし、美緒の卓人に対する想い、自ら彼を突き放した理由までは、知識だけで推し量ることは困難だろう。

知力を駆使しつつ、他人の感情の機微ももちろん見逃さないとは。

自分の意中の相手は、なんと偉大な魔女なのか。

美緒は、泣きそうな顔をしつつ、さらにこう続けた。

「高校生の時に仲良くなった男の子がいた時にね。思い切ってこのことを打ち明けたら『そんなの気の持ちようでしょ』『好き嫌いが多いだけじゃないの？』って言われてしまって。その上、その後陰で私の悪口を言っていたのを聞いちゃったの。『面倒くさい女』って。……卓人くんはそんなことをする人ではないとは思ったんだけど、どうしてもその時のことを思い出してしまって」

そこまで言うと、美緒は俯いた。とうとう、落涙し始めたのだろう。

よい関係になりそうだった男にそんな対応をされてしまって、ますます食べることが怖くなったに違いない。

すると、それまで口を引き結んで一生懸命美緒の話を聞いていた卓人が、美緒に一歩近づいて口を開いた。

「アホやな、美緒ちゃん」

「……えっ」

驚いた様子で美緒は顔を上げた。

おいおい、アホはねーだろと卓人の言葉のチョイスに凜弥は内心呆れてしまう。

しかし卓人が美緒に優しい笑みを向けているのが見えて、関西人の「アホ」は親しみがこもった言葉だったことを思い出す。

「ほんまに俺がそんなんをするわけあらへんやろ。そんなやつ、今からでも殴りに行きたいわ。美緒ちゃんが会食恐怖症やろうがなんやろうが、俺の気持ちはまったく変わらへんで。そんなん、俺が退治したるで」

「卓人くん……」

美緒は力の抜けたような声を出した。氷のように固まっていた恐怖が、卓人の大雑把さで砕かれているような、そんな印象を受ける。

「全然察してあげられんで、食べ物の話ばっかりしてほんまに申し訳なかった。これからの俺との食事の時は、なんぼでも残してええで。全部無理に食べんでええし、食べたない時はなんも食べんでええで。俺、五人前くらい余裕で食べられる奴やさかいな。美緒ちゃんが残した分くらい、俺が食べたるわ。気持ち悪くなったら、看病するわ。……せやからなんも無理する必要なんて、あらへんで」

卓人の穏やかな言葉が終わると、美緒はその場にしゃがみ込み、声を上げて子供のように泣いた。そんな彼女を、卓人は背中からそっと抱きしめる。

しばしの間、泣きじゃくる美緒に卓人は自分の温もりを与え続けた。心から理解し合えた恋人同士を眼前にして、凛弥は素直に羨ましさを覚える。

凛弥はつまようじでたこ焼きをさして、口に運んだ。

外側はカリっと焼き上がっているが中はトロトロで、マヨネーズとソースが程よく口の中で混ざる。癖になる、ジャンクな味だ。

その時、加賀見とはたりと目が合った。彼女は満面の笑みを浮かべながら凛弥に向かって無言で頷く。「よかったですね、凛弥くん」とその瞳が言っていた。嬉しくなった凛弥も、自然と笑みが零れる。

その後、少し気持ちが落ち着いたらしい美緒は、たこ焼きをひとつだけ頬張った。

「おいしい……。卓人くんのたこ焼き、すごくおいしいね。好きな人と食べるご飯って、最高だね……！」

そう言った美緒は目を充血させていたが、くしゃりと顔全体で笑っていた。

＊

美緒と卓人が元鞘に戻った後は、加賀見がたこ焼きの鉄板で作った料理や、卓人の焼いたたこ焼きなどを皆でつついた。

しかし結局、今回美緒が食べたのはたこ焼きひとつだけだった。

だが食べた量なんてまったく問題ではないのだろう。彼女が卓人の前で、心底嬉しそうに食べ物を味わった。それだけで十分なのだ。

家族以外での食事に緊張してしまうと美緒は言っていた。だけどそのうちきっと、卓人も家族と同じメンバーに含まれるのだろう。

卓人の支えによって、いつかどんな場所でも美緒が楽しく食事ができるようになることを、加賀見の作った一口キッシュの芳醇さを味わいながら、凛弥は切に願ったのだった。

そして会がお開きとなり、美緒と卓人が帰り支度を始めた時だった。

「美緒さん、卓人さん。これ私からのお土産です。凛弥くんにも帰る時に渡しますね」

加賀見が透明な袋をふたりに手渡した。中には、一口サイズの丸いパンがいくつか入っている。

「えっ、いろいろご馳走になったのにお土産までええんですか？」

「ありがとうございます、加賀見さん」

驚いた様子の卓人の傍らで、美緒がぺこりと頭を下げる。そしてふたりはまじまじと袋の中を眺め出した。

「小さくてかわいいパンやな。焼き跡がおいしそうや」

「うん、すごく食べやすそうだね」

「ありがとうございます。これはポンデケージョっていうパンなんですよ」

「へぇ……初めて聞く名前です」

聞き慣れない名前に、凛弥は呟く。すると卓人が「あかん、もう今すぐ食べたい」と言い出したので、加賀見が笑ってこう言った。

「卓人さん。いくつか余っているので、よかったら今そちらを召し上がりますか？」

「えっ。ええんですか？　ではお言葉に甘えて」

「……お前、ちょっとは遠慮しろよ」

加賀見の親切にあっさりと乗っかる卓人に、凛弥が眉をひそめて苦言を呈すると、美緒はくすくすと笑った。

加賀見は微笑んだまま「すぐ取ってきますね」と告げて、ポンデケージョが数個乗った皿を持ってきた。

「凛弥くんもよろしければどうぞ。あ、お腹いっぱいでしょうか？」

皿を差し出しながら加賀見が問う。

確かに、たこ焼きの鉄板で作った加賀見の数々の料理で腹は膨れている。しかし、加賀見がせっかく勧めているのを、断るなんてとんでもないことである。

「いえ！　食べたいです！」

勢いよくそう言って、凛弥は皿からポンデケージョをひとつ取り、口に放り込む。すでに卓人は頬張っていた。

噛み締めた瞬間、芳醇なチーズの風味が口内を支配し、食べれば食べるほど味わいが増していく。何より特筆すべきなのは、その食感だ。外側はさくりと軽いのに、内部はモチモチととても弾力がある。

スタンダードな小麦のパンとはまったく異なっており、米粉のパンに近い気がしたが、よりもっちり感が強い気がした。

「おふたりとも、いかがですか？　ポンデケージョ、新作なんですよ。今度お店に出そうと思うんですが」

無言で味わっていた凛弥だったが、加賀見のその声を聞きはっと我に返る。

——いけないいけない。おいしくてつい夢中で食べてしまった。

「すいません、黙って味わってしまって……。あまりにうまかったんで食べるのに必死でした。チーズの風味と塩気が後をひきますし、生地もすごくもちもちしていて本当においしいです」

「ほんまに！　外側のパリッとした焼き加減もええですね！」

手放しで褒める凛弥に卓人も乗っかると、加賀見は目を細めて嬉しそうな面持ちになった。

「本当ですか？　おふたりがそんなに褒めちぎってくださるとは、光栄です」

加賀見のその言葉と表情に、凛弥は胸が高鳴る。パンの感想に嘘偽りはないが、彼女の喜ぶ顔が見たくて、テンション高めに言ったのは秘密だ。

「しかし本当にこのパン生地は癖になりますね。何か特別な原料でも使っているんですか」

「凛弥くん、目の付け所がすばらしいです。これは主成分にタピオカ粉を使っているんですよ」

「タピオカ粉？」

タピオカといえば、数ミリの大きさの粒をドリンクに入れて、その食感を楽しむのが少し前に流行った記憶がある。大流行していた時は、吉祥寺にもいくつもタピオカドリンク屋があった。だがブームが去った今では、カフェや居酒屋のメニューのひとつにたまに見かけるくらいで、定番の食材として定着したような感覚がある。

凛弥もタピオカドリンクは何度か飲んだことがあった。確かに、このもっちり感はあの小粒のタピオカに通じるものがある。

「なるほど、タピオカですか。タピオカ粉ってパン生地にも使えるんですね」

「ええ。ポンデケージョはブラジル発祥のパンなんですけど、十八世紀くらいからは存在していたと言われています。タピオカはドリンクのトッピングに使うよりも、パン生地で使う方が実はスタンダードなんです。現地では定番メニューですし、最近は日本でもコンビニなんかで売っていたりしますよ」

「コンビニで！　それは知らなかったです」

「そういえば私、売っているのを見たことある気がするなあ」

美緒が袋に入ったポンデケージョを見ながら呟いた。

「食べやすいパンなので、ブラジルでは食前のおつまみやコーヒーのおともとして家庭で食べられることが多いんですよ。ブラジルでは食前のおつまみやコーヒーのおともとして家庭で
すしね。私はチェダーチーズを入れていますが、各家庭ごとに入れる具は違っていて、ベーコンやハムを入れるお家もあるそうです。チーズも、カマンベールチーズやエダムチーズを選ぶ家もあるみたいですね」

「へえ……。ブラジルでは各家庭ごとに違う味なんですね」

感心しながら凜弥は言った。確かに、ハムやチーズを入れても絶対においしいだろう。ひょっとしたら、ツナやアンチョビなどのシーフードも合うかもしれない。

——ん？　なんか似たようなことを、最近考えたような気がするぞ。

と、凜弥が思っていると。

「なんだかそれって、ブラジルのたこ焼きみたいやなあ」

三個めのポンデケージョを頬張っている卓人が言った。その言葉に、凜弥ははっとさせられる。

——そうだ。たこ焼きの具に何を入れようかって考えた時と似てたんだ。

すると、加賀見も卓人の言葉に頷いた。

「ええ、そうかもしれないですね。家庭で作るたこ焼きも、生地から具材、トッピングや

作り方まで、おうちのやり方が表れますもんね。ブラジルの方も、家族の好みに合わせてポンデケージョを作っているんでしょうね」

「ブラジル版たこ焼きかあ……。いいな、ポンデケージョ」

美緒がしみじみとした様子で言う。常に食べやすい物を選ばなければならない彼女にとって、ポンデケージョの特徴には惹かれるものがあるようだ。

長年患っていた会食恐怖症は、恋人が受け入れてくれたところですぐに治るわけではないだろう。しかし。今回卓人と楽しそうに会話をしていた彼女の様子を見ると、もうたいした問題ではないと思えた。

「ポンデケージョ、ぜひ店のメニューに加えてください。私、卓人くんと一緒に絶対に買いに来ます」

美緒がそう言うと、卓人がだらしなくにやけた。「卓人くんと一緒に」という彼女の発言に、嬉しさを抑えきれなかったらしい。

「ええ、ぜひお待ちしております」

そんなふたりに向かって、加賀見は優美に微笑むのだった。

＊

卓人と美緒が帰った後。凛弥は片付けを手伝うと主張して、ベーカリー・ソルシエールに残った。もちろん最初は加賀見には遠慮されたが――。

「あのふたり、加賀見さんがいなかったら絶対うまくいかなかったと思うんです。俺は会食恐怖症のことも知らなかったし……。だから御礼がてら、手伝わせてくださいよ」

と、食い下がったら、さすがに加賀見も「そうですか。では、お願いします」と受け入れてくれた。

もちろん本心からの言葉だったが、片付けと称して残って加賀見とふたりきりになるというのが真の目的である。そして狙い通りふたりきりになれたわけだが、ニヤけそうになるのを堪えるのが大変で、気の利いた会話ができない凛弥だった。

――いかんいかん。せっかくのチャンスだというのに。

使った紙皿や割り箸をゴミ袋に入れながら、恋路の進展のために凛弥は意を決して口を開く。――しかし。

「い、いやー。改めて言いますけど、加賀見さんのパン本当にどれもおいしいです。俺、子供の頃からパンが好きなんですけど、ここのパンってなんだか懐かしい感じがするというか」

――しまった。懐かしいってなんか、古臭いって言ってるみたいだ。

「あ、えっと、なんていうか、子供も大人も求めているパンがここにあるっていうか。う、うまく言えないんですけど」

パンのおいしさを褒めて加賀見に気を良くしてもらおうと思ったのに、うまい言い回しが出てこず、たどたどしい口調になってしまう。

しかし加賀見はそんな凛弥のことは気にした様子はなく、皿にひとつ残っていたポンデケージョをどこか遠い目をして眺めながら、こう言った。

「子供も大人も……。ありがとうございます。――凛弥くん。私、パンは完璧な食べ物だと思うんですよ」

「えっ……！」

凛弥は虚を衝かれる思いだった。

――パンが完璧な食べ物、だって？

まさに凛弥も同じような思いを抱いていた。

鍵っ子だった小学生時代のひとりの食卓でも、心からおいしいという思いを味わえたのは、いつでもどこでも手軽に食べられたパンのお陰なのだ。

「食器もナイフもフォークも不要で、家でも、外でも、歩きながらでもおいしく食べられてしまうのがパンです。美緒さんのような事情がある方だって、食べやすいとパンを選んでくれて。これほどパン屋冥利に尽きることはありません」

やはり、同じだった。パンの手軽なおいしさについて、加賀見は凛弥と共通の認識を持っている。

もしかすると、そんな加賀見がこねて成形し、焼き上げたパンだからこそ、凛弥は食べた瞬間懐かしさを呼び起こされたのかもしれない。

「米粉百パーセントのパンなど、アレルギーには今まで配慮してきましたが……。いろいろな種類のパンをおいしく作って、さまざまな方にベーカリー・ソルシエールのパンを楽しんでもらえるようになりたいですね」

凛弥はその瞬間、加賀見に一目ぼれをした自分の審美眼を誇り高いものに思った。

パンをこよなく愛し、おいしさだけではなく食べる人の事情まで慮りながら、加賀見は今日もパン生地をこねるのだ。

謎解き好きの魔女の豊かな心に、凛弥はさらに恋心を増幅させてしまう。

——だが、凛弥がこっそりと加賀見にときめいていたその時。

「明日の仕込み、手伝いに来たよーん」

出入り口のドアが開き、中年男性のやたらとお茶目な声が聞こえてきた。

その声を聞くなり、凛弥の昂(たか)ぶった気持ちが一気に冷えていく。

——そうだった。このおっさんがいたんだった……！

そう。つい先日、加賀見がタメ語で親し気に話していた、ナイスミドルだ。

いっちょ前に加賀見とお揃いの紺色のエプロンをつけているが、その下にはぎらついた柄のアロハシャツを着ている。顔が濃いせいか、妙な似合い方をしていた。

「ああ。いつもありがとうね」

やはり加賀見は、その男性に対してはまるで家族のような気安い口調で話すのだ。

——やはり夫なの、か……？

「いやー、つっても俺はフィリングに使う野菜切ったりソースを混ぜたりすることくらいしか、パンに関わることはできないからなあ。それ以上の手伝いをしようとすると、お前怒るじゃん？」

彼が加賀見を「お前」呼びしたことに、さらに凛弥の予想は悪い方へと転がる。よっぽどのアウトローでもない限り、男性が女性を「お前」呼びする間柄なんてごく一部に限られる。

加賀見は半眼になり、不機嫌そうに頬を膨らませた。素直に負の感情を表している様子は、凛弥が見たことのない彼女の姿だった。

「だって、何回言ってもパンのこと全然覚えてくれないんだもん」

「俺は大器晩成型なんだよ。長い目で見てくれや」

「晩成するのを待っていたら棺桶に片足突っ込んじゃうでしょう。まったく剛（つよし）おじさんは」

——え？　おじ、さん？

「ひえー、言うねえ。女は怖いわ。……おい、君。かわいい外見に騙されないほうがいいぞ。この女、性格も本当に『魔女』だからな」

「え!?　は、はあ……」

ふたりの会話を傍らで聞いていた凛弥だったが、急にナイスミドルが話を振ってきたので、戸惑ってしまう。

「もう、凛弥くんに余計なこと吹きこまないでよ」と加賀見は不機嫌そうに言った。

——いや、加賀見さんが気が強いだとか実は性格も魔女だとか、別にどうだっていい（むしろそれはそれでいい）。

そんなことよりも凛弥にとって今重要なのは、彼が「剛おじさん」と加賀見に呼ばれたことである。

「あの……。『剛おじさん』って？」

恐る恐る凛弥が尋ねると、加賀見は苦笑を浮かべた。

「ああ、そういえば凛弥くんに紹介してなかったですね。この流れ者みたいなあやしい男は、不本意ながら私の叔父なんですよ」

「相変わらずすげー言うな……」

容赦のない紹介のされ方に、あやしいおっさんこと剛は、顔を引きつらせた。

「だって本当にあやしいじゃないの。一度常連の田代（たしろ）さんに心配されたくらいよ？　加賀見ちゃんの自由だとは思うけど、あんまり変な男を雇わない方がいいよ、って」

「げ！　マジかよあのくそババア……！」

「お客さんに『くそババア』なんて言わないでよね。いつもそんな派手なシャツとかヒッピーみたいな恰好してるせいじゃないの。まあ、田代さんには『あれは私の叔父です』って説明したら納得したわよ。……渋々、仕方なくって感じだったけれど」

加賀見を気に入っている近所のおばちゃんからすれば、店に剛のような不審者が出入りをしていたら、心から心配に違いない。しかし血のつながりのあるれっきとした親族ならば、引き下がらざるを得ない。まあ、それならばさまざまな懸念はさすがに消滅するし。

「まったくどいつもこいつも人をなんだと思ってやがる……。あ、えーと君は。凛弥、くんだっけ？」

「あ、はい」

「よし、凛弥くん。かわいい姪と仲のよさそうな君には誤解されたくないから説明するが、俺の本職は探偵なんだよ。仕事の合間に姪の様子を見がてら、ここの手伝いをしてるんだ」

「探偵！」

その甘美な響きに、凛弥は心を躍らせる。

探偵といえば、某アニメのように難事件をクールに解決していくイメージだ。リアル探偵に生まれて初めて出会った凛弥は興奮してしまったのだった。

――しかし。

「凛弥くん。探偵という職業に期待をしているところ大変申し訳ないんですけど、現実の探偵なんて浮気調査とか迷い猫捜索とか、そんな地味な仕事ばっかりですよ。殺人事件の現場に居合わせて真犯人を見つけるなんてこと、剛おじさんには一度もないです」

「えっ。えー……なんだあ」

探偵の真実について加賀見から聞いた凛弥は、一気に落胆してしまう。

浮気調査に迷い猫捜索。もちろんそれも立派な仕事には違いないが、スマートな探偵像は一瞬で崩れ去った。つまり剛は、普段ホテルの前を張ったり猫を追いかけ回したりしている中年のおっさんということだ。

――うーん。申し訳ないけれどやっぱりあまりパッとしない感じはあるな。

「なんだと！ いいじゃねえか別に！ 凛弥くん！ 何か困ったことがあったら俺に依頼してくれよー。依頼料は友人割引でいいからさ！」

「は、はあ……」

「今なんかいい案件、ない？ 知り合いの不倫疑惑とかさー」

「俺は大学生なんで、あまりそういうことに悩んでる知り合いはいないっすね……」

「そっか、そうだよなあ。じゃあ俺の助手にでもならない？ 他人の愛憎劇を見るのも結構楽しいぞ？」

「ちょっと剛おじさん。健全な大学生を悪い道に引き込まないでくれる？」

凛弥にあやしい話を持ちかける剛を、加賀見が顔をしかめてたしなめる。剛は「おー怖い怖い」と、おもしろおかしそうに言った。

個性豊かな剛の登場に凛弥は気圧され気味だったけれど、彼のおかげで不機嫌そうになったり、怒ったりする素の加賀見を初めて見ることができた。

それについては、凛弥は剛に大いに感謝するのだった。

3・子猫の柄はクラミック

揚げたてのメンチカツの熱は、薄茶色の耐油紙など容赦なく貫いてくる。火傷にはギリギリ及ばないほどの熱さを凛弥は指に感じながらも、メンチカツにしては珍しい形であるまん丸の吉祥寺名物をさくりとかじる。衣に隠されたひき肉から、大量の肉汁が湧き出てきた。玉ねぎは柔らかすぎずシャリっとした食感が残っていて、噛み応えがある。しっかりとした味付けがされているため、ソースいらずで食べられるのも嬉しい。

いつも店前に行列を作っている、「吉祥寺さとう」の、看板商品であるメンチカツ。並んで買う価値があるほど美味だが、吉祥寺に越してきたばかりの頃に一度食べてからは、味わっていなかった。

食べたいという気持ちは常に持っていた。吉祥寺駅からバスや電車に乗ると、かなりの確率でメンチカツの匂いを感じるので、その度に「あー、いいなあ」という気分になるのだ。しかしいつでも買いに行ける距離に住んでいることが、行列に並ぶ意欲を削ぐのだ。それにわざわざ列に並ばなくても、吉祥寺には他においしいものはたくさんある。

だが今日は、講義の空き時間に駅周辺をなんとなくひとりでぶらついていたら、店の前は数人しか並んでいなかった。平日の真昼間という、主婦の買い物時でもなく観光客も少ない時間帯が幸いしたのだろう。

だから凛弥は、とても久しぶりにメンチカツを購入し、次の講義に間に合うように食べながら大学までの道を歩いていた。

そしてメンチカツが食べ終わるころ、人通りの少ない路地に面した小さな公園に差し掛かった。小さな滑り台と二台のブランコのみの、幼児向けの公園だった。

通り過ぎようと思ったら、そののどかな場所に、のどかとは程遠い人物の姿が見えたので、凛弥は思わず立ち止まった。

――あの派手などくろ柄のシャツを着た中年は。ひょっとしなくても、やっぱり剛さんだ。

剛は取っ手のついた小型の箱のようなものを持ちながら、茂みの中をかき分けたり、滑り台の下を覗き込んだりしている。存在だけでもあやしいのに、さらに不審な行動を取っている。下手すると通報されるんじゃないかと、凛弥は少し不安になった。

「何やってんですか、剛さん」

食べ終わったメンチカツが入っていた耐油紙を丸めてポケットに突っ込みながら、凛弥は公園に入る。すると剛は、人懐っこそうに微笑んだ。やはり加賀見とは親族なのだなと、思わされる。笑った時にできる目尻の皺（しわ）に、少しだけ彼女の面影がのぞくのだ。

「おお凛弥くん！　君は大学は？」

「講義の空き時間にぶらついていただけです。で、こんな子供向けの公園で大の大人が何してるんですか？」

——ただでさえあやしいのに、さらにあやしいですよ。

出かかった正直な気持ちは、一応喉の奥に引っ込めた。

「見ての通りだよ。自宅から脱走した猫の捜索の依頼が入ってね。この辺で見たって言う証言があったから、捜しているところさ」

「——なるほど」

リアル探偵の地味な仕事パートワンだった。よく見てみると、剛が持っていたのは猫や小型犬を入れるためのキャリーバッグだった。

「一体どんな猫なんですか？」

「おっ、協力してくれるのかい？」

「この辺りはよく通るんで、ちょっと気にはしてみますよ」

「それはありがたい！　この猫なんだけどね」

剛はポケットからやたらと奇抜な柄のカバーがついたスマートフォンを取り出して何回かタップした後、その画面を凛弥に見せつけた。

「これは……とても高級そうな猫ですね」

真っ白な綿のようなふわふわの毛に、透き通るように青い瞳。長い毛に埋もれた首輪には、煌（きら）びやかなストーンが無数にくっついている。

口元がやたらと上向きになっていて、表情もとてもお高くとまっているように見えた。

「吉祥寺にいくつも土地を持っている、社長夫人の愛猫でねー。子供が巣立ってその寂しさを猫で埋めていたそうなんだよ」

「へえ……。それは幸せな猫ですねー。俺よりいいもん食ってそうだなあ」

人気エリアである吉祥寺は地価が高いので、土地をいくつも持っているとなると、相当な資産家であるはずだ。

「謝礼も破格でさー。無事に見つけて家に連れ戻したら、なんと五十万！」

「ご、ごじゅうまん!?」

サークルと授業に忙しく、時間がある時に入る単発アルバイトの給料と仕送りでつつましく暮らしている大学生の凛弥にとっては、法外な金額だ。

「しかし、手がかりが少なくってねえ。凛弥くん、本気で手伝ってくれないかなあ？　発見に繋がることをしてくれれば、報酬の何割かは渡すけれど」

「それは心からお手伝いしたいんですけど。俺、あんまり役に立てそうにないんですよね」

「えっ。どうして？」

「俺、猫に嫌われる体質なんですよ。俺としては好きなんですけどね……」

猫はかわいい。犬より猫派だと断言できるくらい、大好きだ。しかし、あちらさんは凛弥をあまり受け入れてくれない。

友人が飼っていた普段は人懐っこいらしい飼い猫にも目が合ったら唸られたし、野良猫も凛弥の顔を見るなり蜘蛛の子を散らすように去っていく。

かわいい猫を見ると嬉しくてついテンションが高くなってしまうのだけれど、それがいけないんだと猫好きの知人に言われたことがあった。

自由気ままな猫は、人間から構われるのをよしとしない生物だ。すり寄りたい時は自分から喉を鳴らすけれど、そういう気分じゃない時はひとりでのんびりとしたい生き物なのである。どうやら凛弥からは、猫をかわいがりたいという気持ちが、全身から溢れ出てしまっているらしかった。

「そうなのか。世知辛い片思いだなあ」

「――ですね」

ただでさえ、人間の女性にも片思いをしているというのに。不遇な自分の運命に凛弥は少し切なくなる。

「まあ、そういうことなら仕方ないな。もし見かけたら深追いをせずに、どこにいたのかだけ教えてくれるかい？」

「はい」

「あと、手伝いができそうな人がいたら教えてくれよ。猫捜しは人手があった方がいいからね。もちろん報酬は山分けするし」

「了解です」

剛にそう答えると、凛弥はもうすぐ講義が始まる時間になることに気づいた。あやしい探偵に軽く別れの挨拶を告げて、キャンパスまでの道を再び歩く。

誰か猫捜しをやってくれそうな人は、いるだろうか。

報酬のことを話せば有象無象ばかり寄ってきそうだから、真面目に仕事を手伝ってくれる奴にピンポイントに声をかけたほうがいいだろう。

なんてことを講義の前までは考えていたけれど、その日教授に大量のレポート課題と次週のテストについて告知され、慌てた凛弥はつい迷い猫の件について失念してしまった。

＊

井の頭公園といえば、吉祥寺駅側から入ってすぐに目に入ってくる細長い池を思い浮かべる人が多いだろう。土曜日の今日は、スワンボートを必死で漕ぐ親子連れや、ローボートをオールで進めるカップルたちが、池を占拠していた。

梅雨の晴れ間、そんな光景を目にしながら、凛弥を始めとした柔道サークル「やわら」の面々と、本日お邪魔した町の道場の子供たちは、昼食をとっていた。

子供たちは自宅から持ってきた手作り弁当を、大学生は主にコンビニの弁当やおにぎりを。土の地面の上に敷いた大きなブルーシートにこぞって座り、風を感じながら食べる昼食は、やけにおいしく感じられた。

午前中に、町の道場で子供たちと一緒に稽古をした。大学の近所の道場主に、「子供たちに指導をしてくれ」とたまに依頼が入るのだ。

素直だったり、生意気だったりする、活きのいい子供たちとの稽古は、凛弥にとっては普段の活動よりも楽しかった。サークルの面々も同じようで、後輩の和華は楽しそうにデザートのお菓子交換を女の子たちとしている。また、すでに昼食を食べ終えたらしい同期生の恭介（きょうすけ）は、元気な男の子たちと鬼ごっこをしている。

恭介はともかく、本当に子供は元気だ。皆が皆、弁当を食べ終えたらすぐに立ち上がって公園内をちょろちょろしだす。近くにある遊具は、すでに子供たちでいっぱいだった。皆、稽古の疲れなど微塵（みじん）も感じさせない。

心地の良い疲労感と満腹感によって、食後の凛弥は少しうとうとしているというのに。

池の方から、スワンボートに乗っている親子が「きゃー、藻がからまっちゃったー！」なんて叫んでいる声が聞こえてきた。ああ、気を付けないとスクリューに藻が絡まって動けなくなるんだよなあ、と目を細めてぼんやりと凛弥は思う。

――すると。

「捨て猫!?」

「分かんないけど、茂みの奥にいた！」

「ちっちゃいねー！　かわいい！」

「抱っこしたい！」

子供たちのそんな声が聞こえてきた。一様に興奮した様子のその声音と、会話の内容に凜弥の眠気が吹っ飛ぶ。すぐに立ち上がり、声のしたほうへと凜弥は向かった。

「親猫はいないみたいっすねえ。捨て猫かなあ……」

子供たちには、和華が付いていた。彼女の足元には、黒、オレンジ、薄茶色の三色がまだらに入り混じった柄の子猫が、「にーやんにーやん」と一生懸命鳴いていた。

猫を飼ったことがない上に近寄ると逃げられてしまう悲しい特性の凜弥は、あまり猫自体には詳しくない。変わった模様だな、と思った。

「和華、本当に捨て猫？」

凜弥が声をかけると、しゃがんで子猫を撫でていた和華が顔を上げる。

「たぶんそうっすね。この子が入っていたらしき段ボールもあったっす」

明るく染めたボブカットに、下手をすると中学生に見間違えられてしまいそうなほどの、幼い顔立ち。身長も百五十センチに満たないかわいらしい外見の和華だが、彼女はその見た目に反して強くかっこいい女になることを目標としている。声も高いロリ声だが、できるだけ硬派にみせるためらしい「っす」という語尾はどんな相手にも忘れない。

花の女子大生という人生で一番楽しそうな時期に、柔道サークルに入ったのも「武道ができる方がかっこいい女に違いない」という理由らしかった。

しかし運動神経は悪くなかった。週二、三回というぬるい練習環境にもかかわらず、凜弥が教えた背負い投げのフォームは、一年ちょっとでだいぶ様になった。

また、掛け持ちで映画研究会にも入っているらしい。凛弥も一度入部を誘われたが、興行収入ランキングで上位にランクインするような流行のエンタメ映画しか観ないので、場違いだと丁重にお断りした。

「マジのやつかあ……」

「マジっすね。サビ猫は人気ないって話もあるっすから……。貰い手が見つからなくて捨てられたのかもしれないっす」

「へー、サビ猫って言うんだこの柄。っていうか人気ないの？」

確かに顔までまだら模様で、トラや三毛に比べると表情が分かりづらい。しかしその珍妙な柄が凛弥にとってはとても面白く感じたし、個性的で愛おしさすら覚えた。

逃げてしまわないように、凛弥は必要以上に近寄らなかったけれど。

「世間ではそうみたいっす。あたしはかわいいと思うっすけどね。子供たちも気にしてないみたいっす」

実は、こんな風に和華と話している最中にも、第一発見者らしい数人の子供たちは、しきりに「子猫ちゃんこっち向いてー！」「あ、あくびした！」なんて言って、子猫に夢中になっていた。その小さな背中を優しく撫でている子もいる。

「ねえ、この子どうなっちゃうの？」

子供たちの中では年長者である、六年生の女子が心配そうに凛弥と和華に尋ねてきた。

「うーん……。誰かこの中に猫を飼える人いないかな？」

凛弥の言葉に、子供たちは顔を見合わせる。一瞬前までの「ただ猫がかわいい」という気持ちが、現実的な話になって引いてしまったようだった。

「うちはペット飼えないマンションなんだ……」

「前に捨て猫拾ったら、かーちゃんに鬼のように怒られた」

「うちは妹が猫アレルギーで……」

なんて、しょんぼりした顔で次々と子供たちが言う。和華ははあ、と小さく嘆息をした。

「まあ、なかなか生き物を飼うのは難しいっすよ。だけど、このままこの子ひとりで置き去りにしたら、間違いなく死ぬっす」

「えっ、そうなのか？」

自由気ままに外の生活を謳歌している野良猫たちなんて、たくさんいるのに？

「まだ小さいからたぶんひとりで生きていく力はないっす。面倒をみてくれる母猫もいないっすし」

「そういうもんなんだ……」

「とりあえず、他の子供たちにも飼える人がいないか聞いてみましょう、凛弥先輩」

「そうだなあ」

周囲に散っていた子供たちと、サークルメンバーにも集まってもらい、子猫が飼える人がいないかふたりは尋ねてみた。

しかし子供たちは住宅事情や喘息（ぜんそく）・アレルギーの問題などで全滅。

そして柔道サークルのメンバーたちは——。

「うち、ペット可のアパートなんだけどよ。そもそも貧乏だから飼えねーな！　すまん」

猫を撫でながら、陽気にそう言うのはサークルのムードメーカーの恭介だ。

彼は母子家庭で実家暮らしだ。古い賃貸アパートに母と妹と住んでいると前に言っていたので、確かに猫を飼うのは難しそうだ。

苦学生のくせに、派手な金色にブリーチした髪がトレードマークで、「今日も負けちまった！」とよくバイト代をパチスロに突っ込んでいる。

典型的なチャラ男だが、気のいいやつでどこか憎めない。猫もそんな恭介を気に入ったのか、目を細めて彼の靴にすり寄っている。

恭介は無理か、と彼の隣に立っていた同期生の蓮美の方に凜弥は目を向ける。

「えーとそれなら蓮美……は、猫など飼いませんよねすいません」

「何よ、その言い方」

どんどん言葉尻が小さくなっていく凜弥を、腕組みをしながらキッと睨みつけるのは、スラリとしたモデル体形の蓮美だ。

武道は全身運動だからと、体形維持のためにサークルに入ったと以前に言っていた。

しかし、女性にしてはリーチが長く、競技的には有利な体つきであるためか次第に柔道の魅力にはまったのだろう。最近では「美容のためでしたよね？」と凜弥がツッコミをいれたくなるほど、痣だらけになっても稽古に取り組んでいる。

一言で言えばクールビューティー。我が強く、融通は利かないが、ぶれない真っすぐさが魅力的でもある。

蓮美は犬猫の類はあまり好きではないと、以前に言っていた。彼女に猫の話を振りながら、凛弥はそのことを思い出したのだった。

「まあ、私は飼わないけどね。動物、好きじゃないし、そもそも私の住んでるアパート、ペット不可だし」

「あ、はい分かりました。じゃあ一樹は？」

最後のひとりの一樹に凛弥は願いを託す。彼は、人差し指を子猫に向けて自分の匂いをかがせていた。なんだか、猫に慣れている様子だった。

——待てよ。

「そう言えば一樹んち猫飼ってたよな!?　一匹くらい増えてもいいんじゃないのか!?」

何度か一樹の家の猫の写真を、凛弥は見せてもらったことがあった。

一樹は実家暮らしで、一軒家に家族と二匹の猫と暮らしているはず。

「あー。それが最近また一匹増えちゃってねえ……。さすがにこれ以上は無理だな、ってついこの前家族と話したところなんだよ」

癒し系おっとり男子の一樹は、心底申し訳なさそうに言った。

もっとも可能性がありそうな一樹があっさり無理だと分かり、凛弥は落胆する。

「一樹もダメか……。どうすっかねえ」

「うちらで里親を探すしかないんじゃないっすかねえ」

さすがに、ほぼ確実な死が待っている子猫を放置するのは寝覚めが悪い。和華の提案に、もちろん凛弥は賛成だ。——しかし。

「それはいいけど、その間この猫はどこに置いとく？　俺んちもペットダメだし、和華んちもそうだよな？」

当の凛弥と和華も、学生用のアパート暮らしだ。ペット可物件はそうじゃない物件よりも家賃が高いことが多いので、よっぽど事情がない限り大学生が住むことは無い。

「そうっすね……。うちは厳しいっす」

「だよなあ。どうすっか……」

「それなら、とりあえず今日一日だけは僕の家に置いてもいいよ」

凛弥と和華がうーむと唸っていたところ、一樹がそう言った。

「え！　マジでか一樹！」

「うん。家族みんな猫好きだから、一日預かるくらいなら大丈夫。まあ、飼うのはやっぱり無理だけどね」

詰め寄る凛弥に、控えめに笑って一樹が答える。

「いや、一日でも助かるよ。その間に、猫の預け先を考えよう」

「そうっすね。一樹先輩、ありがとうございます」

「いやいや、僕も猫は放っておけないし。先住猫がびっくりしないか心配だけど……。まあ、子猫はケージにでも入れておけばなんとかなるかな」

「ケージって？」

聞き慣れない単語に、凛弥は尋ねる。

「子猫や子犬を入れておく檻（おり）だよ。うちに使ってない大きめのケージがあったから、それを使うよ」

「そっか、それなら安心だな」

「うん……。だけど、今後の預け先を見つけるの大変そうだなあ」

足元にちょこんと座る子猫を見ながら、一樹は渋い顔をする。

確かに、なんとか一日はしのげそうなものの、生き物を受け入れてくれる場所はそう簡単には探せなそうだ。だから世の中は、野良猫で溢れているのだろう。

しかしとりあえず、子猫の行く末を心配する子供たちに「ちゃんと俺たちが飼い主を探すから、大丈夫だよ」と凛弥は告げ、一同は解散した。

そしてやわらのメンバー皆に猫の預け先を探すように頼んだが、凛弥自身まったくそんなあてはなかったのだった。

＊

子猫を一樹に託して井の頭公園を出たその足で、凛弥はひとりベーカリー・ソルシエールへと足を運んだ。昼食を取ったばかりだったのでお腹がすいていたわけではなかったが、このまま帰宅しても猫の預け先のいい案が思い浮かぶとは思えなかった。

パン屋の柔らかい雰囲気の中、いろいろ考えたかったのだ。

入店すると、加賀見は接客中だった。凛弥の姿を見て「いらっしゃい、凛弥くん」とは言ってくれたが、すぐにカウンター前の別の客と話を始める。土曜だからか、パン売り場には数組の客がいて、イートインスペースもそれなりに埋まっている。

——パンひとつくらいなら食べられそうだな。カレーパンと飲み物を買って店内で食べよう。

そう考えてトングでカレーパンを取ろうとした凛弥だったが、隣に置いてあったクラミックというパンが目に留まった。

ここでは初めて見るパンだった。新作かもしれない。山形食パンのような形で、スライスされていて断面が見える。薄茶色の生地に、オレンジピールとレーズンがちりばめられていた。香ばしそうな外見に惹かれたが、今の腹の具合には少々重そうに見えたので、予定通りカレーパンを手に取ることにした。

そしていつものようにカレーパンとアールグレイティーを会計し、イートインスペースへと進む。客を捌(さば)くのに忙しそうな加賀見とは、最低限の会話しかできなかった。

席に着き、カレーパンをかじりながら知り合いたちを凛弥は思い浮かべていく。しかしやはり、猫を預かってくれそうな人は思い当たらない。

――一人暮らしのアパートのやつが多いからなあ。それだとだいたいペット不可だし……。

というわけで、数少ない実家暮らしの友人に何人か連絡してみたのだが、いい返答は得られなかった。

命を預かるのだ。なかなかそう簡単にＯＫが出ないであろうことは、凛弥も予測はしていた。

――だけど本当に見つからなかったら、明日からの猫の行き場、マジでどうしよう。

などと、カレーパンを食べ終わり、猫のことを考えて頭を抱えていると。

「何かお悩みなんですか？」

頭上から透き通るような美声が聞こえてきたので、凛弥は顔を上げる。テーブル拭きを持った加賀見だった。

「か、加賀見さん。さっきはお忙しそうでしたが、もう大丈夫なんですか」

突然意中の相手に声をかけられ、少し動揺するも凛弥はそう尋ねた。

加賀見は凛弥のついているテーブルを丁寧に拭きながら、こう答える。

「ええ、ちょうどお客さんが切れたところです。イートインスペースの掃除がしばらくできていなかったので、やりに来ました」

「そうだったんですね」

「……というのと、会計の時からずっと凛弥くんが浮かない顔をしていたので、気になっていました」

お茶目に微笑んで加賀見は言う。いつもきりりと隙のない感じなのに、たまに見せるかわいらしい仕草や表情が、凛弥にとってはたまらない。

――しかも、俺の様子を気にしてくれているなんて。

なんて、性懲りもなく胸を高鳴らせる凛弥だったが。

「何かあったんですか？」

「ああ、えーと。ちょっと子猫が、ですね」

加賀見に問われて、気を取り直して答える。

「子猫？　飼ってるんですか？」

「いえ。飼ってくれる人を探してるんですが、実は……」

加賀見に、拾ったが、飼い主のあてがないこと。また、今日一日はサークル仲間の一樹が実家で面倒をみてくれるが、明日からの行き場すらないこと。

子猫を拾った事の次第を凛弥は説明した。

「野良の子猫ですか……。ちなみに、どんな柄の猫ちゃんなのですか？」

「サビ柄っていう柄らしくて。茶色とか黒が入り混じったモザイクみたいな模様というか……。ちょっと変わった柄ですね」

自分が知らなかった柄だったため、凛弥は詳しく猫の毛色について説明した。

――しかし。

「いえ、そんなに変わった模様というわけではないですよ。その辺の野良猫にも、少し探せば見つかるはずです」

相手は謎解き大好き雑学知識の豊富な加賀見だったのだ。サビ猫のことくらい知っているはずか、と凛弥は軽く反省する。

「あ、そうなんですね。珍しくないんだ、サビ猫」

「まあ、トラやブチなんかに比べたら、数は少ないし認知度は低いかもしれないですね。それで、そのサビ猫ちゃんの預け先がなかなか見つけられなそうということですね」

「はい……。知り合いにも当たってみましたが、いい返事が来なくって」

シュンとして凛弥が言う。加賀見と話している間にも、預かってくれないかと頼んだ実家暮らしの友人から、お断りの連絡が届いていた。

すると加賀見はしばらく黙考した後、「あ、それなら」と何かを思いついたらしく、微笑んだ。

「うちでお預かりしましょうか?」

「えっ。うちでって……この、ベーカリー・ソルシエールでですか?」

戸惑いながら凛弥は尋ねる。

ここは飲食店だから、動物はNGだと凛弥は自然に思い込んでいたのだった。

「ええ、そうです」

「でも、大丈夫なんですか? パン屋に動物がいたら……」

「確かに、そういったことを気にする方もいらっしゃるでしょうね。ですが、この店にはサンルームの席があるでしょう？　ご存じかと思いますが、あそこは動物同伴ＯＫの席です。つまりこのお店に来るお客さんは、動物に寛容な方が多いんですよ」

加賀見にそう言われて、凛弥はサンルームへ目を向ける。

確かに今座っている客も、中型犬を足元に寝かせながらパンを味わっている。隣のテーブルについている客は、犬を気にしている様子はない。

「子猫ちゃんは一樹さんからケージを借りてサンルームに置くことにして、パン売り場には入れないようにすれば大丈夫なんじゃないかなあと思うんです。店内に繋がる扉はお客さんの出入り以外は基本締め切りですし」

「なるほど……！」

それならば、テイクアウトの客は猫のことを気にしなくて済むし、猫が脱走する心配もないだろう。

「それに、猫は好きな方の方が多いですからね。特に子猫なんて、みんな機会があれば見たいのでは？」

「確かに……」

凛弥自身、ショッピングモールのペットショップに子猫がいたら、つい足を止めてしまう口だ。

「お店の招き猫になってくれるんじゃないかなって思います。……というわけで、明日にでも、子猫ちゃんを連れてきてください」

「分かりました！　いやー、本当に大変困っていたので助かります……！　加賀見さん、ありがとうございます！」

大声で礼を言う凜弥に、加賀見はにこりと笑ってこう答えた。

「いいえ、私も動物は好きなので。子猫ちゃんに新しい飼い主を見つけてあげたいという気持ちになったんです」

——マジでなんなんだこの人。見た目も中身も完璧に好きなんですけど。

加賀見の言動に、凜弥はいつも通りしてやられてしまう。しかし売り場に客が入ってきたので、加賀見は「ではまた後ほど」と言って、去っていった。

一抹の寂しさを覚える凜弥だったが、「あ、預け先が見つかったことをみんなに連絡しないと」と、自分のすべきことを思い出し、気を取り直してスマートフォンの画面をタップした。

＊

あくる日、ベーカリー・ソルシエール開店前の時間のこと。

店のサンルームには「やわら」のメンバーたちが、子猫を加賀見に託すのと今後のことを相談するために、一堂に会していた。

「すみませんが、よろしくお願いいたします」

子猫が入っていたケージごと、一樹は加賀見に引き渡す。

ケージはとても大きく、中は二段になっていて、一段目は猫砂の敷かれたトイレになっていた。二段目にいる子猫は、きょとんと目を見開いて周囲の様子をうかがっている。

「かわいい！　まだ本当に小さいですね」

子猫の姿を見て、加賀見は瞳を輝かせる。

「はい、たぶんまだ二か月くらいかなと」

「そうなのですね。ご飯は何を？　離乳は済んでいるのですか？」

――離乳なんて単語が、自然と出てくるなんて。さすが加賀見さんは物知りだなあ。

それまで、猫には鰹節を載せたご飯でもあげればいいのだろうと本気で思っていた凛弥は、魔女の知識の深さに改めて感心する。

「昨日子猫用のドライフードをもりもり食べていたので、済んでいるはずです」

「それならご飯は楽ですね。朝、晩あげればいいのですか？」

猫の世話の仕方について加賀見が一樹と会話を始める。しかし、世話まで任せるつもりはない凛弥は、待ったをかける。

「加賀見さん。子猫の世話は俺たちが責任をもってやりますから。さすがにそこまで投げるわけにはいかないです。加賀見さんは子猫を置いてくれるだけでいいです」

「えっ。私は構いませんけれど……」

「いや、あたしたちが拾って里親を探すって決めたんで、ご飯当番やトイレの片付けなんかは、あたしたちに交代でやらせてください」

凛弥に続いて和華もそう主張すると、それまで遠慮していた加賀見は納得したらしく、小さく微笑んだ。

「かしこまりました。では、よろしくお願いします。それにしても、きちんとお世話をして里親を探すなんて皆さん優しいんですね」

「いやあ、そんなことは。ただ、一匹で寂しく路頭に迷っている子猫を放っておけなかったんです！」

自分ひとりが褒められたわけではないのに、つい凛弥は調子に乗ってしまう。なぜか和華が傍らで乾いた笑みを浮かべた。

ニヤけていた凛弥だったが、斜め後方から圧を感じて、慌てて振り返る。蓮美が不愛想な顔をしていた。

――そういえば。猫の預かり先が見つかったとはみんなに教えたけど、俺たちが世話をするっていう話はしてなかったっけ……。

動物があんまり好きではない蓮美はきっと、「何よそれ、世話をするとか私聞いてないんだけど」と思っているに違いない。

「せ、世話をするの、だめです、かね……？　あっ、なんだったら、蓮美さんはやらなくていいんで……」

「…………」

恐る恐る言葉を紡ぐ凛弥だったが、蓮美はしかめ面のまま何も答えない。

しかしぷいっと顔を背けると、ぶっきらぼうにこう言った。

「ふん、もう仕方ないわね。私も部の一員なんだし、ちゃんと世話するわよ。でも早く飼い主を見つけてよね。動物は好きじゃないけど、さすがにここまで来たら行く末が気になるもの」

「おおー！　ありがとうありがとう！」

蓮美女王の慈悲深いお許しに、大袈裟（おおげさ）に凛弥はお礼を言った。——すると。

「……あれがリアルツンデレってやつか。なかなかいいもんだな、一樹」

「だね」

なんてことを、男子ふたりが楽しそうに言っている。「ちょっと！　聞こえてるわよ！」と蓮美が噛みつくと、ふたりは「ひえ、すみません」と情けなく謝った。

そんなメンバーたちのやり取りが面白かったのか、加賀見はくすくすと上品そうに笑う。

その後、加賀見を含めてやわらのメンバーたちと今後の子猫の世話の仕方について話し合った結果、次のように決まった。

子猫が入ったケージはサンルームに置いておく。一日二回のご飯は、多少のずれは構わないが基本的に七時と十八時とする。その時間はパン屋は営業時間外なので、外から出入りできるサンルームの扉の鍵（店内には入れない）を加賀見からサークルメンバーたちは預からせてもらう。

なおサンルームの鍵は紛失防止のため、基本的に部室で保管し、ご飯当番が使う時だけ持っていくこととする。

「では、私も子猫ちゃんの様子はこまめに見るようにしますが、お世話は基本的に皆様にお任せいたしますね」

「加賀見さん、よろしくお願いいたします」

「はい。では、私はそろそろ開店準備をしてきますね」

そう告げて加賀見がいなくなると、サークルメンバーたちは今後の当番について話し合いを始めた。

「今日の夕方はみんな都合悪いみたいだな。じゃあ今日と……ついでに明日は俺がやるよ」

バイトが入っている、飲み会がある、とみんなが本日の当番については難色を示したので、凛弥は立候補した。さらに、直近の何日かは凛弥が当番となった。長期バイトをしていない凛弥は都合がつきやすかったのだ。

――ってか、なんならずっと俺だけでもいいんだけどさ。

猫にご飯をあげにくる時間はパン屋の営業時間外とはいえ、仕込みや後片付けをしている加賀見に会える可能性大なのだから。

しかしその後、他のメンバーたちが当番ができる日を積極的に挙げてくれた。蓮美も

「水曜日なら私がやるわよ」と、あっさりと受け入れてくれた。さっきも動物は好きじゃないと公言していた彼女だったが、なんだかんだで面倒見がいいことは凛弥も知っている。

　もっと高頻度でご飯当番をやりたかった凛弥は少し残念に思ったが、まあこれはこれでいい。改めて、やわらのメンバーたちの「いい奴感」を味わえて、ほっこりとした気持ちになった。

「早く、飼い主が見つかるといいなあ」

　話し合いが落ち着いたところで、ケージの中の子猫をちらりと眺めながら凛弥は言う。一応、すでに凛弥以外のサークルメンバーたちも知り合いに呼びかけたりＳＮＳで告知をしたりはしていたが、いい返事はまったく得られていない。

「うん。こいつ人懐っこいから、飼ったら絶対かわいいと思うんだけどね。オスはメスよりも甘えん坊だっていうし」

「ん？　この猫オスなのか？」

　それまで子猫の性別は気にしていなかった凛弥だったが、一樹に言われて聞き返す。

「うん、たぶん。まだ生後二か月くらいだからちょっと分かりにくいんだけどね。さっきおしりを見たら、小さなふぐりが見えたよ。……ほら、こうするだけですごく甘えてくる」

　と、一樹がケージの隙間から指を何本か入れると、子猫はすりすりと頬を摺り寄せた。それを見て、凛弥はショックを受ける。

——さっき俺が指を入れた時は、匂いを嗅いだ後興味なさそうにそっぽ向いたのに。

今度は恭介が、扉を少しだけ開けて手のひらを入れた。子猫は手に寄り添うように近づき、喉をゴロゴロと鳴らす。

「おー！　本当だ！　かわいいなあ」

——やっぱり。俺猫には懐かれないんだな……。

密かに涙目になりながら、以前に一樹の家に遊びに行った時も飼い猫に逃げられ、その時彼に笑いながらこう言われたことを思い出した。

『凛弥は、猫好き好き！っていうオーラが溢れすぎてるから引かれちゃうんだよ』

——そんなつもりはないんだけどなあ。

加賀見に対してもそんなオーラが出ていたらどうしようと、こっそり凛弥が不安になっていると。

「決めるべきことは決まったわよね。じゃあそろそろお暇（いとま）する……と言いたいところだけど。私、お腹がすいたからこのお店で朝食を食べていくわ。ちょうど開店するみたいだし」

蓮美がパン売り場の方に視線を向けながら言った。出入り口の扉を開けた加賀見が、ドアプレートをいじっているのが見える。「準備中」から「営業中」へと直しているところらしい。

「え、いいなそれ。つーかさっきからめっちゃいい匂いすんなーと思ってたところだわ。

俺も食べてく！」

蓮美の言葉に、恭介も賛同する。元々凛弥はベーカリー・ソルシエールでパンを食べていくつもりだったし、朝食を食べていなかった和華と一樹も乗っかってきたので、結局皆で朝食を食べることになった。

「あれ。皆さん、パンを買ってくださるのですか？」

サークルメンバー全員が、トングを片手にパンを選び出す光景を見て、売り場にいた加賀見が言った。

「はい。ちょうど朝ご飯の時間ですし、話し合ってたらなんだか腹が減っちゃって」

凛弥が答えると、加賀見はにこりと微笑む。

「それは嬉しいです。ありがとうございます。開店直後なので、お好きな物を選び放題ですよ」

たまに剛が雑用をこなしてはくれるものの、ベーカリー・ソルシエールはほぼ加賀見がひとりで回している。そのため、早朝に焼き上げたパンのみが店頭には並び、なくなり次第閉店、というシステムだ。

加賀見の言う通り、売り場には香ばしい香りを漂わせたパンたちがずらりとディスプレイされている。これが夕方前くらいになると、寂しい感じになってしまうので、凛弥は嬉しい気持ちになる。

「どれもおいしそうね。……おすすめはどれですか？」

「パン・オ・ショコラやシナモンロールなんかが女性の方には人気です。しょっぱい系なら、明太チーズフランスも買われる方が多いですね」

「俺はとにかく腹が膨れるやつがいいな！　甘いの苦手だからしょっぱいやつで」

「それならハード系ですね。ハムを挟んだカイザーゼンメルなんていかがでしょうか？」

にこりとしながら、質問をした蓮美と恭介におすすめ商品を紹介する加賀見。

皆がこの店の売り上げに貢献してくれてよかった、と凛弥が思っていると。

「あっ！　このパン」

和華がパンを指さしながら言った。薄茶色の生地に、レーズンやオレンジピールがぎっしりと詰まっているパンだ。ネームスタンドには、「クラミック」と書かれている。

確か、昨日凛弥が「新作かな」と気になったパンだ。

「そのパンがどうしたの？」

「この断面の感じ、何か見覚えがないっすか？」

「え？」

「サビにゃんに似てるっす！」

和華にそう言われて、サンルームのケージを凛弥はちらりと見た。

ケージの中で丸まっているサビ猫のまだら模様の感じは、確かに眼前のパンと類似性があるような気がした。

「ほんとだ！　あの猫っぽいなー」

もともと、猫のふわふわの被毛がなんだかパンのようだなと凛弥はふと思うことがあった。しかもあのサビ猫は茶色がベースなので、ますますパンっぽい。

「確かに、どことなくあの猫ちゃんっぽいですね。このクラミックというパン、新作なんですけど朝食向けでおすすめですよ」

たおやかに微笑みながら加賀見が言うと、和華が興味深そうにクラミックを眺めながら、こう尋ねた。

「どういうパンなんすか？」

「ベルギーやフランス北部で十七世紀ごろから食べられている、歴史あるパンなんです。ほのかな甘さがあって、現地でも糖分摂取の大事な朝食によく食べられているようです。レーズン入りが定番で、うちではオレンジピールもアクセントに入れています。食感を楽しむために、あられ糖を入れる場合も多いですね」

「朝食向け……。いいですね～。俺、これ買います！」

加賀見が朝食にと勧めてくれたパンなのだからここは買うしかない、と凛弥は勢いよく言った。和華も加賀見の説明に惹かれたようで、「あたしも～」とクラミックをトレイに載せた。

「わあ、おふたりともありがとうございます」

加賀見は満面の笑みを浮かべ、ふたりに向かって軽く頭を下げた。

そんな会話を加賀見とした後、凛弥はクラミックとミルクティーブリオッシュ、アールグレイティーを会計し、サークルメンバーとともにイートインスペースのテーブルについた。サンルームのケージの中の子猫がちょうど見えたが、丸くなって眠っていた。

クラミックをかじると、ほんのりとした甘さが広がった。ブリオッシュタイプの生地なので、軽い口当たりでとても食べやすい。

たくさん入ったレーズンとオレンジピールによって一口一口微妙に味が変わることもあり、購入したハーフサイズくらいならぺろりと食べられそうだ。

――やっぱりおいしいなあ。加賀見さんのパン。

冒険が苦手な凛弥は、ついいつもお気に入りのパンばかりを固定で買ってしまう。まだ食べていないベーカリー・ソルシエールのパンは山ほどある。これからは、ミルクティーブリオッシュやカレーパンを買いつつも、他のパンにも挑戦してみようと思った。

他のサークルメンバーたちにもベーカリー・ソルシエールのパンは大好評だった。普段は手放しで人を褒めない蓮美ですら「パン・オ・ショコラ、チョコと生地の量がちょうどいいわね」なんて、おいしそうにパンを頬張りながら言っていた。

加賀見も入店し出した他の客の相手の合間に、こちらを眺めては満足げに微笑んでいた。

――偶然だけど、みんなでここで朝食を取ることになってよかったなあ。

「いやあ、本当にうまいなあ」

加賀見に勧められたカイザーゼンメルを勢いよく食べながら、恭介がホクホク顔で言う。口の開いた彼のトートバッグの中には、ベーカリー・ソルシエールでもっともコスパの良いロールパン五個セットの袋が入っていた。

持ち帰って家族のお土産にでもするのかもしれない。

「恭介、今日は講義さぼって一日引っ越しのバイトだっけ。パン一個で足りるの？」

「いやー……。俺金欠だからさ。あーあ、バイトしんどいなあ」

一樹の問いに、恭介が疲れたように笑う。

引っ越しのバイトは凛弥も数時間だけやったことがあるが、稽古の数倍は体力を使った。それを丸一日も行うらしい恭介がとても哀れに思えた。

「マジか……。頑張れよ」

「ありがと、凛弥」

「っていうかあんた、なんでいつも金ない金ないって言ってるわけ？　毎日のようにアルバイトしてるのに」

パンを食べ終えた蓮美が、上品そうに紅茶のカップを持ちながら言う。すると恭介は、得意げに微笑んだ。

「そりゃ、あれよ。やっぱり負けを取り戻そうとしているうちに、金なんかあっというまに消えるわけよ。給料日の後つい行っちゃうからなあ、スロット」

何を当然のように言っているのだろう、このチャラ男は。

蓮美は心底軽蔑したように、目を細めて恭介を見据える。

「ええ……。まあ自分が稼いだ給料で苦しんでいるうちはいいけど。あんた、ロクな夫にならなそうね」

「ふっ。そのうち一攫千金するから大丈夫よ。なあ、なんか割のいいバイトねーか？」

「知らないなあ」

呆れたらしい一樹がおざなりに答える。日頃から暇さえあればアルバイト情報誌とにらめっこしている恭介よりも、大学生のジョブ事情に詳しい人間なんて、そうそういない。

そんなことをいつものように話している恭介と蓮美、一樹を横目で見ながら、凛弥と和華はパンをゆっくりと味わっていた。――すると。

「あの。凛弥くんから以前に聞いたんですけど。たまにボランティアで子供たちと柔道の稽古をしているんですよね？」

接客を一段落させたらしい加賀見が寄ってきて、凛弥と和華に話しかけてきた。

「はい。だいたい月に二回くらいっすかね」

「稽古前、お時間があったらでよろしいんですけど……。うちのお店に寄ってくれませんか。子供たちにお土産のパンを渡したいので。もちろんお代は結構です」

「えっ？　お土産ですか？」

凛弥が尋ねると、加賀見は小さなパンが入った小袋を見せてきた。パンは人形や猫の形をしていて、とてもかわいらしい。それを見た和華は瞳を輝かせる。

「めっちゃかわいいパンっすね！」

「ありがとうございます。グリティベンツという、スイスでクリスマスの時期に食べる子供向けの甘いパンです。形がかわいく食べやすいので私のお店では時期を問わず出していますが、お陰様で子供になかなか人気があります。午前中に売り切れる日も多いです」

「でもいいんですか？　いただいちゃって」

教えに行く道場には子供たちが十五人ほどいる。それを無償提供してくれるとなると、加賀見の負担も小さくないはずだが。

「いいんですよ。もともとクリスマスの時期に来店した子供におまけで配るために考案した商品なので、原価はそこまで高くないですしね。稽古後のおやつにちょうどいい大きさかと思いますし」

「そうなんですか？　でも……」

「本当にいいんです。地域の子供たちにおいしく食べてもらうことが何よりですから」

加賀見に惚れなおしながらも、凛弥は改めてグリティベンツを眺める。確かに、見た目はかわいらしいし味もベーカリー・ソルシエールのパンなら子供受けも間違いない。

――この人、天使かな？　あ、魔女だった。どっちにしろ最高です。

「ありがとうございます！　子供たち絶対喜びます！」

「ほんと、あたしが食べたいくらいっすよ～。あ、まだ残ってるすか？　帰りにひとつ買うっすね！」

かわいがっている子供たちにおいしいお土産を持っていけることが嬉しかったのか、和華が弾んだ声で言うと、「はい、ありがとうございます」と加賀見が答える。

その間、凛弥は何気なく加賀見がテーブルに置いたグリティベンツに再度目を向けた。

――ん？

既視感があった。このパン、どこかで見たことがある気がする。

ベーカリー・ソルシエールではない、違う場所で。あまりパンには縁の無さそうな意外なところで。

どこで見たのだろうか？

少し思考を巡らせてみたけれど、思い出せなかった。

＊

――何度か見たことがある。

常連の凛弥が連れてきた柔道サークルのメンバーのひとりの顔を、加賀見は知っていた。

以前から、定期的に店に訪れパンを購入してくれていたのだ。

しかしその人物は、全然そんな素振りを見せない。まるでこの店のパンをよく知らないかのように、他のメンバーに振舞っていた。

また、以前に来店した時と今の様子がまるで違っていることも加賀見は気になった。

今のその人は、個性的な性格を演じているかのように見える。何かを隠しているかのように。

しかし、立場上余計なことに首を突っ込むべきではない。

だから加賀見はあの人物の別の顔について内に秘めることを決める。親しい凜弥にもだ。

客のプライバシーを暴くなど、接客ではご法度なのだから。

*

ベーカリー・ソルシエールでサビ猫を預かってもらった日の夕方。

やわらでのサークル活動を終えた凜弥は、部室で柔道着から私服に素早く着替えた。

時刻は十七時半を回ったところだった。いまから向かえば、子猫のご飯にはちょうどいい時間帯だ。

――加賀見さんと話せたら、子猫の今日の様子を聞いてみよう。

なんてことを考えながら、軽い足取りで部室の外へと出ると。

――ん？

すでに着替え終えていた恭介と一樹、蓮美がサークル棟から離れた場所にいた。

それは別にいいのだが、やけに三人とも近いし、いつも声のでかい恭介が口の脇に手を当ててひそひそ話しているようなポーズをしていた。まるで密談でもしているかのようだ。

「何してんの？」

気になった凜弥が近づいて尋ねてみると、三人は一様に少し焦ったような顔をした。

「なんでもないわよっ！」

ただでさえ目力のある瞳をさらに鋭く光らせながら、蓮美がキレ気味に言ってきたので凜弥は「ひっ」と喉の奥で声を上げた。

——絶対になんでもなくないだろ。

もちろんそんなことは言えないけれど。

「ご、ごめんごめん凜弥。でも本当にたいした話じゃないんだよ」

「おう、あんまり気にしないでくれ」

取り繕うように笑みを浮かべる一樹と恭介にもそう言われてしまい、凜弥は「う、うん」と引き下がる。

何かあるなあと思いつつも、自分には知られたくないことなのかもしれない。

人様の事情に無理に首を突っ込むつもりのない凜弥は、見なかったことにした。

その後、ベーカリー・ソルシエールへ向かい、店舗の外からサンルームの中を覗いてみた。ちょうどパン屋の営業を終えたらしい加賀見が、ケージ越しに子猫を眺めていた。

「加賀見さん！　子猫にご飯をあげに来ました〜」

ガラス越しに凜弥がそう声を張ると、気づいた加賀見がにこりと微笑んで手を振ってくれた。自然と頬を緩ませてしまう凜弥だったが、だらしな過ぎる顔にならないように、口角を力ませる。

そして部室から持ってきた鍵でサンルームの扉を開錠して、中へと入る。サンルームは店舗のイートインスペースからも入ることができるので、加賀見はそちら側から入ったらしかった。

子猫はニャー！ニャー！と、腹から声を出すように鳴き声をあげていた。

「ちょうど、お腹がすいてきたみたいで。少し前からこんな風に鳴いているんですよ」

子猫を目を細めて眺めながら、加賀見が言う。

「そうだったんですか。あの、お店に迷惑はかけませんでしたか？」

「いえいえ！　むしろ大人気でしたよ。思った通り、皆さん子猫には弱いみたいで。また明日も見に来るというお客様もいました」

不安になって尋ねた凜弥だったが、加賀見が首を横に振ってそう答えた。本当に招き猫になってくれたらしくて、心から凜弥は安堵した。

そして、一樹に教えられた量のフードをケージの中に置くと、子猫は息を荒らげながらそれにありついた。あまりの勢いに、凜弥は驚かされる。

「おいおい。あんまり慌てて食べると喉に詰まらせるぞ」

「ふふ、かわいいですねえ。あっ、そういえばお客様の何人かに里親募集中ですと伝えてみたのですが……」

「おお！　ありがとうございます、飼ってくれそうな人はいらっしゃいましたか？」

「いえ……。やっぱり、なかなか難しいみたいで」

期待を込めて凜弥は尋ねたが、加賀見は残念そうに言った。

──そうか。まあ、俺たちみんなで知り合いに当たっても見つからなかったし、そう簡単にはいかないよな。

「でも、今後もめげずに聞いてみますね。里親募集の張り紙でも作りましょうかね」

「あっ、いいですね！　それなら俺たちが作って持ってきますよ」

「助かります。ぜひ、よろしくお願いいたします」

そんな話をしているうちに、子猫はフードを平らげ、毛づくろいを始めた。

「そういえば、明日も当番は凛弥くんでしたよね」

「あっ、はい。そうです」

「明日ですがお店が休みなので、ひょっとすると凛弥くんがいらっしゃる時間に私は店舗にいないかもしれないです。あっ、でももしかしたら仕込みを始めているかもしれませんが……」

「あー、そうなんですか」

それを聞いてすごく残念に思ったが、顔には出さないように凛弥は努めた。

「私がもしいなかったら、先ほどのように外から鍵を使ってサンルームにお入りください。お店側からは入れないので」

「はい、了解です」

「よろしくお願いしますね。……あ、そうだ凛弥くん。これよかったら、持ち帰りませんか？」

加賀見は、サンルームのテーブルに置いていた袋入りのパンを凛弥に差し出す。

「これは、クラミック？」

「ええ。新商品にしてはなかなか好評で結構捌けたのですが、調子に乗って作りすぎてしまったみたいで……。ラップをして冷凍庫に入れておけば、しばらく持ちますのでよろしければ」

「いいんですか！　これすごくおいしかったので嬉しいです！」

声を弾ませて凛弥は言う。一食分金が浮いた上に、その一食が極上の味のパンになるなんて、願ってもないことだった。

「ありがとうございます。……ただ、少し硬くなってしまっているかもしれません。申し訳ないです。ちょっと手間をかければおいしくリメイクできるのですが、今日はその時間がなくて……」

「いえいえ！　元々ふわふわでしたし、少し硬いのもそれはそれでおいしそうです！」

「そう言っていただけてよかったです」

にこりと、いつもの優美な笑みを浮かべて加賀見は言う。

その後、ご飯当番の役目を終えて帰路に就いた凛弥は、加賀見の笑顔を脳内に蘇らせていた。

——ご飯当番の時に、あんな風に加賀見さんと話ができるなら。

猫の里親探しも悪くない。なんならしばらく飼い主が見つからなくてもいいかも。思わず凛弥はそう考えてしまった。

――って、いかんいかん。早く飼い主を見つけてあげないと、かわいそうだ。

子猫のつぶらな瞳を思い起こし、凛弥は慌ててそう思い直すのだった。

＊

凛弥はとても狼狽していた。そこには、いるはずの子猫がいなかったのである。

――昨日の夕方来た時はいたのに、どうして。

昨日に引き続き、本日も凛弥は猫のご飯当番だった。

昨日、加賀見と共に子猫にご飯をあげた後、ケージの扉にきちんと南京錠をかけ、サンルームの扉も施錠したことを、凛弥ははっきりと覚えている。

しかしなぜ、今ケージの中はもぬけの殻なのだ？

現在の時刻は朝の七時十五分。大学に行く前に、当番の役目をこなそうとベーカリー・ソルシエールのサンルームに凛弥はやってきた。そして愕然(がくぜん)としたのだ。昨日の夕方までは存在していたはずの小さな生き物が、忽然(こつぜん)と姿を消していたことに。

最初は、ケージを抜け出してサンルーム内のどこかに潜んでいるのだろうと、高を括(くく)っていた。しかし、テーブルの下をのぞいても、椅子をひっくり返しても、小さな子猫は見つからなかった。

どうやらサンルーム内にはいないらしいことに気づいた時、凛弥は青ざめた。

その段階でサークルメンバーにメッセージを送ったが、まだ朝早い時間であるためか、反応は芳しくなかった。

返事がなかったり、返ってきても「マジか、後で見に行く」といった具合で、すぐにベーカリー・ソルシエールまで来てくれるメンバーはいなかった。

念のため店舗の外も見回ってみた。しかしあのまだら模様の猫の姿はなかったのだった。

——わけ分かんねぇ。

凛弥の記憶が確かならば、ケージとサンルームの扉という、二重の鍵がかかっていた状況下に子猫は置かれていたはずなのである。

そんな中、姿を消してしまうなんて、凛弥にとっては難解なミステリーでしかなかった。

「あれ、凛弥くん？　子猫ちゃんのご飯は終わったのですか？」

店舗の周りを捜索していたら、背後から美声が聞こえてきた。振り返ると、思った通りの人物が首を傾げて佇んでいた。そう、仕込みにきたらしいパン屋の魔女が。

——ミステリーと言えば、謎解き。

加賀見の美しい顔を見て、すぐに凛弥は思い立った。謎解きが大好物である、魔女に力を借りることを。

「子猫がいなくなってしまって……」

「え？」

凛弥の言葉に、加賀見は形のよい眉をひそめた。

そして凛弥は加賀見と共にサンルームに入り、ここで目にしたありえない状況について彼女に詳しく説明した。

確かに二重に施錠されていた状況で、子猫が消えてしまっていたことを。

凛弥の話をひと通り聞いた後、加賀見はケージを眺めながら神妙な面持ちでこう尋ねる。

「……なるほど。確かにこれはとても不思議な状況です。このケージの格子の幅なら、猫は通り抜けも不可能でしょうし……」

「ですね……」

格子状になっているケージは、二、三センチ程度の隙間しかない。

さすがにその幅では、小さな子猫でもすり抜けるのは難しいだろう。

「昨晩、凛弥くんがお帰りになった後ですが。私が片付けなどを終えてから子猫ちゃんの様子を見たのは、確か二十時くらいでした。その時は確かに姿はありましたが、その後は確認してないですね」

「じゃあ、その時から俺がさっきサンルームに入るまでの間に、子猫はいなくなったということですね……」

「はい、そうなります。ケージにもサンルーム内にも鍵がかかっていたので、二重の密室状態の中からいなくなったということは……やはり、子猫ちゃんが自力で脱出したのではなく、誰かが連れ去った可能性が高いですね」

「誰かが連れ去った……!?」

驚愕し、凛弥はかすれた声をあげてしまう。

無意識のうちに、その可能性については凛弥は除外していた。

里親探しの難航している子猫なんて誰かが連れ去るわけはないと、思い込んでいたのだ。

例えば、もし子猫を飼いたい人物がいたとしても、加賀見ややわらのメンバーにそう伝えればいいだけの話なのだから。黙って盗む理由は無いはずだ。

「もちろん動機は私にも分かりませんが、それは後回しです。まずは状況から、考えられる可能性を模索しましょう」

凛弥の脳内の動揺を察したのか、加賀見が諭すように言う。

——確かに。ありえない、と思ってはなっから除外していたら、大事なことを見落としそうだな。

「すみません、焦ってちょっと頭でっかちになってたみたいです。確かに、誰かが連れ去ったと考える方が、自然ですね」

「はい、そう思います。それで、サンルームの鍵ですが、凛弥くんが所属のサークルの部室で保管しているとおっしゃっていましたね。部室には、そのサークルに所属している方々が自由に出入りできる、という状況でしょうか?」

「あ、いえ。部室の鍵は普段守衛室に置いてあるんです。学生証を見せて鍵の管理帳に時間と名前を記入すれば、サークルメンバー以外でも自由に借りられるんですよ……あ、ってことは」

「では、昨日の二十時から今朝凛弥くんがサンルームに入るまでの間に、守衛室から部室の鍵を借りた人物……。その方が何らかの事情を知っている可能性が高いですね」

容疑者、犯人と表現しない辺り、加賀見の育ちの良さを感じる。……ということはさておき。

「では大学に戻って、守衛さんに聞いてきます」

「はい。いなくなった経緯ももちろん気になりますが……。まずはとにかく、子猫ちゃんが早く見つかるといいですね」

切なげに薄く眉間に皺を寄せた加賀見は、猫の行方を心から案じているようだった。

降ってわいた謎解きに挑んでいる間は、魔女も血が騒いでいる様子だった。しかし、一呼吸置いた魔女にとって一番気がかりなのは、小さな猫の安否らしい。

——優しいなあ。

なんてことをこっそり思いつつ、「そんなことより犯人捜しだ」と言い聞かせて、凛弥は大学へと走った。

＊

大学に到着してすぐに守衛室に行き、守衛に柔道サークルの鍵を借りた人物について尋ねると「いちいち覚えてないなあ。管理帳に書いてある通りだから、自分で確認して」と言われた。

守衛は何十もの部室の鍵はもちろん、体育館やテニスコートといった施設の鍵も管理しているのだ。そりゃ覚えているわけないかと思いながら、凛弥は守衛に渡された管理帳のノートを開いた。

「柔道サークルの鍵は、っと……」

羅列された鍵を借りた場所と時間、学生の名前を目で追っていく。丁寧に書く必要がないためか、殴り書きのような字ばかりだった。読んでいると辟易してきた。

「恭介、蓮美、一樹……」

確認した結果、子猫がいなくなったと思われる時間帯に、部室の鍵を借りたのはその三人だった。

——その三人しかいなかった。

「……マジかよ」

絞り出すように声を漏らしてしまう。

またまた、凛弥は勝手に思い込んでいた。鍵の管理帳に、きっと自分の知らない名で部室の鍵を借りた人物がいるに違いないと。

もちろん動機などは不明だが、猫をサンルームから誘拐したのは、正体不明の邪な人物であるに違いないと、ごく自然に考えてしまっていたのだ。

しかし、実際に部室の鍵を借りたのは、やわらのメンバーである、旧知の仲の同期生の三人のみ。何度ノートを見返しても、その三人だけだったのだ。

――恭介、蓮美、一樹の中に、猫をさらった奴がいる……？

そんなことする奴らがこの三人の中にいるのか？とか、でもやっぱり動機がないんじゃないかとか。凛弥の脳内は、複雑な感情でぐるぐるとかき乱されるのだった。

＊

昼休み、凛弥はやわらのメンバーたちと共に、ベーカリー・ソルシエールへと向かった。

今朝、子猫がいなくなったことを凛弥がメンバーたちに報告した後。

「え、なんで？」だとか「周りは捜したの？」といった返信が、午前中に全員から来たので、集まって現場を見に行くことにしたのだ。もちろん、恭介と蓮美、一樹も一緒にいる。つまり、あやしい時間に鍵を借りたはずの三人が一堂に会している状態となった。

部室から持ち出した鍵を使って、サンルームの中に入る。

加賀見にはこの時間に皆で行くことを、凛弥はあらかじめ電話で伝えていた。ちょうど買い出しに行くらしく、不在とのことだったが。

サンルームの中にみんなで入ると、疑いのある三人は「猫、本当にいなくなってる……」「閉じ込められるのが嫌になって逃げたんでしょ」「マジか」などと、この状況下ではごく自然と思える会話をしていた。

——本当に、この三人の中に？

信じられなかったけれど、状況証拠がそう示している。

そして何よりも、魔女がそう言ったのだ。部室の鍵を借りた人物の中に、疑わしい者がいると。

加賀見の発言は、この世でもっとも信憑性がある。彼女の魔女としての能力に絶大な信頼を寄せている凛弥にとっては、不変の真理といっても過言ではない。

「どっかに隙間があって逃げだしたんじゃないの？」

サンルームの中をひと通り捜索した後、どこか軽い口調で蓮美が言った。

彼女はもともと、サビ猫の世話を仕方なくやっている口だ。行方不明になってしまったのならしょうがない、というスタンスのはず。

「隙間なんてこの部屋にないじゃんか。もしかして、かわいいから誰かが連れて行っちゃったとか？」

恭介も、あまり心配していなそうだった。目の前にいた猫はかわいがっていたけれど、
性格上深追いをする気はないのかもしれない。

チャラ男らしく、来るもの拒まず、去るもの追わず、といったところか。

「飼いたいんなら、加賀見さんや僕たちに一言断るんじゃないの？　黙って連れていくメリットはないと思うんだけど。本当にどこに行ったんだろ……」

猫好きな一樹が沈痛な面持ちで言う。彼の言う通り、里親になりたいのなら、わざわざ誘拐する必要はない。

三人とも、凛弥が知っている彼らのイメージ通りの言葉を言った。あやしい要素は一切見受けられない。こいつなら、こういう時にこういう風に言うだろう——。そんないかにも言いそうなことしか、彼らの口からは出てこなかった。

「……あのさあ」

——お前ら、昨夜から今朝までの間に、部室の鍵借りてたみたいだけどなんで借りたの？

そう尋ねようとしたはずなのに、自然と喉の奥が詰まる。三人とは、二年以上も柔道というマイナースポーツで共に汗を流した、気心の知れている間柄だ。そんな彼らに、疑ってかかるような質問をぶつけるのは、凛弥の体が拒否したのだった。

「凛弥先輩？」

途中で言葉を止めた凛弥を和華は訝しんでいる様子だ。凛弥ははっとしてから作り笑いを浮かべる。

「あ、いや……。マジどこ行ったんだろうな。さっきお店の周りも捜したんだけど、いなかったわ」

誤魔化そうとそれっぽいことを言うと、和華は考え込むような顔をして唸る。

「うーん。近くにもいなかったすか……。猫はあんまり遠くに行かないって聞きますけどねぇ」

どうやら不自然に思われなかったようで安堵するも、胸の中の淀みはもちろん消えない。眼前に犯人がいるであろうこの状況では。

その後、少しだけサンルーム内やその周りを皆で捜索したが、手掛かりひとつ見つけられなかった。

「お腹すいたわ」と蓮美が言った頃には、昼休みも半分以上過ぎていたため、一同は解散することにした。

恭介、蓮美、一樹の三人は、肩を並べて来た道を戻っていく。扉を開けたままのサンルームの中から、凛弥はそんな彼らの背中を複雑な心境で眺めていた。

――あいつらに猫をどうこうする目的なんて、ないはずだけど……。

「どうしたんすか？　さっきからなんだか様子がおかしいすけど」

そんな凛弥に、和華が首を傾げて尋ねてきた。

「あ、いや……」

口ごもる凛弥だったが、眉をひそめている和華を見て、彼女は自分以外のメンバーの中で唯一容疑者候補から外れていることに気づいた。

彼女は、付き合いも他の三人と比べて短い上に、年下の異性だというのに、なぜかとても馬が合う。さっぱりしていて、正直で素直な振舞いをする和華の内面の信頼度は、サークルの中でもっとも高かった。

もちろん、他のメンバーを信用していないというわけではないけれど。

だから凛弥は、猫行方不明事件における現時点での捜査状況を、和華に打ち明けることにした。

「和華にだけは話しておきたいことがあるんだけど」

「えっ。あたし、だけ？　あたしだけに？」

なぜかそこを強調し、やたらと弾んだ声で和華は言う。

「なんでそんな嬉しそうなんだ？　別にあんまり楽しい話じゃないよ」

「……！　べ、別に嬉しそうになんかしてないっす！　勘違いしないでください」

「……？　なんかよく分かんないわ。とにかく、猫の件なんだけどさ……。猫が自分からいなくなったんじゃないんだ。誰かがさらったんだよ。恭介、蓮美、一樹のうちの誰かが」

「えっ。どういうことっすか!?」

驚愕する和華に、凛弥は詳細を説明した。

猫が自分から脱出することは、物理的にほぼ不可能なこと。

そうなると、昨日の二十時から今朝凛弥がご飯当番を行うまでの間に、部室の鍵を借りた人物の中に猫を誘拐した犯人がいること。

そして、守衛室で確認したところ、恭介、蓮美、一樹の誰かしかありえないこと。

「……まあ、和華からすれば俺も犯人候補のひとりになっちゃうけどさ」

最後に猫を見たのは凛弥だが、他人からすれば自己申告でしかないのだ。

しかし和華は、「いやいや、無いない」と言いながら手をパタパタと横に振る。

「凛弥先輩はそんなことしないっす」

「え？　なんで」

「個人的な見解っす。それに犯人だとしたら、こんな込み入った話をしてくるはずないですし」

「確かにそれもそうか。信じてくれるんなら嬉しいけど」

「まあ、それは置いといて。確かにあの三人しかありえない状況っぽいですけど……。でもあの三人がサビにゃんをさらう動機なんて、無いっすよね」

「そう、そこなんだよ……」

凛弥は嘆息交じりに言った。

恭介はお金がないから猫が飼えないと言っていたし、一樹だってすでに三匹飼っているからもう飼い猫は増やせないという事情があった。さらにふたりは猫をかわいがっていたから、鬱陶しくなって逃がしたという可能性もない。

蓮美は動物が苦手だと公言しているけれど、曲がったことが大嫌いな性格だ。外をさ迷うしかない子猫を捨てるなんてこと、絶対にあり得ない。

「そもそもメンバーに黙ってそんなことするような人たちじゃないっすよね……」

考えれば考えるほど、無断で猫をさらう人間など「やわら」の中には存在しない。

しかし、凛弥も和華も彼らのすべてを知っているわけではない。何か隠れた事情があるのか？と凛弥は考える。するとすぐにあることを思い出した。

「そう言えば昨日練習が終わった後に、あの三人何やらこそこそ話してたんだよな。『何してんの？』って聞いたら、見事に誤魔化されたんだけど。もしかして何か関係あるのかなあ」

「えっ、そんなことあったんすか？　……気になるっすね」

と、和華が言ったその時だった。

「あ、ふたりまだいたんだね。スマホを置き忘れちゃってさー」

そんなことを言いながらサンルームに入ってきたのは、一樹だった。

気になって仕方がない、一樹と蓮美、恭介の密談の内容。一番追及しやすい一樹がこのタイミングで姿を現してくれたのは、きっと運命に違いない。

——かまをかけて聞き出してやる。

「一樹！」

勢いよく名前を呼ぶと、テーブルの上のスマホを手に取った一樹がびくりと身を震わせた。

「え……？　な、何凛弥？　あ、もしかして猫見つかった？」

「いや、猫は見つかってない」

「そっかあ……。その辺にいないか、今も周りをちょっと見てみたんだけどやっぱり見当たらないんだよね……」

心底残念そうに一樹が言う。この様子だと、猫の行方不明に一樹が絡んでいるとは到底思えなかった。

しかし、この前の内緒話については、聞いておかなくてはならない。

「そんなことより……。俺、知ってるんだぜ一樹」

じっと一樹を見つめながら、いかにも真剣そうな口調で言う。和華は笑いをこらえているのか、唇を噛みしめていた。

「えっ……。知ってるって、何を?」

「皆まで言わせる気か? いいよ、そんななら。明日みんなにバラしちゃうぞ、あのこと」

「えっ、まさかこの前、僕と蓮美ちゃんと恭介が話してたの、凛弥聞いてたの……?」

「……ふっ」

凛弥は鼻で笑って、はっきりとは答えない。いや、嘘が苦手でうまいこと言葉が出てこなかったので、笑って誤魔化そうとしただけであった。

しかしそれが一樹には思わせぶりな態度に見えたのかもしれない。彼は泣きそうな面持ちになると、驚くべきことを叫んだ。

「勘弁してよー! 蓮美ちゃんと僕が付き合ってること、絶対公言しないでって言われてるんだよー!」

　しばしの間、サンルーム内が静寂に支配された。一樹が一瞬何を言っているのか分からなかった。想像を絶する言葉だった。

　頭の中で彼の言葉を一から組み立て直した後、やっとのことで凛弥はそれを理解した。

『えー！　ふたりがー!?』

　声を揃えて凛弥と和華は驚愕の声をあげる。すると一樹は、虚を衝かれたような面持ちになった。

「えっ……？　そのことじゃなかったの……？」

「あー、うん。違うこと。っていうか、俺の勘違いだったかも。やっぱりなんでもないです」

「な、なんだよそれー！」

　いつも穏やかな一樹が、珍しく声を張り上げる。しかしその様子からすると、本当に彼はあのクールビューティー蓮美様と付き合っているらしい。

「ま、まさか一樹先輩と蓮美先輩がねえ……」

　和華もまったく知らなかったらしく、目を丸くして一樹を見ている。一樹は力なく嘆息した。

「蓮美ちゃんが『絶対驚かれるし冷やかされるから言いたくない』って言ってたんだよ。そうかなあ？って僕は思ってたんだけど、やっと意味が分かったよ」

「い、いや。驚いたけど冷やかしてはないじゃん」

蓮美が恐ろしくてそんなことできるわけがない。

それよりも、絶対尻に敷かれているだろう、一樹。……と凛弥は思ったけれど、さすがの一樹も怒りそうなので黙っておくことにした。

「それで、この前凛弥先輩が目撃した三人のひそひそ話は、そのことだったんすか？」

「――うん。恭介には、バレちゃったんだよ。ちょっと前に僕が急性胃腸炎になったじゃない？　その時に蓮美ちゃんに病院に付き添ってもらったんだけど、その時に恭介と鉢合わせしてさ」

そういえば、数週間前に鶏肉にあたって一樹が胃腸炎になったことがあった。その時に彼女である蓮美が、病院まで彼を連れて行ったということか。

――ん？　いや、待てよ。

「なんで病院に恭介がいるんだ？　あいつ病院なんて無縁そうじゃん。稽古で突き指した時に病院行けって言ったら、『金かかるからなあ。なーに、唾つけときゃ治るって』なんて言ってたし」

そう凛弥が指摘すると、一樹はしまった、という顔をした。そしていかにも誤魔化していそうな様子の作り笑いを浮かべる。

「え……さ、さあ？　あははは」

「…………。で、なんで恭介が病院にいたんだよ」

下手過ぎる一樹の誤魔化しなど、もちろん受け入れるつもりはない。凛弥は有無を言わさないような低い声でそう尋ねながら、一樹に詰め寄る。

　すると一樹は堪忍したらしく、諦めたように息を漏らしてからこう言った。

「恭介、高校生の妹が入院してるんだって。それで病院には見舞いに来てたんだよ」

「え、入院？　知らなかった」

　恭介が母親と妹の三人暮らしだということは以前から聞いていたけれど、妹が入院したなんていう話は初耳だった。

「僕もその時初めて聞いたよ。妹さん、大丈夫なの？って聞いたら『あーそういうのいいからよー！』って明るく言われたよ。なんかあいつのキャラ的に、家族が入院してるって知られてみんなに気を使われたくないみたいで。だから入院のことはみんなに言わないでくれよってさ」

「ははあ、なるほど。一樹先輩と蓮美先輩は交際のことを、恭介先輩は妹さんの入院のことを知られたくなくて、お互いに秘密を守るって約束をしたっつーわけっすね」

「うん、そういうこと。病院では僕が具合悪くてちゃんと話ができなかったから、この前改めてその話を三人でしていたところを――」

「俺が目撃したってわけか」

　三人によるあやしい行動の全貌については明らかになった。だからあの時、みんなよそよそしかったのか。

　丁度その時、一樹が持っていたスマホから振動音が聞こえてきた。

一樹は「まずい」と呟くと、慌ててサンルームのドアへと歩み寄る。蓮美でも待たせているのかもしれない。そして、

「蓮美ちゃんが怒るから、僕と付き合っていることは秘密にしておいてね！」

と凜弥と和華に念を押す。

「別に誰にも言わないよ」

「そういうのを無駄に広める気はないっす」

あまり人の色恋沙汰を騒ぎ立てるタイプではない凜弥と和華がドライにそう答えると、一樹は安堵したような面持ちとなり、サンルームから出て行った。

凜弥と和華は揃ってため息をついた。

「今回のこととはまるで関係なかったなあ」

「そうっすね……」

謎が分かって幾分かすっきりはしたものの、サビ猫の行方不明騒動とはまったく繋がらないことだったため、凜弥は和華とともに肩を落とした。

「でも……。こんなこと言いたくないけど、猫がいなくなった時間帯にサンルームの鍵を持ち出せたのはあの三人だけなんだよなあ」

「うーん……。だけど、状況証拠はともかく動機がまったく思いつかないっすねえ」

凜弥の言葉に、和華は首を捻(ひね)る。

一樹、蓮美、恭介とはもう二年以上の付き合いだが、全員が全員隠れて悪事を働くよう

な人間ではないのだ。

何はともあれ、誰が猫を逃がしたかよりも、猫の行方の方が大切だ。

凛弥は「とにかく、猫がその辺に居ないか、常に気にすることにしよう」と和華と話し、自分も注意することを決めたのだった。

＊

夕方、大学から家路についている間も、サビ猫の姿を捜しながら歩く凛弥だったが、やはり姿は見当たらなかった。

すると、以前に剛が社長夫人の猫の捜索をしていた公園の横を通りかかった。何気なく園内に目を向けたら、驚くべき人物がいたので思わず足を止める。

「加賀見さん……!?」

凛弥の意中の相手が、ブランコの柵の横に佇んでいたのであった。手には何か茶色いものが入った、小さなポリ袋を持っている。

「あれ、凛弥くんではないですか。大学の帰り？」

凛弥の姿を認めると、加賀見はにこりと微笑む。

いつも店内ではシンプルなＴシャツとスキニーパンツの上に紺色のエプロンを着用している加賀見。しかし店が休みの今日はカットソーとふんわりとしたシフォンスカート姿だ。

今朝会った時は、子猫のことで焦っていて加賀見に見惚れる余裕もなかったが、改めて普段とは違う装いの加賀見を目にすると、やけに眩しく映った。

「はい！」

元気よく返事をしながら、彼女の元へと駆け寄る。……が、すぐにそんな自分の行動を反省する。

——こういうところが「好き好きオーラ」なのかもしれないな。もっと落ち着いた男になりたいわ。

加賀見の横へたどり着く直前にそんなことに気づき、途中から歩幅を小さくした。我ながら今さらだとは思ったけれど。

「加賀見さんはこんなところで何をしてるんですか？」

「ああ、剛おじさんの手伝いですよ。迷い猫捜索の」

「あ、もしかして社長夫人の？　まだ見つかってなかったんですね」

剛がこの公園にいたのは一週間以上前のことだ。まだ発見に至っていないのは、ちょっとまずいのではないだろうか。

「そうなんですよ。剛おじさんは何度か姿は見かけたらしいのですが、警戒して寄ってこないとのことで。ご飯を仕込んだ捕獲機も置いてみたんですけど、賢い猫らしくてまったく引っかからないって愚痴ってました」

「へえ……。もしかして自由な外の生活が気に入っちゃったんですかね」

「そうかもしれないですけど、猫にとっては外は危険ですからね。それで、今日はお店が休みなので、私も捜索に協力してみようと。お店で売っていた、猫用のおやつが余っていたのでそれで釣れないかなって」

ベーカリー・ソルシエールのレジ横には、いつも犬用と猫用のクッキーが置いてある。加賀見が現在持っているのは、そのクッキーだった。

「釣れそうですか？」

「いえ……それが姿すら見つけられなくて。この辺をうろうろしているのは確かみたいなんですけどね。――あ、サビ猫ちゃんはどうなりました？」

加賀見の問いかけに、まったく真相解明への道が開けていないことを改めて思い出し、凛弥は肩を落とす。

「それが全然解決してないんです……。あやしい時間に部室の鍵を借りたのが、サークルメンバーの三人だけで……。気のいい奴らだし、あまり疑いたくないんですよね。『猫居なくなった時間に鍵を借りてたみたいだけど、何してたんだ？』なんて聞きたくなくって」

「あー、それはそうですね……。猫ちゃんが自分で脱出した可能性も、もちろんゼロではないですしね」

「はい、何かの拍子に抜け出したって思いたくはありますね。オスだからか、好奇心旺盛らしくてよく飛び跳ねていましたし」

「え……!?」

何気なく言った凛弥の猫の情報に、加賀見が掠れた声をあげるほど驚いたので、凛弥は戸惑う。自分の言葉の中に、特に重要な事柄はなかったはずだが。

「加賀見さん？」

「オスなのですか!?　間違いないですか!?」

「は、はい。猫好きな一樹がそう言っていたので、たぶん合っているかと……それが何か？」

まだ小さいから分かりづらいとは言っていたが、一樹がそう断言したのでまず間違いないだろう。

戸惑いながら凛弥がそう告げると、加賀見はその場にがくりと膝をついた。「か、加賀見さん!?」と狼狽する凛弥だったが、加賀見は地面に手を付いてはいつくばる。

「私としたことが……。こんな初歩的なことで思い込みをしてしまうなんて……!」

とんでもないことをして悔い改めているかのような加賀見の行動に、凛弥はもうわけが分からない。感情表現がそこまで大きくない彼女のそんな姿はとても新鮮だったが、稀有な光景すぎてどう反応したらいいのか困ってしまった。

「思い込み……？」

「そうです……。謎解き愛好家として、一番やってはならないことを私はしてしまったのです」

顔を上げて悲痛そうに言う加賀見の瞳は、少し涙ぐんでいた。

なんだかよく分からないけれど、この魔女は本当に謎解きに心血を注いでいるのだなあと凛弥は呆れたような感心したような気持ちになった。

「ま、まあ落ち着いてください。それで何を思い込んでいたのですか？」

凛弥が宥めるように言うと、加賀見はよろよろとしながらもやっとのことで立ち上がった。

「いえ……。サビ猫だったので、私はてっきりメスだと思い込んでいたのです。おしりは見ましたが、猫を飼ったことが無い私には判別はつかず……そこで、まあ十中八九メスだろうなと決めつけてしまいました」

「どうしてですか？」

「サビ猫のオスは、存在自体がほぼありえないからですよ」

「どういうことですか……？」

「三毛猫のオスが大変珍しいというお話は、凛弥くんはご存じでしょうか？」

それについては、テレビで見たことがあったので凛弥は知っていた。

珍しい三毛猫ちゃんのオスです！と、凛弥にとってはただの三毛猫に見える猫が、動物番組で紹介されていた覚えがある。

「はい。確か遺伝子の関係上、三毛猫のオスは普通は生まれないとか。突然変異の場合のみでしたっけ」

「その通りです」

「でも、あの子猫はサビ柄ですよ？」

「サビ猫の色合いを思い出してください。うちで販売しているクラミックというパンに、色合いが似ていましたよね」

そう言われて、サビ猫とクラミックを頭の中で凛弥は思い浮かべる。

猫は薄茶色ベースに黒とオレンジっぽい色がまだらになっていた。そしてクラミックは、薄茶色の生地に黒っぽいレーズンとオレンジピールがぎっしり詰まっていた。

「薄茶色、黒、オレンジ……。あっ……！」

気づかされた凛弥は思わず驚きの声を漏らす。三毛猫は、被毛の色が三色に分かれているからそのような名前がつけられた。そして、サビ猫も……。

「三色ですね……。サビ猫も」

「そうなんです。三毛猫といえば、白がベースの招き猫のような柄を思い浮かべる人が多いようですが、サビ猫はれっきとした三毛猫の一種なのです」

「それじゃあ、俺たちが保護したサビ猫は……」

「とても希少な猫ということになります。マニアの間では、時価数千万円で取引されているという都市伝説も……」

「す、数千万！」

そんな高価な猫だったとは。社長夫人の猫捕獲の報酬だって凛弥にとっては破格だというのに。あんなどこにでもいそうなサビ猫の価値が、それの桁違いだなんて。

しかしサビ猫がただの子猫ではないと分かった以上、見えてくるものがある。

「犯人は、あの猫が高価な猫だって気づいたってことか……」

そうなると、猫のことに詳しい一樹がそのことを知っていて猫を連れ去ったのだろうか？

「ええ、考えられますね」

「つまり、猫に詳しい人間が有力ってことでしょうか」

「確かに、サビ猫の希少価値については猫好きの方の方が知っている可能性は高いです。ですが、猫が好きでもこのことをご存じない方もいらっしゃるかもしれませんね。三毛猫とサビ猫の見た目が似ているとは言い難いですし、猫を飼うのに必要な知識というわけでもないので」

――なるほど。それならばきっと一樹はオスのサビ猫が高価だということを知らなかったのだろう。知っていたとしたら、拾った時点で言っていそうだから。

そして蓮美も容疑者からは除外できる。彼女は財閥の社長令嬢で、親からはクレジットカードを渡されて好きなだけ使える環境にある。

金銭に困ったことがないからか、逆に執着がない。ハイブランドの質のいい服を長く着まわしている、堅実なお金持ちといったタイプだ。

そうなると、犯人はいつも金欠な恭介がもっとも有力となる。

黙って盗んだのは、猫を行方知らずにした方が売り飛ばしやすいからだろう。飼うと言って引き取ってから売った場合、「猫の様子はどうだ？」とか「見に行ってもいい？」なんて誰かに言われたら、その都度誤魔化さなければならなくなってしまう。また、引き取った後に猫を売り、病気になって死んだ、いなくなったという嘘をつくのも、あまり得策ではない。

確かに、猫の行方についてその後詮索されることはなくなる。しかし飼っていた子猫をすぐに死なせた、または行方不明にさせたとなると、よくないイメージがついてしまうだろう。

やはり、最初から猫を行方不明にした方が都合がいい。猫の行方に、自分が関わっている事実すら隠蔽できるのだから。

「恐らく何らかのタイミングでサビ猫のオスに希少価値があることに気づき、お金目当てで誘拐したのでしょう」

先ほどまでは自分の思い込みに打ちひしがれていた加賀見だったが、凛弥と話しているうちに平静さを取り戻してきたらしい。

いつものように、どこか超然とした面持ちで推理を述べる。

「やっぱりそうか……」

「はい。でも、そううまくはいかないと思います」

「え？」

どういうことですか、と凛弥は尋ねようとしたが、加賀見は遠くを見て「あ！」と声をあげたので口を噤む。

加賀見の視線の先に目を向けると、そこには白いふわふわの毛玉があった。目を凝らして見て初めて、それが猫であることに凛弥は気づく。

猫は明後日の方向を見て、呑気（のんき）に大あくびをした。

「あ！　あの猫は社長夫人の⁉」

「きっとそうです！」

猫を刺激しないように、そろりそろりと忍び足で背後からふたりは近づいた。しかし途中でこちらに気づいた猫が振り返り、身構えた。

加賀見は持っていた猫用おやつを手に持ってアピールしたが、猫はプイっとそっぽを向いて走り去ってしまった。

「あー……」

「逃げちゃいましたね……」

凛弥と加賀見は落胆の声を上げた。写真で見た印象通り、なかなか手厳しそうな猫だ。

「でも、やはりこの辺に潜んでいることは確認できましたね。念のため、今日見たことを剛おじさんに教えておきましょう」

「そうですね。完全に行方をくらましたわけじゃないですから、きっとそのうち捕まえられますよ」

少し面倒をみただけの凛弥ですら、猫がいなくなって心配になっているのだ。巣立った子供の代わりにかわいがっていた猫が脱走してしまった社長夫人は、きっと気が気じゃないだろう。早く彼女の元へ返してあげたいと心から思う。

そのあと軽く挨拶をして加賀見と別れた後、凛弥ははっとする。

――そういえば加賀見さん、『そううまくはいかない』みたいなことを言っていたっけ。あれは一体どういう意味だったのだろう。そう簡単には猫は売れない、ってことなのだろうか。

明日ベーカリー・ソルシエールに行って聞くことにしよう。

それに、もし売ることができないのだとしたら好都合だ。まだ猫は犯人が保護している可能性が高いのだから。

犯人――おそらく恭介が。

今から彼に電話をして真実を追及することも考えた。しかし、電話越しだとのらりくらりとかわされてしまう可能性が高い。

家に乗り込もうにも、凛弥は彼の自宅の場所を知らなかった。

明日、大学で呼び出して面と向かって恭介を問いただすのが一番得策だな、と凛弥は思った。

＊

次の日の早朝、凛弥はスマホのしつこい振動音によって目覚めさせられた。無視しようかとも思ったが、あまりに何度も鳴るので仕方なしにスマホの画面を見る。時間は朝七時過ぎ。そして発信元の番号は〇四二二から始まる、固定電話だった。

通話ボタンを押し、寝起きのしわがれた声で「はい、もしもし」と言うと。

『凛弥くん、朝早くにすみません。子猫ちゃんが戻ってきているんです』

聞こえてきたのは、朝っぱらから爽やかで美しい声だった。

聞いた瞬間、凛弥の脳が一瞬で覚醒する。相手はなんと、パン屋の魔女だった。子猫を預かってもらう際に、念のためと凛弥は連絡先を渡していたが、まさかかかってくるとは。

——いやそんなことより。今加賀見さん、なんて言った？

「いえ……あの、猫が戻ってきたって、今言いました？」

『はい。何事もなかったかのようにケージの中にいるんです』

「えっ……！」

一体どういうことなのかわけが分からない。

「と、とにかく今からそちらに向かいます！」

加賀見にそう告げると、凛弥は急いでやわらのメンバーのグループトークに「猫が戻ってきたらしい。今からパン屋に見に行ってくる」と送信した。そして軽く身支度をして家を飛び出した。

すると、ベーカリー・ソルシエールに駆け足で向かっている道中、和華と遭遇した。

「和華！　送ったの見てくれたんか!?」

「はい。あたしも気になったんで、来てみたっす」

寝ぐせなのか、和華の顔回りの髪が少しはねていた。凛弥の送ったメッセージで起きて、飛んできてくれたらしかった。

「そっか、サンキュ。しかし、一体どういうことなんだ……。昨日は確かにいなかったのに。金目当てに子猫を盗んだ奴が、戻したってことだと思うけど」

犯人の目星について相談していた和華には、猫を盗んだのはどうやら金銭目的らしいということを、昨日電話で伝えていた。

「さあ……。まあサビにゃんが戻ってきたのはよかったすけど……。でも凛弥先輩の言う通りお金目当てなら、なぜ戻したんでしょうかね？　やっぱりお金じゃなかったんすかね？」

「恭介じゃなかったっていうこと？」

和華と早足で歩きながらも、凛弥は考え込む。そこで、昨日加賀見が「そううまくはいかない」と言っていたことを思い出す。

そううまくはいかない。……そう簡単には、お金を得られないという意味だろうか？

それなら、猫を売ってお金を得ようとはしたものの、うまくいかずに猫を戻したという可能性が出てくる。

ベーカリー・ソルシエールに到着すると、サンルーム内に置かれたケージの中には、薄茶色のふわふわの塊が蠢いていた。凛弥の顔を見るなり「にーやん」と甲高い声で鳴いた。

「一体、なんで……」

「本当にいるっすね……」

昨日までは確かにケージの中はもぬけの殻だった。しかしなぜ、何事も無かったかのように戻されているのだ？

「今朝、仕込みを始める四時の時点で、すでにいたんです。しかしあまりにも朝早かったので、凛弥くんにお伝えするのは七時まで待ったんですよ」

驚く凛弥と和華に、加賀見がそう説明をした。

「そうだったんですね、お気遣いありがとうございます。しかし一体どうして猫は戻ってきたんでしょうか？　加賀見さん、昨日『そううまくはいかないと思います』と言っていましたが、あれはそう簡単には子猫は売れない、という意味でしょうか？」

凛弥が子猫を眺めながらそう尋ねると、加賀見は神妙な面持ちで首肯した。

「はい、凛弥くんの言う通りです。サビ猫のオスを簡単に売ることはできません」

やっぱりそういう意味だったかと思う凛弥だったが、それだけでは理解できない。とても希少価値の高い猫ならば、売ってお金を得ることは簡単なのではないか？

「サビ猫を含む三毛猫のオスは突然変異でしか誕生しないので確かに希少です。しかし、昨日もちらっと申しましたが、三毛猫のオスが高額で売買されているという話は都市伝説なんですよ」

「都市伝説……！」

その響きが甘美だったのだろう。和華はその大きな瞳をきらりと輝かせて、加賀見の次の言葉を待つ。

「ええ。三毛猫とサビ猫は日本猫という種類に分類されるのですが、やっと最近血統書団体での日本猫の登録が推進され始めたばかりで、なかなか品種の保護が進んでいないんです。よって、たとえオスであろうともその辺をうろついている雑種と同じなのですよ。また、染色体異常で誕生するので比較的短命ですし、生殖機能を持たないことも多いです。よって、実際の取引価格は限りなくゼロに近いのですよ」

「なんだー、そうなんですか」

少し残念な気持ちになる。戻ってきたサビ猫で金儲けをしようだなんて気は凛弥にはないが、高価な猫がそばにいることで、なんとなくテンションが上がっていたのだ。

まあ、サビ猫がかわいいことには変わりはないし、売ることができないおかげで戻ってきたようなので、結果的にはよかったけれど。

「それじゃ、やっぱり一度はお金目当てでサビにゃんをさらったけど、売れそうにもないから戻したって線が濃厚っすね」

「……だよなあ。それならやっぱり、恭介があやしいよな」

凛弥の言葉を、和華は否定しない。眉間に皺を寄せて複雑な顔をしていた。

いくら恭介が金欠といえども、みんなで面倒をみて里親を探していた猫を、お金のために売るような人間だったとは信じたくないのだろう。

「私は恭介さんについて深くは知らないので、誰がとは予想はできませんが……。日頃からお金に困っている人がいるのだとしたら、その人の犯行である可能性は高いですね。ただ単に飼いたいという理由なら、黙って猫を誘拐する必要はないですから。考えられる後ろめたい理由はそれくらいしかありません」

「ですよねえ……」

もう状況的に恭介に間違いない。だけどいまいち凛弥は納得いかなかった。信じたくなかった、という表現の方が正しいかもしれない。

適当なところはあるけれど、稽古の時に子供たちの面倒は率先してみるし、メンバーに対しても気配り上手だ。陽気で素直そうな恭介が、金目当てで猫を盗むなんてこと……。

「きっとのっぴきならない事情があったんじゃないですかねえ」

加賀見のその言葉が、凛弥には妙に引っかかった。何気ない口調に聞こえたけれど、妙に言葉尻がはっきりしている。

まるで「あんまり彼を責めないでくださいね」とでも言っているかのような。

――いや、でも恭介は最近ベーカリー・ソルシエールに初めて来たんだ。加賀見さんが彼のことをかばう理由なんてないはずだ。

少し気になったけれど、加賀見が「すみません、そろそろ開店の準備をしなくては」と言うので、凛弥と和華は店を出た。

グループトークには、他のメンバーたちから返信が来ていた。猫好きな一樹からは「とにかくよかった！」、ツンデレ女王の蓮美からは「また飼い主探ししないといけないのね」という、ふたりらしい言葉が。

そして、恭介からの返事は「よく分かんねーけど、戻ってきてよかったじゃねーか」だった。楽天的な彼がいかにも言いそうなその内容に、凛弥は複雑な気持ちになる。

いろいろ思うことがある凛弥だったが、恭介の今後について和華と話し合ったところ、「すっきりしないけど猫は戻ってきたし、追及しないことにしよう」と決めたのだった。

*

次の日の朝は、またまた凛弥が子猫のご飯当番だった。

朝食に、冷凍庫で保管していたクラミックをレンジで温めて食べた。

加賀見の言っていた通り、出来立てのふわふわ感は失われていたが、しっとりと味が染みていてこれはこれでおいしかった。

そんな簡単な朝食を済ませた後、部室にサンルームの鍵を取りに行った。

部室に入り、鍵を保管しているキャビネットを開け鍵を取り出すと、床にトートバッグが落ちていることに気づいた。

見覚えがある。確か、恭介のバッグだ。

この前の練習の後に忘れていったのかなと、凛弥が考えていると、バッグから茶色いパンのような物が見え隠れしていたので、思わずそれを手に取った。

「……！　これは……」

思わず独りごちる。凛弥が恭介のバッグの中から取り出したのは、最近別の場所で見たものだった。

加賀見が、「稽古の後に子供たちに渡してください」と言っていた、かわいらしい形をした小さなパン、グリティベンツ。それが入った袋だったのだ。

改めてグリティベンツを間近で見た凛弥は、思い出す。

加賀見にグリティベンツについて説明された時に、妙に既視感があったのだ。以前にどこかで見た覚えがあった。

――そうだ。

数か月以上前に、今と同じように恭介のバッグの中に、グリティベンツが入っていたのを凛弥は見ていたのだった。

なぜ恭介がベーカリー・ソルシエールのグリティベンツを、以前に持っていたのだろう？

この前、凛弥が彼をベーカリー・ソルシエールに連れて行った時、初めて来店したような顔をしていたのに。

また、彼は甘味が苦手なはずだ。パンを買う時も「甘いの苦手だから、しょっぱいやつで」と加賀見に言っていたし。

なぜこんな女性や子供が好きそうな甘い味のパンを彼が持っている？

新たに発掘された恭介の一面。どうしても今回のサビ猫誘拐騒動と、何か関係があるように凛弥には思えた。

凛弥はグリティベンツが入った恭介のトートバッグを掴み、部室から勢いよく飛び出した。子猫にご飯をあげるためと、加賀見に真相を確かめるために。

大学を出て、駆け足で吉祥寺駅構内を突っ切り、ベーカリー・ソルシエールへと向かった。到着したころには汗だくだった。

まずはサンルームに鍵を使って入る。ケージの中の子猫は凛弥の顔を見るなり、「にーやん！」と大きな鳴き声を上げた。何度かご飯をあげているため下僕だと認識したらしく、「早くしろ」と言っているようだった。

子猫のご飯を用意しながら店内を覗くと、カウンターの中で開店準備をしていたらしい加賀見と目が合った。加賀見もこの時凛弥がやってきたことに気づいたらしく、笑みを浮かべて会釈した後、サンルームの中に入ってきた。

「凛弥くん。また、何かありましたか？」

汗をだらだらと流す凛弥とは対照的に、涼しい顔で加賀見は言った。ようやくご飯を与えられた子猫は勢いよくありついている。

「え、どうして分かったんですか!?」

「急いで来られたようですから。何かお話があるんじゃないかなあって」

魔女の瞳は、期待に満ちているように見えた。

凛弥が謎を引っ提げて来たのだと、彼女は分かったのだろう。

「加賀見さん。恭介は、以前からここを訪れていましたよね？」

前置きもなく、唐突に尋ねてしまった。しかし加賀見は、特に動揺した様子もなく、すました顔でこう言った。

「お客様のプライバシーにかかわる問題なので、この件に関しては私の方から言うことはできませんでした。しかし、凛弥くんがそこまでお気づきなら、私が黙っていても無意味でしょうね。はい、恭介さんは以前からいらしていましたよ」

「やっぱり……」

「ですが、皆さまとご来店なさった時に、まるで初めて訪れたような振舞いをしていたので、何か事情がおありなのだろうと思いました」

「あいつ、以前に来ていた時はグリティベンツを買っていませんでしたか？」

「はい、よくご購入されていましたよ。妹さんの大好物だそうで」

「妹の……そうか」

つまり恭介は、自分が食べるためではなく、妹のためにあの甘くかわいらしいパンを買いに来ていたのだ。

「以前は妹さんと一緒にいらっしゃっていましたが、最近はひとりでご来店するようになりましたね」

「ああ……。それはですね、あいつの妹が病気で入院しているらしいんですよ。だからだと思います」

「……やっぱり。そうだったんですね」

やっぱり、という加賀見の言いぶり。そして、先日彼女が金を目当てに猫を盗んだであろう犯人に向けた「きっとのっぴきならない事情があったんじゃないですかねえ」という言葉から、凛弥の頭の中でもつれていた糸が、すべてきれいにほどけた。

恭介は、妹が入院していることを皆に知られたくないようだった。

そうなると、女性の好きそうなパンばかり並ぶベーカリー・ソルシエールの常連だったことを、周囲に隠すのも頷ける。

そして入院といえば先立つものが必要になるはずだ。常に金欠な恭介だが、最近特に「何かいいバイトない？」と連呼していた気がする。

彼が好条件のアルバイトを求める真の理由は、パチンコやスロットではなく、ひょっとすると……。

「……そうだったのか、恭介」

明るく振舞いやがってと、凛弥は恭介に苛立ちやら悔しさやら疎外感やら、複雑な感情を抱いてしまう。

――いくら日ごろから金欠だからって、部員が面倒をみている猫をあいつが盗むなんて、やっぱりおかしいって思ってたんだ。

きっとよっぽど困っていたに違いない。

「ちょっとここに、あいつを呼び出してもいいですか」

いてもたってもいられなくなった凛弥は、加賀見にそう尋ねた。加賀見は「ええ。ちょうど今しがた開店しましたので、大丈夫です」と鷹揚に頷く。するとちょうど他の客の来店があったので「いらっしゃいませー」と張りのある声を上げた。

加賀見はとっくのとうに、すべてを知っていたようだった。きっと、サビ猫がオスだと気づいた時から。

凛弥は「話がある。ベーカリー・ソルシエールに居る」とだけ恭介に送った。

するとすぐに、こちらに来る旨の返事が来た。理由も聞かずに恭介がすぐに承諾してきたことに、凛弥は今の彼の胸中を察するのだった。

そして凛弥は、ミルクティーブリオッシュとアールグレイティーを購入し、イートインスペースで恭介を待った。

＊

「ごめんな～！　いやこの前まーた負けまくってさ！　それであの猫が珍しいってことに

気づいちまってさ～。それで魔が差したっつーか……。でもやっぱり情が湧いて、すんでのところで思いとどまってやめたってわけよ！」

ベーカリー・ソルシエールに来た恭介は、ロールパンだけ購入し凛弥と向かい合わせになるように椅子に腰かけた。

そして、猫を誘拐して売り飛ばそうとしたのを凛弥が見抜いていることをやはり悟っていたらしくて、自分の方から白状してきたのだった。

やけに明るい口調で。ちゃらんぽらんを演じて。きっと凛弥に気を使わせないように。

店内には数組の客がいた。加賀見はレジを打っていて、こちらの会話はまったく気にしていない様子だった。

「恭介。もうそういうのいいよ」

凛弥は嘆息交じりに言った。するとへらへらと笑っていた恭介の顔が強張る。

「凛弥……？」

「お前が金がないのってパチンコとかスロットにはまってるからじゃないだろ。……妹の入院費のせいだろ」

恭介は絶句した。見開いた瞳を凛弥に向け、彼としてはとても稀有な、神妙な面持ちだった。

しばしの間、凛弥は恭介を見つめ返す。退店する客に対する「ありがとうございましたー」という加賀見の声が響いた後、恭介は諦めたように微笑んだ。

「一樹に聞いたのか？　あいつ、喋りやがってよー」

「まあそうなんだけど、俺がかまをかけて一樹は引っかかっただけだから、あんまり責めないでくれよ。あとさお前、前にもグリティベンツをここで買ってただろ。あれは妹のためだろ？　お前甘いもの苦手だしさ」

部室から持ってきたトートバッグを、グリティベンツが見えるように口が開いた状態で手渡すと、恭介は神妙な顔で受け取った。

「……すっげ。そこまで見抜いてんのか。凛弥ってなんなの？　魔法でも使えんの？」

そう言われて、凛弥は不覚にも少し嬉しくなってしまう。少しでも加賀見に近づけた気がして。まあ、魔女の魔力には、まだ遠く及ばないだろうけれど。

恭介は腰を下ろしたまま、虚空を見つめた。その瞳にはどこか優しい光が内包されているように凛弥には映る。

「あのパンは、妹の大好物なんだよ」

そう言うと、恭介は彼らしくない静かな声で、自分の境遇について語り出した。

恭介の妹は半年前、少し面倒な病気になって入院をすることになった。幸い手術は無事終わり、もうじき退院できることになったが、入院費や手術代の総額は母子家庭である恭介の家族には、法外な金額だった。

母親はパートを増やし、恭介もアルバイトをいくつも掛け持ちして、なんとか病院代を捻出することはかなった。しかし、今度は恭介の学費を賄えなくなってしまった。

督促状が何度も届いたが支払いができずに無視していたら、とうとう退学勧告の通知が来てしまった。今までの滞納分を今月中に支払わなければ、自主退学するようにと。

「有り金全部かき集めても、二十万くらいどうしても足りねえんだよ。キャッシングももう限度額まで借りちまってるしな……。そんな時にあの猫だよ。妹の見舞い行った時にあの猫の話したら、サビ猫のオスなんて珍しいねってあいつに言われてさ。調べたら、すげー高く売れるって書いてあったから、それで魔が差したんだよ」

「でも売れなくって、部室に戻したってことか？」

「いや、やっぱ売るのをやめたんだよ。妹が猫が好きでさ。最近、退院したら猫を飼いたいっつってんの。金のために猫を売ったりなんかしたら、こいつに顔向けできねえって思えてさ」

てっきり、実際にサビ猫のオスの市場が無いことに気づいて猫をケージに戻したのだと思っていた凛弥には意外だった。

恭介は良心の呵責（かしゃく）に苛まれて、猫を売ることを諦めたのだ。

「恭介。サビ猫のオスが高く売れるっつーのは都市伝説だぞ」

「え？　都市伝説って？」

「実際には、血統書のないその辺の野良が生んだサビ猫のオスは、高い値段はつかないらしいんだ。売り飛ばされた記録もないんだって」

凛弥が告げた真実に、恭介は一瞬驚いたような顔をした後、ふっと息を吐いて小さく笑った。

「なんだ、やっぱりずるして金なんて稼げねーな。あーあ、でもこう見えて、俺結構真面目に生きてきたんだけどなあ。妹だってさ。こんなこと思っても仕方ないけど、なんでつつましく生きてる俺たちのところに病気なんて来やがるんだよって考えちゃうよ。もうこうなったら、闇金にでも手を染めるしかねーな！」

おどけたように言っているけど、恭介の本音を凜弥は初めて聞いた気がした。本当に、こんなに妹思いの気のいい奴のところにどうして病魔なんか、と凜弥だって思う。

しかし運命を呪ったって何も問題は解決しない。何か恭介の力になれることはないだろうかと、凜弥は彼の真実に気づいてから、ずっと思考を巡らせていた。

今月末までの支払金額のうち、不足分は二十万円程度と恭介は先ほど言っていた。そのくらい「やわら」のメンバーに募ってかき集めることはわけないが、恭介の性格上それは絶対に良しとしないだろう。

——二十万を合法的な方法で、あと腐れなく数日で稼ぐ方法か……。

明らかに不可能な話だが、何か道筋はないかと凜弥が思考を巡らせていると。

「闇金って聞こえたんだけど、そんなのに手を出す前に俺を手伝ってくれないかなあ……」

情けない中年男性の声が、頭上から響いてきた。はっとして見上げると、そこには眉尻を下げ、疲れた面持ちをした剛が佇んでいた。

「つ、剛さん。いつの間に」

「え、少し前から、フロアを掃除してたけど……」

――そうだったのか。恭介との話に夢中で、気が付かなかった。

「凛弥、この人は……？」

突然の見知らぬ、しかもどちらかと言わなくてもあやしそうな風貌の男に、能天気な恭介もさすがに警戒した様子で尋ねた。

「ああ。加賀見さんの叔父さんだよ。探偵をやってるんだ」

「探偵……？」

あまり身近ではない職業だったこともあいまってか、恭介は不審そうに剛を見るのをやめない。

しかし剛はそんな恭介など構わず、泣きそうな面持ちで凛弥に詰め寄ってきた。

「そんなことより！　俺を助けてよー！　社長夫人の猫、全然捕まらなくって！　ね、ね、凛弥くんのお友達も手伝って！　報酬は五割……いや、七割渡してもいいから！」

「報酬!?」

必死に訴えてくる剛の言葉の中に、金が絡みそうな単語が聞こえてきたからか、恭介は目を見開いた。

「……そうだ！　恭介が、社長夫人の猫を見つけさえすれば！」

思わず立ち上がり、凛弥は声を張り上げた。

　社長夫人の猫の捜索の成功報酬は、確か五十万円だったはずだ。

　それの五割、または七割をいただけるのだとしたら、学費の残額が一括で支払える。

　しかも恭介は、凛弥にまったくなびかないサビ猫に妙に懐かれていた。ひょっとしたらあのお高く留まっている白猫も、恭介になら心を開いてくれるかもしれない。

「恭介！　剛さんが追っている迷い猫を見つけて確保すれば、成功報酬で学費が返せるぞ！　剛さん！　恭介は捨て猫に懐かれてたんで、もしかしたらいけるかもしれません！」

「マジでか!?　学費返せんの!?」

「凛弥くんマジ!?　猫に懐かれるって!?」

　凛弥の言葉に、ふたりとも瞳を輝かせて身を乗り出してきた。

　そして剛と恭介は意気揚々と、以前に白猫が姿を見せた公園へと向かった。凛弥も様子を見に、ふたりに付き添った。猫には逃げられてしまう体質なので、少し距離を取ったが。

　公園に到着すると、ベンチの下で白猫が丸くなっていた。「ジュリアちゃーん」と気色悪い声でまずは剛が機嫌を取ったが、猫はぴくりと耳を動かしただけで、つんとしている。

　しかしジュリアちゃんは、恭介の姿を見るなりなんと走り寄ってきた。そしてあれよあれよという間に、恭介の腕の中に収まってしまったのだった。

　恭介の、無条件に猫に好かれる才能を凛弥は心底羨ましくなる。

　それと同時に、この実は照れ屋で情が厚いチャラ男の金銭問題が一気に解決して、心からよかったと思ったのだった。

＊

一連の恭介とサビ猫騒動が一段落して数日後。

大学帰りの昼下がり、凛弥はベーカリー・ソルシエールに立ち寄った。課題をこなすのに忙しく、久しぶりの来店になってしまった。

「猫が見つかった件、剛おじさんが本当に喜んでいました。凛弥くんにもありがとうって言っていましたよ」

パンを売り場で選んでいると、カウンター内から加賀見がいつもの穏やかな笑みを浮かべて言う。レジ横には売り物のグリティベンツの入った籠が置かれていた。残りはあとひとつだった。やはり女性や子供に人気があるのだろう。

「いや、俺はほとんど何もしてないです。しかし、剛さんも恭介も本当にいい結果になってよかったです」

社長夫人の猫が無事に捕獲された後に恭介に聞いた話だが、実はなかなか剛が成果をあげないため、夫人に見放される寸前だったらしい。

そういうわけで剛は、夫人から受け取った五十万円の報酬のうち、七割も恭介に分配してくれた。その結果、恭介は未納分の学費を耳を揃えて納めることができたため、退学勧告は無事に取り消された。

『お前のおかげでなんとかなったよ、凛弥。サンキューな』

ある日の稽古の後、ふとふたりきりになった時に、珍しくしおらしい態度で恭介がそんなことを言ってきたので、凛弥はむず痒くなった。

『いや、俺は別に何も。……でもこれからは、困ったことがあったら相談しろよ』

言いながら、少し臭かったかなと凛弥は後悔したけれど、恭介がやたらと嬉しそうに微笑むものだから、不覚にも心が温まった。

そして例のサビ猫は、妹が猫を飼いたいと望んでいたこともあり、彼女の退院後に恭介が引き取ることになった。

猫に振り回されっぱなしの日々だったが、二匹ともいい結果になって本当に良かったと凛弥は心から思う。

「……加賀見さん。サビ猫がオスだって気づいた時から、恭介が猫を盗んだ犯人であることも、動機も全部見抜いてましたよね」

もともと恭介はここの常連だった。それなら彼の経済状況くらい、加賀見のことならなんとなく察していたはずだ。

そして、サークルで拾ったのが希少なオスのサビ猫だったことから、恭介の犯行であることも、もちろん予測していただろう。凛弥が知らない妹思いな彼の側面も加賀見は知っていたので、恐らくどうしようもない事情があるのだろうということも。

決定打は妹の入院の事実だろう。どうしてもまとまった金額が必要となるため、人のよさそうな恭介でも、つい魔が差してしまったと考えられる。

だから彼女は、凛弥が「恭介の妹が入院している」と告げた時に、こう言ったのだ。

『……やっぱり。そうだったんですね』

と。

「毎回グリティベンツを恭介さんが買ってあげていて、妹さんがとても喜んでいたのが印象的でした。妹さんに対していつも優しく振舞っている方でした。そんな彼が猫を盗んだのには何か深い事情があるんだろうと思ったんです」

「——なるほど」

納得したように頷いてはみたものの、魔女の鋭さには屈服させられたような気持ちになる。すべてが明らかになってから聞く加賀見の話は、淀みなく得心がいくが、なぜ彼女は何度か来店しただけの恭介を見ただけで、そこまで推測できるのだろう。

なぜそんなに人の事情を見抜けるのだろう。そして、どうして心の内まで当てられるのだろう。

——人の心でも読めるんじゃないのか、この人。

「あーあ……。道は遠そうだなあ」

こんな人間離れした女性に惚れてしまった、身の程知らずな自分を愚かに思う。

しかし、凛弥の恋心は一向に収まってくれない。愚直すぎる自分が、いつかこの人の心をとらえることはできるのだろうか。

「何の道が遠そうなんですか？」

加賀見はきょとんとして、上品そうに首を傾げた。

観察眼に優れた彼女だが、幸いなことに凛弥の慕情については勘づいていないらしい。

いや、気づいているけれど知らないふりをしているのかもしれない。

しかし、こうしてパンを買いに来て雑談をしても、嫌な顔ひとつしない。煙たがられていないことは確かなので、凛弥は「好きだということをバレていない」という体で、ベーカリー・ソルシエールに日々通うことにする。

「な、なんでもないです！」

「そうですか？　……あ、凛弥くん。まだパン選びに迷っているようですが、よろしかったらこちらのパンいかがですか？」

そう言いながら、加賀見が指し示したのは、レジの近くに置いてあった「パン・ペルデュ」という名の商品だった。

この店では初めて見るパンだった。山型食パンがスライスされたような形で、全体的に黄色いが焦げ目がついている。近寄ってみると、バニラの甘い香りが漂ってきた。

「これは……フレンチトーストみたいなものですか？」

「さすが凛弥くん、正解です。フランスでは、パン・ペルデュと呼ぶんですよ。直訳すると、『失われたパン』または『再生パン』という意味です」

「失われたパン……？」

「そのパンをよく見れば、なんでその名なのか分かるかと思います」

そう言われて、凛弥はまじまじとパン・ペルデュを見てみる。卵液に浸されて焼かれたらしい黄色いパンには、ところどころレーズンとオレンジピールらしきものが入っていた。

――あれ、これって。

「これ、もしかしてクラミックだったものですか？」

「そうなんです。この前、余ってしまったクラミックをお渡しした時に『ちょっと手間をかければおいしくリメイクできる』と話したと思うんですが、その手間を試しにやってみたら、わりとうまくできて」

「へえ……」

「パン文化が根付いているフランスでは、パンを残すことはご法度なんです。作って時間が経ってしまったバゲットやクロワッサン、そしてクラミックなんかを、フレンチトーストにリメイクしておいしく食べるという風習があるんですよ。おいしさを失ったパンを復活させる……そういう意味で、『再生パン』という名前がつけられているんです。原則として私の店は当日の朝焼いたものだけを売るようにしていたのですが、残ったクラミックは次の日に火を通してパン・ペルデュにリメイクし、お店に置いてみようかと。本場フランスにのっとってみました」

「復活させる、か……」

凛弥はしみじみと呟いた。

サビ猫の柄によく似たクラミックが、おいしそうなパン・ペルデュとして生まれ変わっている。そのパンの成り立ちは、母猫を失って公園をさ迷っていた子猫に家族ができたことや、これからの大学生活を失いそうになっていたが無事に立ち直れた恭介に、どこか通じるものがあった。

——なんだか今回の件にぴったりのパンだな。

「とてもおいしそうなので、これにします。あと、アールグレイティーをお願いします」

「かしこまりました。ありがとうございます、凛弥くん」

会計を済ませ、パンとアールグレイティーが載ったトレイをイートインスペースのテーブルに凛弥は運ぶ。

そして、「失われたパン」を凛弥はかじる。メープルシロップのかかったカリカリの表面に、しっとりと卵液が浸透した内部。もちもちとした食感と、とろけるような甘さを、思わず目を閉じて凛弥は味わってしまう。

時間が経って硬くなったクラミックもそれなりにおいしかったけれど、そんなの比ではないくらいの至高の味だった。

まさに、失われたおいしさが見事に再生されていたのだった。

——まるで魔法みたいだ。

来客に微笑む魔女を横目に、凛弥は今日もその魔力に魅了されるのだった。

4. 愛のカレーパン

ベーカリー・ソルシエールには年配の常連客が多い。加賀見の両親がこの店を営んでいた頃からのファンが、懐かしさを胸に来店してくるかららしい。

常連と加賀見の会話などから凛弥が把握した店の歴史だと、加賀見が幼少の頃に彼女の両親がこの場所でパンを焼いていたそうだが、十年程前に一度閉店した。

奥まってはいるが吉祥寺ハモニカ横丁内という好立地であるにもかかわらず、その後他の店が入ることは無かった。土地も建物も買い上げていた加賀見の両親が手放さなかったのだろう。加賀見が以前に「亡くなった両親からこのお店は相続したので、その分経営は楽なんですよね」と言っていたから。

そう、加賀見は両親が一度閉店したこの店を、自分の力で再建したのだ。イートインスペースでお茶会をしていたマダムたちが「昔と同じ！　おいしいわ〜」と話していたことから察すると、パンの味まで再現している。美しい加賀見が作り出すノスタルジーを感じるために、アラフォー以降の年代の客はこのお店にやってくるのだろう。

「あら！　ベーカリー・ソルシエールって！　内装も昔のままなのねー！」

梅雨の時期の湿った空気からどうにか逃れたくて、ブランチのために店にやって来た凛弥の耳に、女性のそんな声が響いてきた。

以前にも、入店するなり同じようなことを嬉しそうに言っていた客がいた覚えがある。

きっと、過去にこのお店に来ていた人が、復活したここをたまたま発見して足を踏み入れた……という状況だろう。

「いらっしゃいませ」

加賀見はいつものように、客に向かってにこやかに挨拶をする。団塊世代と思われる女性は、加賀見の顔を見るなりパッと瞳を輝かせた。

「あら！　もしかして加賀見さんとこの娘さん!?　そうよねっ？」

「――はい。両親の店を受け継がせていただいています」

凛弥は耳をそばだてた。

訪れた女性は、幼少の頃の加賀見の記憶があるらしい。両親の話をしている人は何回も見かけたが、幼い頃の加賀見について言及されているのは初めてだった。

「あの時からかわいらしかったけど、きれいになったわねー！」

――小さい頃の加賀見さん。きっと可憐な美少女だったに違いない……！

凛弥が思った通りのことを女性が言う。

「あの時」の加賀見の記憶がある彼女を、心底羨ましく思った。

「いえ。十年以上ぶりに来ていただいて嬉しい限りです」

「あらあ、本当に大人になって！　あなたは妹さん？　お姉さん？」

――それはつまり、加賀見さんはふたり姉妹ってことか？

またまた凛弥にとって初めて知り得た加賀見のプライベートだった。

「私は姉の方ですよ」

「あら、そうなのね！　ふたりともよく、お店の中をうろちょろしていてマスコットみたいだったわよね！」

「本当に、よく覚えていらっしゃいますね。うるさかったでしょう、私たち」

「全然！　ふたりとも本当にかわいかったものー！」

――加賀見さんは姉だったのか。

今までそんな話は本人からも剛からも一切なかったので知らなかった。

妹はパン屋には関わっていないようだが、離れた場所で暮らしているのだろうか。

もうちょっと姉妹事情について聞きたかったが、女性は「ちょっとゆっくりパンを選ばせてね」と加賀見に告げて、真剣にディスプレイを眺め出した。昔話は一段落してしまったようだ。残念。

するとまたひとり、客が入店した。凛弥も何度か見たことのある顔だった。このあたりで不動産会社を営む中年男性・三浦（みうら）だ。

とても気さくで、イートインスペースで一緒になった時に凛弥も雑談をしたことがある。

加賀見ともよく他愛のないことを話している様子を度々見かける。

三浦は迷うことなくトングでパンを掴み、トレイの上に次々に載せていく。買うパンはあらかじめ決まっているのだろう。

ひとりで食べるにしてはとても多い量に見えたが、家族の分も含まれているのだろうか。

「三浦さん、毎度ありがとうございます」

会計をしながら加賀見がにこりと笑うと、三浦も微笑み返した。

「いやいや、うちの家族もここのパンはお気に入りでね！　買っていかねーと俺が怒られちまうんだよ」

「あはは、家族ぐるみで味わっていただけるなんて嬉しい限りです」

「これからもよろしく頼むよ！　……あ、それでちょっと聞きたいんだけどさ。最近、カレーパンの味変えたのかい？　十日くらい前から」

加賀見は目を見開いて、驚いたような面持ちになった。凛弥は眉をひそめる。

今まさに、ベーカリー・ソルシエールのカレーパンが凛弥のトレイには載っていた。

思わずかじってみるが、カリカリの生地に肉汁たっぷりのジューシーな粗挽き肉、後に引くスパイシーなカレーは、凛弥が初めてこれを食した時と、何ら変わらない。

「特に製法は変えていないのですが……。味の変化を感じましたか？」

そう三浦に尋ねた加賀見の表情はどこか曇っているように凛弥には見えた。

すると三浦は、取り繕ったような笑顔を見せる。

「あれっ、そうだったかい？　前はもっとフルーティーな気がしたんだけどなあ」

「…………。三浦様がカレーパンをご購入なさった時に、私が工程をミスしてしまったのかも」

「……！　いやいや、気にしないでよ。どっちにしろおいしいからオッケー！」

自分の不手際かもしれないと言う加賀見に向かって、三浦は大げさに首を横に振る。

彼の思った以上に、加賀見が心に引っかけている様子だったためか、「まずいことを言ってしまった」と後悔しているのだろう。しかし、それでも三浦が自分の言い分を否定しない様子を見ると、カレーパンの味が変化したことについては彼は確信を持っているのだろう。

すると、三浦より前に来店していた女性がパンを選び終えたらしく、会計待ちのために彼の後ろに並んだ。すでに袋詰めまで終えている三浦は「じゃあまたねー！」と、どこかばつが悪そうにそそくさと退店してしまった。

三浦は「以前の方がフルーティーだった」と言っていた。確かに、ベーカリー・ソルシエールのカレーにはりんごが含まれているから、ほんのりとフルーツの甘みを凛弥も感じることはある。

またひと口凛弥はカレーパンをかじる。しかし子供から大人まで好まれそうなこの味は、少しも変わっていない。

パンの中でも特にカレーパンを愛する凛弥には、そう断言する自信がある。

それに常に聡い加賀見が、パンの工程をミスるなんて到底考えられない。それにこのパンは、彼女の両親の味を再現しているのだ。

昔から愛されている間違いのない味を、彼女がいまさら変化させるわけもないだろう。

加賀見は、女性客とにこやかに雑談をしていた。昔話に花を咲かせているようだった。

しかし、先ほど三浦に一瞬だけ見せた曇り顔は、凛弥の見間違いではないだろう。

自信を持って焼き上げたパンの味が「変わった」と指摘され、きっとショックを受けているに違いない。

「あー。今日もカレーパン、めっちゃうまかったです！」

パンを食べ終えた凛弥は、カウンターの客が途切れたところを見計らって、加賀見に大声でそう言った。

加賀見は一瞬きょとんとしたような顔をした後、にこりと微笑む。

「ありがとうございます、凛弥くん。いつも本当においしそうに食べてくれますよね」

「いやー、だって本当においしいですからね！　すっごくスタンダードなカレーパンなんで『これだよこれ』って毎回思いながら食べてます」

「ああ、そうですね。うちのは私の両親……先代からのレシピをそのまま使って作っているんで、昔ながらの揚げカレーパンですから」

落ち込んでいるかもしれない加賀見を励まそうとカレーパンを褒めちぎった凛弥だったが、気になる言葉が出てきた。

「揚げカレーパン？　カレーパンって、揚げてないのもあるんですか？」

「ええ。最近はヘルシー志向が根強いこともあり、揚げずに焼いているカレーパンも多くなってきているんですよ。焼きカレーパンにももちろんおいしい物はたくさんありますが、ザ・カレーパンを期待するなら、揚げカレーパン一択でしょうね」

「へえ……知らなかったです」

衣のついたカリカリとした生地に、とろりとしたひき肉入りのカレーパンが大好物の凛弥にとっては、焼きカレーパンは邪道に思えた。

「中に入っているカレーも先代の頃からほとんど変えていませんね。両親は野菜の新鮮さにこだわっていたので、近くの農家さんから仕入れた、パプリカやなす、ズッキーニをよく使っていました。私もその農家さんとは懇意にさせていただいています」

「近くの農家？　吉祥寺の近くに、農家なんていらっしゃるんですか？」

「武蔵野市の隣の練馬区は近郊農業が盛んなんですよ。練馬大根、ブルーベリーが特産です。カレーパン以外のパンに、それらもよく使っていますよ」

「二十三区にそんな場所があるんですね～」

と、凛弥は感心する。いつも当たり前のように食べていたカレーパンにも、この店のこだわりがたくさん詰まっていることを、図らずも知ることができた。

――だけどそうなると、ますますカレーパンの味が変わっているわけはないのだ。

これは魔女の大好物でもある、謎だ。

しかし思えば、いつも加賀見の頭の回転の速さ、知識に助けられてばかりだ。卓人と美緒の破局騒動の時も、サビ猫誘拐事件の時も。

——今度は俺が、加賀見さんを助ける番だ。

なぜ三浦は、十中八九変わっていないはずのカレーパンの味を「変わった」と感じたのか。自分の力でそれを突き止めてみせる。

そして加賀見に、「やっぱり加賀見さんのパンは変わらずにおいしいですよ！」と自信を持って伝えたいと、凛弥は心から思ったのだった。

＊

三浦が営む不動産会社は、ベーカリー・ソルシエールから少し離れた、サンロードというアーケード商店街の中にあった。不動産会社の近くにある「ブックスルーエ」という三階建ての大型書店に、凛弥はよく行く。書店の階段を上って三階のコミック売り場で漫画を物色した帰り道、毎回三浦の不動産会社の前を通るので、凛弥はよく覚えていた。

まずは本人から話を聞こうと、パンを食べ終えた凛弥は早速不動産会社の前まで来た。

しかし引っ越しシーズンとなる夏休みの前だからか、客がひっきりなしに店に入っていく。話を伺う隙がなかなか見つからない。

それにしても、人気の吉祥寺エリアで不動産会社を営んでいるなんて、三浦は相当な資産家なのではないだろうか。

そんなことを考えながら、三浦の会社の前で凛弥が様子をうかがっていると。

「そこにいるのは凛弥くんじゃないかい？」

「……？」

不意に、聞き覚えのある声が聞こえてきた。しかし辺りを見渡しても、見知った顔が見つからない。しばしの間、きょろきょろと凛弥は首を動かした。——すると。

「こっちだよ、凛弥くん」

先ほどよりも明瞭な声だったので、声の主の方角が分かった。三浦の不動産会社とその隣のドラッグストアの間の、人がひとりかろうじて通れるような狭い路地からだった。

凛弥はその極小の空間を覗き込むと、そこにいた人物を認めて苦笑を浮かべる。

「剛さん。何またあやしいことしているんですか？　探偵業ですか？」

建物と建物の隙間に挟まっていたのは、加賀見の叔父であるうだつの上がらない探偵の剛だったのだ。やたらとカラフルに色染めされた、アジアンテイストの麻素材のTシャツをまとっていて、今日も不審者感半端ない。

「そうそう、探偵の仕事だよ。今回は浮気調査だ」

リアル探偵の地味な仕事パートツーらしい。情事の現場の証拠を押さえるための、張り込みといったところだろうか。

——って、待てよ。

「この路地に身を潜めてるってことは……。もしかして浮気してるのって、三浦さんですか？」

「ああ、そうだよ。三浦さんの妻からの依頼なんだ」

思わぬ展開に凛弥は驚かされる。まさか、剛とターゲットが被るなんて。まあ、カレーパンの味と浮気に結びつきはなさそうだが。

「へえ、三浦さんが浮気ですか……」

パン屋の中でしか三浦に会ったことのない凛弥にとっては、よくいる気のいい中年男性という印象だった。

「いやー、あの人は女性が好きでねー。美しいご婦人を見かけては追っかけまわしてるみたいだよ」

「えっ、そうなんですか？」

凛弥にとって美しい女性と言えば加賀見だったので、三浦が彼女にも粉をかけていないか不安になった。

が、そんな場面は一度も見かけたことが無いとすぐ気づく。

中年の三浦からしたら、さすがに加賀見は若すぎるのだろう。

「まあでもあの通り調子のいいおっさんだから、半分ギャグみたいなもんだよ。正直モテるタイプでもないだろ？」

「はあ……」

そう思ったが、はっきりと言うのは気が引けたので凛弥は言葉を濁す。

「奥さんも彼の悪い癖くらいにしか思ってないみたいだよ。『うちの主人が私以外の女に相手にされるわけない』って、普段は高を括ってるし」

「え、でもそれならなぜ奥さんは浮気調査を依頼したんです？」

「それが、今回は三浦さんがかなり入れ込んでいるらしくってさ。帰ってこない日が多かったり、お金も結構使っているらしくって。本当に浮気なんじゃやって心配になったんだって」

「なるほど……。それは不安でしょうね」

話を聞く限り、三浦の妻は「最後に自分のところに帰ってくるのなら、多少の遊びは許す」という大らかなタイプのようだ。

しかし自分のところに帰ってこないかもしれない、となるとやはり話は別だろう。

「恭介くんも手伝ってくれてるんだけどね～。なかなか尻尾を掴ませないんだよなあ、三浦さん。気さくなおっさんそうに見えるけど、意外にやり手なのかね～」

社長夫人の猫捜索の件で、剛に気に入られたらしい恭介は、剛の助手のような立ち位置となっている。探偵業の報酬はふたりで山分けしたとしても、学生でしかも金欠の恭介にとっては破格のバイト料だった。剛は若く体力のある助手を得られ、恭介は割のいいアルバイトを見つけられた。お互いに利益があり、いい上下関係を築いているらしい。

また、そんな恭介を紹介した上に、加賀見ともだいぶ親しくなった凛弥を、剛はほぼ身内だと思っているらしく、よくこうやって探偵の仕事内容について愚痴ってくるのだった。

――仕事柄、秘密厳守だと思うんだけどなあ。まあ、俺のことを信用してくれているのだろうけれど。

「誰と浮気してるんですかね」

「それもまだ分からないんだよね。奥さんもまるっきり見当がつかないらしくて……。ところで凛弥くんはここで何してたの？　君も三浦さんに何か用なのかい？」

「ああ、俺はカレーパンの味が……」

自分の事情について凛弥が説明しようとした、ちょうどその時。

三浦が店舗から出てきた。凛弥は思わず彼に背後から駆け寄る。

「み、三浦さん」

「ん？」

三浦が振り返ると、凛弥はへらっとした笑みを作る。思わず慌てて声をかけてしまったけれど、歩いていたら偶然出会って声をかけた体にしないと、不審がられる気がした。

「ああ。君はパン屋によくいる」

「ええ。三浦さんがやっている不動産屋、この辺だったんですね」

「おお、そうなんだよ。君も引っ越す時はぜひ使ってくれよ。お友達も紹介してね～」

「は、はい」

――よしよし、どうにかあやしまれずにすんだぞ。

「そういえばいつも、パンをたくさん買っていきますよね」

「ああ、うちの家族も俺も好きでね。買ってくるように頼まれるんだよ」

「分かりますー！　ベーカリー・ソルシエールのパンは本当にどれもおいしいですよね。いつもどんなパンを買われるんですか？」

「そうだなあ。カレーパン、クリームパン、角食、チョココロネ、ベーグルサンド……ってところかな。お洒落な横文字の名前のパンもたくさんあるけどさ、俺にはよく分からないんだよね」

　確かにベーカリー・ソルシエールのパンの名前は、フランスやイタリアといった海外発祥のパンも多く、その国での呼び名をそのままメニュー名として使っている物も多い。

　昭和生まれの三浦にとっては、なじみ深くはないだろう。――しかし。

「あれ、でもベーグルサンドってどちらかというとお洒落な部類に入りますよね。うちの父親なんてたぶん言っても通じないですよ。三浦さんはお若いですね」

　若者にとってはメジャーなベーグルだが、三浦の世代にとってはそうではないだろう。少なくとも、カレーパンやクリームパンと同じ認知度ではないはずだ。

　すると三浦は「しまった」という顔を一瞬した。凛弥は思わず訝しむ。

　感覚が若いとおだてたつもりだったのに、なぜか彼にとってはまずい内容だったようだ。

「あれは……うん、妻の好物なんだよ」

　三浦の口角は笑みの形になっていたが、ぴくぴくと引きつっていた。

　彼の言葉が嘘らしいことを、凛弥は直感する。

――妻の好物……ではないな。ひょっとして、浮気相手の好物か？

剛の仕事を意図せず手伝ってしまったかもしれない凛弥だったが、自分の目的をいまだに達成していなかったことに気づいてはっとする。

あやしまれないようにどうでもいい質問も交えてカモフラージュするつもりだったのだが、問題のカレーパンについてつい聞きそびれるところだった。

「そうなんですか。俺はやっぱりカレーパンですね。毎回食べます！」

「お、いいねー。俺も一番はカレーパンだね。むしろカレーパンしか食べないくらいだよ」

ベーグルの話から離れたからか、三浦はノリよく答えてくれた。

「……それで少し気になったんですけど。さっきパン屋で、カレーパンの味が変わったって言ってませんでした？」

「変わったって思わない？」

きょとんとした顔で三浦は逆に尋ねてきた。その言い方は、カレーパンの味が変化したと彼が信じて疑わないことを意味している。しかし凛弥にとってみれば、不可解でしかない。先ほど食べたカレーパンも一か月前のカレーパンも、まったく味は変わらない。

「え……。俺は思わなかったです。あ、俺の味覚が大雑把だからかもしれないですけど」

なんて冗談交じりに言うが、パンにうるさい凛弥は味の見極めには自信がある。三浦の気を悪くさせないための、方便だ。

「いや、絶対変わったからよく味わってみてよ。さっき買ったカレーパンも食べたばっかりなんだけどさ、やっぱり前と違うんだよねえ。最初はたまたま一度だけ加賀見ちゃんが作り方を間違ったのかなって思ってたんだけど、絶対前と作り方変えてるよこれは」

一度だけなら彼の勘違いの可能性も高いだろう。

しかし、別の日に合わせて二度も買ったカレーパンが両方とも昔と違いがあると主張しているということは、三浦にとっては「ベーカリー・ソルシエールのカレーパンは味が変わった」、というのが真実なのだろう。

「そうなんですか～。ちなみにおいしくなったんですか？」

「加賀見ちゃんには絶対内緒にしてほしいんだけど、正直前の方がおいしかったなあ。まあ変わった後もそれなりにおいしいんだけどねえ。……あ、銀行閉まっちまうな。じゃあまたパン屋でな」

そう言って三浦は凛弥に背を向け早歩きで進み出した。「はい、また」と凛弥はその背中に向かって言う。銀行に用事があるなら、十五時までに受付を済ませなければならないだろう。――すると。

「三浦さんと何話してたんだい、凛弥くん」

三浦の姿が小さくなってから、剛が寄ってきた。今までずっと狭い路地の中で隠れていたらしい。極秘任務中だから、ターゲットに直接話しかけるわけにはいかないのだろう。

「ああ。ベーカリー・ソルシエールのカレーパンの味についてですよ」

「カレーパン？」

怪訝そうな顔をする剛に、凛弥は経緯を説明した。すると剛は顎に手を添えて考え込むようなポーズになる。

「確かにそれは不可解だな。あそこの味が変わるわけはないし」

さらりと放たれた剛の言葉が、凛弥にとっては妙に嬉しかった。

彼も姪のパン職人の腕を信じて疑っていない。親族からのお墨付きがあるのだから、やはり間違っているのは三浦だ。

「三浦さんは味が変わったって言い張るんですよ。だからそれが不思議で……。なんでそんなことを言うのか突き止めたいんです」

「なるほどね。目的は違うけれど捜査対象は同じなんだね、俺たち。三浦さんの謎をお互いに頑張って追おうじゃないか」

「はい。……あっ、そういえば。たいした話じゃないんですけど、三浦さんの浮気相手の好物がベーカリー・ソルシエールのベーグルサンドかもしれないです。確証はないですけど、そう言った時に表情が強張っていたんで」

「マジか！　それは有力な情報だ！」

「たかが好物がですか？」

正直、浮気相手を突き止めるためにあまり役に立つ情報だと凛弥には思えなかった。

しかし剛は、指を顔の前で揺らしながら「ちっちっちっ」と古臭いポーズをして、得意げにこう言った。

「どんなことが役に立つか分からないんだよ。些細な情報も見逃さない……それが探偵業の鉄則さ」

「はあ……」

芝居がかった様子の剛に凛弥は戸惑うが、言われてみればそんな気もしてきた。カレーパンの謎も、些細なヒントから解けるかもしれない。

「というわけで凛弥くん。お互いに協力することにしないかい？　俺は浮気調査で知りえた情報の中から、カレーパンの味に関わりそうなことを君に流す。だから……」

「俺も今みたいに、三浦さんの浮気に繋がりそうなことが分かったら剛さんに教えればいいんですね」

「その通り！　よろしくな！」

社長夫人の猫捕獲の際は恭介が解決したようなものだから、剛の探偵としての腕は正直よく分からない。加賀見が「うさんくさい」とよく言っているから、あまり期待できるものではないかもしれない。だがそれでも、ひとりで謎を追うよりは断然マシだろう。

「了解です。お互い頑張りましょう」

そう言った凛弥に、剛がにやりと笑みを返した。派手なTシャツを着用している上に、整ってはいるがやたらと濃ゆい顔面であるためか、そんな風に微笑まれると溢れんばかりの不審者感が漂ってくる。

なんてことはもちろん胸の中にしまう凛弥だったが。

＊

「珍しいですね。いつもはミルクティーブリオッシュとカレーパンなのに。今日はベーグルサンドなんですか」

会計の際に加賀見に突っ込まれ、凛弥は内心狼狽えるも、平静を装ってこう返した。

「ああ、やっぱりたまには別のパンも試してみようかなって。どれもおいしそうなので」

「そう言っていただけると嬉しいです。お口に合うといいんですけど」

にこりと、いつもの本心が読み取りづらい微笑みを浮かべる加賀見。

彼女が凛弥の「いつもの」を記憶してくれていることは、素直に嬉しい。加賀見の中に、少しは自分の痕跡を残しているようで。

しかしそんなことに喜んでいる場合ではない。

今日も毒気の無い笑みを顔に張り付けている加賀見だが、三浦に指摘されたことを実は気にしているに違いない。だって、丹精込めて焼き上げたパンの味が変わったと言われたのだ。そんなことはないはずなのに。

カレーパン味変化疑惑が生まれて数日。大学帰りに和華とベーカリー・ソルシエールに寄った凛弥は、三浦の浮気相手の好物かもしれないベーグルサンドを食べることにした。

カレーパンの問題には関係ないことに思えるが、ひょっとしたら細い糸で結びついているかもしれない。

「凛弥くん。ちょっと気になったんですけど」

会計をしながらもカレーパンの謎についていろいろ考えていたら、加賀見がそう声をかけてきた。

茶目っ気のある、にんまりとした笑みに見えた。魔女としては珍しく、悪戯をする子供のような表情。

「え、え。なんですか……!?」

加賀見の表情や、「気になった」という発言に凛弥はドギマギしてしまう。どんな事柄でも、魔女が自分に関することを「気になった」のだとしたら、それ以上に幸せなことはない。

「ええ。……何か私の知らないことを、追っていませんか?」

「追っている……?」

「だから、その。謎とかそういったものを。追っているんじゃないですか?」

「えっ……」

凛弥は言葉に詰まってしまう。黒水晶のように大きく美しい瞳に見つめられたことによる胸の高鳴りと、彼女に謎について悟られてはならないという焦りから、「あの、えっとですね」なんていう、意味のない声しか出てこない。

「やっぱりそうなんですね」

狼狽している凛弥の様子に、魔女はあっさりと悟ってしまった。これは仕方ない。相手は魔女なのだから。

「あっ。でも、たいした話じゃないんですよ」

謎など追っていないと言ってももう遅いので、凛弥は内容について誤魔化す方向に決めた。苦笑を浮かべて、努めて軽い口調で言う。

「たいした話じゃなくても構いません。謎解きなら、ぜひ私も参加したいのですけど」

カウンターから乗り出し気味に、加賀見が言う。普段は奥ゆかしいのに、謎解きが絡むと遠慮がないのも、魔女らしい。

その無邪気な様子があまりにもかわいらしくて、凛弥はつい「三浦さんがカレーパンの味が変わったなんて言ってましたけど、そんなわけないんでなんでそう言ったのかを突き止めようと思っています」と、すべてを言いそうになった。

しかし、すんでのところで堪える。今回は絶対に魔女の手を借りてはならないのだ。

「加賀見さんが参戦したら、すぐ解決しちゃうじゃないですか」

「え〜、いいじゃないですか」

今度は上目遣いで、ねだるように言ってくる。その目線と声音の、なんと恐ろしいコンボか。またもや凛弥はすべてをぶちまけてしまいそうになった。が、本当にギリギリ、髪の毛一本くらいの薄さの壁を作って、なんとか堪えた。

「いえ！　今回は自分で頑張りたいんですよ！　頑張らせてください！」

加賀見の誘惑を振り切るように、凛弥は大声で言った。加賀見は凛弥の強い主張に、一瞬目を丸くしていたが、決意が固いことを察したのか、くすりと小さく笑った。

「そうなんですね。それでは仕方ないです。頑張ってくださいね。あ、でも」

「でも？」

「すべての謎が解けたら、全貌を教えてくださいね」

ウィンクしながら、お茶目に加賀見が言う。

――この人は一体、何度俺の心を弄べば気が済むんだ。

よくここまで耐えきったなあと、凛弥は自身の忍耐力の強さを誇りに思った。

「もちろんでございます。包み隠さず、すべてを加賀見さんの気がすむまで念入りにお伝えいたします」

もともとその予定である。むしろ、加賀見に意気揚々と「あなたのカレーパンはやっぱり変わらずにおいしいです」と告げるために、追っているのだから。

「ふふ、それは楽しみです。あ、いらっしゃいませー！」

そんな加賀見との幸せな会話は、新たな客の来店によって幕を閉じた。

――楽しみです、なんてかわいすぎない？　何あれ？　あんなかわいい人、この世に存在すんの？

なんてことを考えながら、イートインスペースへと凛弥は歩いた。すでに、一緒に来た和華は席についている。買ったパンには手を付けず、スマートフォンの画面とにらめっこしていた。

——はっ。いかんいかん。浮つきすぎだろう、俺。

おそらく、調べ物をしてくれている和華の姿を見て、凛弥はだらけた頬に力を込めて、椅子に腰かけた。すると和華が、やっと画面から顔を上げる。

「さらっと調べたんすけど。三浦さんだけ味が変わったって感じていたのだとしたら、彼の体に何らかの変化があった可能性が高いんじゃないすか」

声をひそめて和華は言う。「加賀見には内緒で」と凛弥があらかじめ言っていたためか、気遣ってくれているらしかった。

和華には、大学からここまでの道中で、経緯を説明済みだ。

サビ猫行方不明事件の時、サークルメンバーの三人に犯人を絞ってしまった苦悩を共有できたし、今回も力になってくれるのではないかと凛弥は思ったのだ。

「何らかの変化って？」

「考えられるのは味覚障害っすね。適度な味付けをしているのに、その人だけしょっぱいとか甘いとか、逆に何も味を感じないとか……。そういう風になっちゃった人を前にテレビで見たことがあったんで、もしかして三浦さんもそうじゃないかって」

「味覚障害か……。よく知らないけど俺も聞いたことはあるな。病気が原因だろ？」

「昨日も飲みすぎちゃって二日酔いだよ〜」と、三浦がここで何度か言っていた覚えがあった。ビール腹で恰幅もよく、あまり彼は健康的な見た目とは言えない。

——ひょっとしたら本当に病気か？

「そうっすね。ネットで調べたら、軽い病気なら口内炎とかドライマウスって出たっす。あとはストレスとか。だけど三浦さんの年齢なら、喉頭ガンとか糖尿病とか、重篤な病の可能性も捨てきれないっすね」

「えっ、マジかよ」

命にかかわりそうな病名が出てきて、凛弥は戦慄する。

もし本当にそんな病気の予兆だったとしたら、大変なことだ。カレーパンの味ももちろん大事だが、早く突き止めて三浦に教えてあげなくては。

「いやー、そんな話は出てないけどな」

不意に背後から野太い声が聞こえてきた。驚いた凛弥が振り返ると、ほうきを持った剛がテーブルの傍らに立っていた。

「剛さん、いたんですか」

「ああ、さっきまで裏の掃除をしてたんだよ。今度は店内を軽く掃いてくれだってさ。……まったく人使いの荒い姪だよなあ」

不満げに顔をしかめて剛は言う。探偵業の合間にやっている、加賀見の手伝い中だったらしい。

「そうなんすか。……それで、そんな話は出てないっていうのは、三浦さんの奥さんからっすか？」

尋ねた和華に、剛は頷いた。スムーズに事を進めるために、三浦の浮気疑惑を剛が追っている件についても彼女にはすでに話してある。

「浮気調査の聞き取りの段階で、ターゲットについては依頼人から詳しく聞くんだよ。生活習慣なんかもね。その時に病気については何も言っていなかった」

「それじゃあ、病気の線は消えますかね……」

「まあ、持病について突っ込んで聞いたわけじゃないし、浮気とは関係ないと思って奥様が俺に伝えなかったのかもしれない。後で念のため聞いてみることにするよ」

「あ、はい。ありがとうございます」

素直にありがたいと思った。剛と手を組んだことは、思った以上にカレーパンの謎解きに役立ちそうだ。

「あ、そうそう。凛弥くんにひとつ伝えたいことがあったんだよ。三浦さん、よく青木青果店で買い物をしてるんだってさ」

「青木青果店……八百屋さんですか？」

「ハモニカ横丁のはずれの、武蔵通りに面した場所にある店っすね」

凛弥はその店について記憶が無かったが、和華ははっきりとそう答えた。

「よく知ってんな、和華」

「この辺では、友達とたまに食べ歩きしてるんですよ。たい焼きとかメンチカツとか、歩きながらおいしく食べられるものがたくさん売ってるんで。それで青木青果店っすけど、昔ながらの八百屋さんっすよね」

「そうそう。奥様の話では三浦さんが店名の入ったビニール袋をよく使ってるらしいんだけど、野菜や果物を買ってきてくれた覚えはないんだって。三浦さん、料理をまったくしないらしいし、八百屋の袋がこんなにあるなんてあやしい気がするって」

「確かに……それは変ですね」

三浦のような昔ながらのおっさんタイプの男性が、八百屋で買い物をする機会は確かにあまりなさそうだ。浮気相手に繋がる情報かもしれない。

——って。別に浮気の件はどうでもいいだろう。八百屋とカレーパンは関係なさそうじゃないか。

そう思う凛弥だったが。

「っつーわけで、もしこのあと暇ならちょっと青木青果店に行ってそれとなく話を聞いてきてくれよ。俺はまだあの魔女の手伝いが残ってるからさ」

ちらりと加賀見の方を盗み見ながら剛は言う。彼女は子連れの客と、にこやかに会話をしている最中だった。

——俺も魔女の手伝いの方がしたいんだけど。

しかし、剛が三浦の病気の件についてて彼の妻をつついてみるということだし、少しは自分も協力した方がいいだろう。

「はあ、分かりました。じゃあパンを食べ終えたら行きます」

凛弥が素直に承諾すると、剛は「頼んだぜい！」とやたら元気よく言って、フロアの掃除を再開した。

凛弥は、まだひと口も手を付けていなかったベーグルサンドを、端からぱくりと豪快にかじってみる。ベーカリー・ソルシエールのベーグルサンドは、日によってサンドされている具が違う。本日は実の大きなブルーベリーとクリームチーズだった。

甘酸っぱくみずみずしいブルーベリーと、酸味のある芳醇なチーズが交わり、あっさりとしたスイーツのような味わいだ。プレーンのベーグルはもちもちしていて、とても食べ応えがある。

確か以前は、ハムときゅうりやスモークサーモンなんかが具になっていた覚えがある。本日の甘めのベーグルサンドとは違って食事向けパンだったが、具はあっさり目だ。

ベーグルサンドは、どちらかというと女性をターゲットにしているのだろう。

──やっぱり浮気相手のために三浦さんはベーグルサンドを？

そう思いながらも、ベーグルサンドのもっちり感と香ばしさがとても好みで、今度別の具の時も購入してみようと凛弥は決意したのだった。

＊

なるほど確かに昔ながらの八百屋だ、と和華に連れられて青木青果店に来た凜弥は思った。路上に少しはみ出すほどにまでディスプレイされた野菜や果物たちは、出荷時から使われていると思われる段ボールや、発泡スチロールの箱に入っていた。

枝豆やかぼちゃ、トマト、さくらんぼといった、この時期が旬の青果が前面に展示されている。段ボールの切れ端に赤ペンで書かれたそれぞれの値札は、スタイリッシュさは皆無だが見やすく分かりやすい。

「らっしゃーい！　今日はパプリカとピーマンが安いよ！　炒め物におすすめだよ！」

店主と思われる白髪交じりの男性が、手を叩きながら威勢よく客引きをしていた。

夕飯の買い出しに来ていたらしい主婦たちが、言われた通りにパプリカやピーマンをまじまじと眺めている。

ベーカリー・ソルシエールを出てからものの数分で着いてしまい、道中作戦を立てようと思っていたのに、その暇がなかった。三浦さんのことをいきなり尋ねたら不審なのではないだろうか……と凜弥が二の足を踏んでいると。

「おっ、若え夫婦だな！　一緒に買い物かい？」

凜弥と目が合うなり、八百屋の店主が勢いよく言ってきた。

一瞬何を言われているか分からない凜弥だったが、隣にいる和華との関係を勝手に想像されたことに気づき、慌てる。

「ふ、夫婦じゃないです！　俺たちはただの大学の後輩と先輩で。なあ？」

た。

　和華に同意を求める凛弥だったが、傍らに立つ彼女はなぜか頬を赤らめてニヤついてい
「お前何笑ってんだ？」

「え……？　あ、いや、その」

「なんでい、違うのか。お似合いだけどな！」

　めげずに自分たちをいい仲にしようとする店主に、年配の人間にありがちな若者をとり
あえずからかう儀式のようだ、と凛弥は悟る。

　こういうのは穏やかにスルーした方が会話はスムーズにいく。

　和華がコホンと咳払いをしたかと思ったら、平静そうな表情に戻っていた。

「私たち、三浦さんに頼まれてきたんす」

「三浦さん？　ああ、不動産会社のシャチョーか」

「そうっす。でも、何頼まれたか忘れちゃって。いつもここで何買ってたっすか？」

　和華のファインプレーに凛弥は感動すら覚えた。

　どうやって三浦の購買歴を探ろうかと今の今まで考えていたのだが、和華のような自然
な流れにするのは自分では思いつかなかった。

「ああ、あの人ならいつもフルーツバスケットしか買わねえよ」

「フルーツバスケット……？」

　てっきり野菜や果物の名前を言われると思っていたため、予想外の単語が出てきて戸惑

う。

「あれだよ」

店主が指さしたのは、店の奥の棚の上に置かれていた、フルーツがたくさん入った籠だった。りんごやオレンジ、バナナといった定番から、シャインマスカットやマスクメロンなどの少々高級そうな果物まで、籠にぎっしりと詰められている。

「……あれ、高いっすよ。たぶん万札が何枚か飛びます」

和華がかすれた声で言う。彼女もまさか八百屋での最高級品がここで出てくるとは思っていなかったのだろう。今までの会話から、フルーツバスケットを購入する流れだが、さすがにしがない大学生ふたりのお財布事情では、証拠品のノリで大枚ははたけない。

「み、三浦さんにお金もらってくるの忘れちゃったす。今日は諦めるっす」

「ああ、そうかい」

店主はあっさりと納得してくれたようだった。凛弥は安堵する。和華の頭の回転の速さに助けられた。

「つーかよー、こんな若い子たち使わねーで自分で来いよなあ、シャチョーも。最近全然来やがらねえ」

「ですよねえ。……って、最近来ていないんですか？」

しかめ面でさりげなく愚痴る店主を軽く受け流そうとした凛弥だったが、重要な情報が混じっていたので、すかさず尋ねた。

「そうなんだよ。前は三日に一ぺんくらいはフルーツバスケットを買ってくれる、こっちとしては願ってもないお得意様だったんだけどな。ここ十日くらい顔を見せねーんだよ」

「どこかお体でも悪くしているんでしょうか？」

以前から付き合いのありそうなこの店主なら、三浦の病歴について何か知っているかもしれない。すると、店主は豪快に笑い声を上げた後、顔の前で手のひらをパタパタと振って「ないない」というジェスチャーを取る。

「いやいや、あの人に限ってそりゃねえよ。先月、人間ドックの結果がオールAだったって自慢してたしな。もういい年だし大酒飲みなくせになんであんなに元気なんだか。まったく羨ましいぜ」

——それなら、病気で味覚障害という線は無さそうだ。

こっそり胸中でそう結論付けた凛弥だったが、店主が与えてくれたさらなるヒントは見逃さない。

「三浦さん、大酒飲みなんですか？」

「なんだい、シャチョーにお使い頼まれてるのに何も知らねーんだな」

「あっ……。さ、最近知り合ったので……」

確かに使いを頼まれている仲なのに、基本的なことを知らなすぎる。もっと剛に私生活を聞いておくべきだった、と凛弥は後悔した。

あやしまれたか、と不安が生まれたが、店主はさして気にした様子もなく、こう答えた。

「そうなのかい。いや、でもあの人本当に飲んべーだよ。毎晩のようにスナックをはしごして酔いつぶれてるからな。シャチョーと飲む機会があったら気を付けな。途中でばっくれちまうのが賢いだろうな」

「は、はあ。ありがとうございます」

そこで、買い物中の主婦から会計を頼まれた店主は、「へーい」と返事をして店内奥に設置されているレジへと向かった。凛弥と和華は「ありがとうございますー！」と念のため彼に向かって大声で伝えてから、店を去った。

――毎回フルーツバスケットを購入、スナックでのはしご酒が趣味、か。

期待以上に三浦に関しての情報は得られた。確かにお酒が好きそうな顔はしているが、毎晩スナックに通うほどとは。相当な飲んだくれである。

しかし、フルーツバスケットはなんのために購入しているのだろう。三日に一度くらいとは、相当な頻度に思える。確実に自分のために買っているわけではないだろう。

また、家族のためでもないことも剛の話からすでに分かっている。

青木青果店から離れるように歩いている間に、凛弥がそんなことを考えていると。

「フルーツバスケットって、もしかしてスナックへのお土産なんじゃないっすか」

「え？」

思いがけないことを和華に言われて、凛弥は思わず立ち止まる。

「果物の盛り合わせって、夜の町じゃ人気のメニューなんすよ」

「そうなのか？　よく知ってるな！」

「……！　べ、別に働いた経験があるわけじゃないっすよ！　ドラマで知った知識っすからね！」

知識の豊かさを褒めただけで、別に和華がナイトワークの仕事に就いていたのかと疑ったわけではないのに。なぜか和華が必死に否定してきて、凛弥は戸惑いを覚えた。

「誰もそんなこと言ってないけど……。それに和華はそういう仕事できなそうだし」

下手をするとランドセルを背負っても違和感のない和華が、そんな職をこなせるとは到底思えなかった。危ない性癖の持ち主からは好かれそうだが。

「……なんとなく腹立つ気もするけど、まあそれはいいっす。フルーツバスケットの話に戻りますけど、果物って結構高いじゃないっすか。だからお金持ってる三浦さんが、行きつけのスナックに自腹で差し入れてるんじゃないっすか」

「なるほど！　それなら浮気相手はもしかしてスナックのママかな？　高価なフルーツバスケットを差し入れて、喜ばせてたってことか」

「その可能性はあるっすね」

そうなると、最近フルーツバスケットの購入をやめたということは、妻が浮気調査をしているって感づいたのか、それとも浮気相手とお別れしたのか。

——って、俺なんで浮気の方を調査しているんだ。三浦さんがカレーパンの味が変わったって言っていることについて調べたいのに。

我に返る凛弥だったが、ふと三浦が青木青果店に来なくなった時期と、カレーパンの味が変わったと言っている時期が被ることに気づいた。

両方とも、十日くらい前からだと言っていた。

——一見、まったく関係なさそうな事柄だが、何か繋がりがあるのだろうか。

浮気の件を調査すれば、カレーパンの謎も解けるかもしれない。

*

青木青果店で調査をした後、アルバイトが入っている和華と別れた凛弥は、ベーカリー・ソルシエールの窓ふきをしていた剛に、早速知りえた情報について共有しに行った。

剛の話だと、三浦の妻は彼がスナック通いをしていたことを知らないようだった。

仕事の忙しさを口実に家に帰らずに職場に泊まることが多いと彼女は言っていたそうだが、恐らく気兼ねなく飲むために帰宅しないのだろう。

もしくは、浮気相手との密会のために。

とても有益な情報を得た、スナック周りで浮気相手を捜してみる、と剛は喜んでいたが、凛弥の方は味覚障害の線も薄くなり、ほぼ手がかりゼロになってしまった。

とりあえず、三浦が通っているスナックを突き止めようと、剛と話し終えた後に凛弥はハモニカ横丁の南西部に位置する、のれん小路という狭い通りに入った。

この通りに、凜弥は今まで入ったことは無かった。昼間は薄暗くてあやしい雰囲気を漂わせているし、夜は夜で一見さんお断り感を醸し出しているし看板のネオンが煌々と光っているしで、足を踏み入れようとすら思ったことがなかった。

だがそんな凜弥でも、有名なこののれん小路についてなんとなく知っていることもあった。確か、昼間営業している店舗はほとんどなく閑散としているけれど、夜になると一変して飲む客で賑わう——そんな通りだったはず。スナックも何店舗かあったはずだ。

夕刻ののれん小路では、すでに何店舗かがシャッターを開けていた。電光の立て看板を今まさに点灯させた店舗もある。楽しい夜の時間がまさに始まろうとしていた。

弱冠二十歳の凜弥は、大衆向けの居酒屋くらいでしか酒の時間を楽しんだことがない。昭和の香り漂うレトロな酒場や、女性の名前を冠しているスナックが軒を連ねているこの通りにいる自分は、やはり場違いな気がする。

——と、通り過ぎよう。

居づらさを覚えた凜弥は、のれん小路を早足で進む。念のため、スナックらしき店舗はざっと流し見しながら。——すると。

スナックと焼鳥屋の間の路地に、ひとりの女性がいた。薄紫色の着物をまとい、髪をひとつに結わえた美しい中年女性だった。美魔女、という表現がしっくり来る。

スナックのママだろうと納得して通り過ぎようとした凜弥だったが、彼女が食べている物が目に入ってきて、反射的に立ち止まる。

見覚えのあるロゴのビニール袋。その中から半分出ている、こんがりとした茶色の丸いパン。

──見まがうはずがない。あれはベーカリー・ソルシエールのベーグルサンドだ。

スナックのママらしき女性はパクリとそれをひと口かじると、裏口らしい扉を開けて店内へと入っていった。

凛弥は急いで表の看板を見た。「飲み処　瞳（ひとみ）」と、青地に白字、縦書き明朝体で書かれている。

──ベーグルサンドを食べているスナックのママらしき人物。三浦のスナック通い、フルーツバスケットの定期購入。

それらの要素を踏まえると、この「飲み処　瞳」は重要な場所になりそうだ。

スマートフォンでこの店についての情報を調べると、開店時間は二十時とのこと。先ほど番号を交換していたので、剛に電話で事情を伝えると、開店と同時に共に入る運びとなった。

時間までしばらく間があったので適当なカフェに入ってやり過ごし、「飲み処　瞳」の前で剛と合流して入店した。

「いらっしゃいませ～！」

扉を開けた瞬間、明るい声が響いた。体のラインがはっきりと分かるワンピースを身にまとった、凛弥と同世代くらいの女性だった。アルバイトだろう。

「いらっしゃいませ」

今度は、しっとりとした落ち着いた声音だった。カウンターの中に、先ほど凛弥が目撃した女性が佇んでいた。凛弥と剛を真っすぐと見据え、上品そうに微笑む。

ちらりと外で見た時から美人そうな雰囲気は感じていたが、近くで見ると彼女の美しさがより鮮明に映える。形の良い瞳に通った鼻筋、きめ細やかな肌。しっかりと化粧していたが、決して濃すぎるわけではなく、唇に引かれた紅のルージュが艶めかしい。

「あ、はい。ど、どうも」

一回り以上年上の女性の色香など身近に感じることがない凛弥は、緊張してたどたどしい声しか出せない。スナックに来るなんてただでさえ初めてだというのに、彼女のたおやかかつ妖艶な素振りに、もうどうすればいいのか分からなかった。

「いやー、ふらっと入ってみたけど、ママも女の子もきれいだねー！　当たりだわ！」

剛がいつもの調子でへらっとした声で言うので、幾分か凛弥の緊張が解けた。

「お上手ですねえ、お客さん。瞳と申します。よろしくお願いします」

「うふふ、ガンガン飲みましょうねー！　私紗理奈（さりな）って言います！」

瞳は控えめに微笑みながら、紗理奈は元気にかわいらしく剛を乗せるような言葉を言う。しっとりとした大人の女性と、溌剌（はつらつ）とした元気な若い女性。タイプの違うふたりの美人のおもてなしを受け、さぞや人気のある店なのだろうと凛弥は思った。

「……硬くなりすぎだよ、凛弥くん」

剛に促されてカウンター前の席につくも、いまだにぎこちない微笑みを浮かべることしかできない凛弥に、剛が耳打ちする。

「だって、こういう女性と飲むようなお店は初めてで……」

「キャバクラじゃないんだから、そんなに構えることないよ。女の子を指名するわけでもないしね。友達と飲むくらいの気持ちでいいんだよ」

「はあ……」

確かに、女性ふたりとも露出度の高い服装をしているわけではないし、隣の席に座ってじっくりと語らうというわけでもない。すぐに他の客も数人入店してきたが、みんなママや紗理奈と親戚の集いのようなノリで雑談をし始めた。

──そうだな。適当にお酒を飲んで、さりげなく三浦さんの情報を手に入れよう。

しかし、スナックの料金体系はセット料金やらチャージ料金やらといったシステムで通常の居酒屋とはまったく違っており、凛弥にはちんぷんかんぷんだった。

剛がご馳走すると言ってくれたので、凛弥は酒の注文を彼に丸投げすることにした。

ちなみに同期生と数度しか飲みに行ったことがない凛弥は、まだ自分のアルコール許容量を十分に把握していない。

分かっているのは、ビールやカクテル三杯でほんのり体が火照(ほて)るくらいの酔いが回る体質だ、ということだ。恐らく、極端に弱くもなければ強くもない、といったところだろう。

剛に流されるまま、ミックスナッツや枝豆をつまみにビールを二杯飲んだころには、ママとも緊張せずに話せるようになっていた。彼女はそんなにお喋りな方ではないが、聞き上手で話の引き出し方が巧みだ。スナックのママが天職なのだろうと思わされるほどに。

大学生活のことや、凛弥の恋愛遍歴（加賀見のことは剛がいるので秘密だが）など、当たり障りのないことしか話していないのに、凛弥は随分楽しい気分になった。

「凛弥くんみたいな若い人が来るのは珍しくて。あなたの連れに無理やり連れて来られたの？　こんな昭和っぽいところでごめんね」

ビール三杯目をカウンター越しに提供してくれた瞳が、少しばつが悪そうに笑って言う。ちなみに剛はというと、紗理奈とカラオケでデュエット中。他の客が入れる合いの手に、陽気に応えている。

──あのおっさん、楽しみすぎだろ……。目的忘れてるんじゃねえだろうな。

「い、いえ。確かにこういうところに来るのは初めてですけど、とても居心地がいいです。瞳さんも話を盛り上げてくれるので」

マイクを通して「いぇーい！」と絶叫する剛に呆れながらも、凛弥は瞳に言った。

本心だった。スナックなんて中年以上の飲みなれた男性が行く、自分にとってはハードルの高い場所だと思っていたが、初対面の年代も違う女性と、酒を酌み交わしながら雑談をするのはなかなかいいものだった。

──それにしても。

瞳が近づいてくると、ほんのりと香水の匂いが鼻腔をくすぐる時があった。甘いけれど、どこか爽やかで、柑橘系のフルーツのような香りだ。清潔感の中には甘苦さがあり、落ち着きの中に色香が内包されている瞳にはぴったりの香水に思えた。

そんな香りを漂わせている瞳の奥の壁に、メニュー表が貼られている。「フルーツ盛り合わせ」の記述があった。最初からフルーツを頼むのも失礼な気がしたので頃合いを見計らっていたが、そろそろいいだろう。

「すみません、フルーツ盛り合わせをお願いします」

そう言った瞬間、瞳の頬が一瞬引きつったのが見えた。おや、と思う凛弥だったが、すぐに彼女はしとやかに微笑む。彼女に対していろいろ思うところがなければ、見間違いだろうと思わされてしまうほどの、瞬時の出来事だった。

「……すみません。さっき別のお客様が頼んでしまって、もう切らしてるんです」

「えっ。あ……、そうなんですか」

瞳がカラオケを楽しんでいる剛の方へとちらりと目線を送ったので、つられて見てみる。大きなテレビの前のソファ席には、先ほどからずっと剛の歌に合いの手を入れている男性ふたり組が腰を下ろしていた。

彼らの前にあるのは、すでにほとんど皮や種しか残っていないフルーツの残骸だった。

「盛り合わせは飾り切りに時間がかかるので、開店前に用意しておくんです。ごめんなさいね」

「い、いいえ。大丈夫です」

「まあいつもなら、用意してたのが出ちゃっても注文が入ったら作るんですけどねっ。最近投資してくれる人が来てくれなくなっちゃってー！　今日はもう果物自体が無いんですよ」

瞳と凛弥の会話に割って入ってきたのは、紗理奈だ。ドリンクのオーダーが入ったのか、カウンターに入ってシェイカーを振り始める。

少しニヤついて、瞳を見ながらの言葉だった。三浦と瞳の疑惑を知っている凛弥にとっては、その件についてからかっているとしか思えなかった。

瞳は口の端をぎこちなく上げて苦笑を浮かべたが、やはりすぐに艶っぽい笑みを張り付ける。接客のプロだな、と感心させられてしまう。

その後、凛弥は他の常連客に絡まれてどんどん酒を勧められてしまった。

酔いが回ってきた剛も「おい飲めや若者！」なんて言ってくるし、紗理奈も同じペースで飲むものだから、つい男の意地でグイグイいってしまった。

ジョッキをいくつ空にしただろう。すでに数えるのを諦めたころ、全身の肌をピンク色に染めた凛弥は、思わずテーブルに顔を突っ伏す。

「あれ、結構強いじゃないか凛弥くん。これだけ飲んでも大丈夫なんて」

カラオケも酒もひと通り楽しんだ様子の剛が、凛弥の隣に座り感心したように言う。

「ぜんぜん、大丈夫じゃ、ないれす……」

舌がうまく回らない。情けない。紗理奈の「きゃはは」という高い笑い声が聞こえてきた。

「いやいや。まだ意識あるし受け答えもできてるんだから大丈夫な方だろ」

「……はあ」

「そうですね。でもそろそろおやめになった方がよろしいでしょうね」

瞳の柔らかい声が心地いい。飲み屋のママという立場であるにもかかわらず、いち早く休憩を提案してくれたことを意外に思った。酒を覚えたての大学生の若造なんざ、無理やり潰そうとしてくる奴らばかりなのに。これが大人の酒の嗜み方なのだろう。

「それじゃ、冷たい物でもどうですかー？　フルーツは無いですけど、かき氷はありますよっ」

火照った体に氷は確かに打ってつけに思えた。紗理奈の提案に「お願い、しみゃす……」と呂律の回らない言葉で凛弥は乗っかる。

「苺とメロンとレモンとブルーハワイ、どれがいいですかあ？」

「……どれでもいいれす」

思考を巡らすのが面倒になった凛弥は投げやりに言う。もともとかき氷の味にはこだわりなどはない。

「はーい！」

元気よく紗理奈が返事をしたかと思えば、すぐに突っ伏した頭の近くで皿の置かれる音がした。削った氷の上にシロップをかけるだけのお手軽スイーツだから、すぐに準備ができたようだ。

　重い頭をなんとか起こしてみると、カラフルなかき氷が目に入ってきた。どれでもいいと言ったからか、紗理奈は四種のシロップをミックスにしたのだ。

　赤、緑、青、黄色と、それらの色がまじりあった境界線はオレンジ色や水色になっていて、まるで小さな虹でもできているようだ。

「……いただき、みゃす」

　虹色のかき氷について言及する気力はなく、凛弥は震える手でスプーンを掴みかき氷をひと口。氷点下の爽やかな味が、熱を持った体に染み渡る。

　何口か食べ進めたら、少し頭が軽くなった気がした。

　そこでふと、凛弥はこのレインボーかき氷のあり得ない点に気づく。まさかと思い、苺、メロン、レモン、ブルーハワイのシロップがかかった部分を食べてみるが、やはりあり得なかった。

「……酔ってるせい、だよな」

　ぼそりと呟くと、剛が「え？」と訝し気な顔をした。

「いや……かき氷が全部同じ味がするんですよ。苺もメロンもレモンもブルーハワイも。酔ってるから、味覚が変になってるのかなって」

　かき氷が酔い醒ましになったらしく、いつも通り舌が回るようになった凛弥はそう答える。すると剛は軽く笑った。

「はは、それは酔ってなくても同じ味だよ」

「え？」

「かき氷のシロップはどの味でもほとんど主成分は同じなんだよ。見た目の色と匂いだけで、味が違うって錯覚を起こさせているんだ。赤くて苺の匂いがするんだから、苺の味に違いないって人間は思い込んじゃうんだよ」

「え！　そうなんですか？　それは知らなかった……」

「私も知らなかったあ！　剛さんって物知りなんですねー！」

紗理奈が大袈裟に驚いたような顔をして、すかさず剛を褒めちぎる。剛はまんざらでもないようでだらしなく頬を緩めた。なるほど、こうやって常連客を増やしていくのだろう。

それにしても、凛弥にとっては驚きの事実だった。今回は酔いのせいでシロップをお任せにしてしまったが、幼い頃はどれが一番おいしいのだろうと祭りの屋台の前で本気で悩んだものだ。苺はやっぱり甘酸っぱいなあとか、レモンは爽やかだなあといった感想を食べるたびに抱いていたのに、それがまさか色と匂いで誤魔化されていたなんて。

「まあ、酔いのせいで匂いが感じにくくなっているだろうから、余計同じ味に思えるんだろうね」

「なるほど、匂いかあ……」

——匂い。

一瞬で酔いが醒めた。ピンと来てしまった。

瞳は香水を付けている。少し離れていた場所からでも、仄かに香ってくる時もある。もし、近寄ったらかなりその匂いを感じるだろう。つまり、彼女と浮気をしていたかもしれない三浦は、より身近に彼女の香りを感じていたということになる。

そして三浦は、ベーカリー・ソルシエールで自分の好物であるカレーパンと、瞳の好物らしいベーグルサンドをいつも購入していた。つまり、ふたりはそれらを一緒に食べていた可能性が高い。ひょっとすると瞳の香水のせいで、三浦は本来のカレーパンとは違う味をいつも味わっていたのではないだろうか。

さらに、三浦はフルーツバスケットを最近購入していない。紗理奈の話だとフルーツを投資してくれる人が最近来てくれないとのこと。

瞳にふられたため、三浦はひとりでカレーパンを食べるようになった。だからフルーツバスケットを購入することもなくなった。

——瞳さんの香水が香らない状態でカレーパンを食べるようになったから、味が変わったと錯覚した……？

思い当たった凛弥は、瞳にこう尋ねた。

「その香水、いい匂いですね」

「あら、ありがとうございます。お気に入りで、ここ数年はずっとこれなんですよ」

数年も。それならば、三浦と会っていた時も付けていたに違いないだろう。

「よろしければ、銘柄を教えていただけないでしょうか？」

「クロレのノマド・オードトワレです。有名なブランドなので、ドラッグストアなんかにも置いてあると思います。女の子にプレゼントですか?」

女性っぽい香りなのでそう思われたらしかった。「え、あ、はい」と凛弥はとりあえず頷く。本当はカレーパンの謎を解き明かすための証拠品のために、欲しいのだが。

「そうなんですか、喜んでくれるといいですね」

「いい香りなのできっと大丈夫です。教えてくれてありがとうございます」

瞳とそんな会話をすると、剛がちらりと凛弥に目配せしてきた。「そろそろ出よう」と告げているようだった。

「じゃあ、そろそろ俺たちはお暇するよ」

「えー! もお帰っちゃうのー?」

剛の言葉に紗理奈が大袈裟に口を尖らせる。不覚にもかわいらしいと思ってしまった凛弥だったが、きっとすべての客に言っているに違いないと思い直す。

「はは、また来るよ。行こうか、凛弥くん」

「はい。……ありがとうございました」

「また来てくださいね」

どこか残念そうに、しおらしく瞳は言う。紗理奈の大袈裟なアピールよりも、後ろ髪を引かれた。やはり自分は大人っぽい女性の方が好みなのだろう。もし加賀見に同じことを言われたら「やっぱ帰りません」と閉店まで居座ってしまうに違いない。

店を出た瞬間、剛は深く嘆息をした。結構なハイペースで飲んでいた上に、カラオケで大盛り上がりをしていたというのに、すっかりいつもの平静な様子だ。

「三浦さんの浮気疑惑だけど、やっぱり相手は確実に瞳さんだな」

「えー！」

自信たっぷりにそう告げる剛に、凛弥は仰天する。酒を飲んで熱唱して楽しんでいるだけに見えたのに、しっかりと調査を進めていたとは。

「すげえ……。ちゃんと調べてたんですね。正直、仕事忘れて飲んだくれてるだけだと思ってました」

「本気で飲んだくれてるように見せないと、向こうも心を開いてくれないからねえ。紗理奈ちゃんや常連さんから聞いた、最近の瞳さんの様子で分かったんだよ」

「へえ……」

――ちゃらんぽらんにしか見えないけれど、本当に探偵なんだな。

剛のスマートな仕事ぶりに驚嘆することしかできない。

「まあでも、別にふたりは付き合っていたわけではないらしい。三浦さんが瞳さんに惚れて、毎日のように来店してアタックしてたって話だ。だから浮気未遂……ってとこかな。まあ、いつもの三浦さんの悪い癖みたいだよ。しかも最近来ていないってことは、たぶん瞳さんにふられたんじゃないかねえ」

「うーん、恐らく……そうでしょうね」

「まあ、それなら奥さんも安心するだろうな。あ、それで三浦さん、ベーカリー・ソルシエールのパンを買ってきて、頻繁に店に持ってきてくれていたらしいよ。瞳さんと一緒に食べることもよくあったってさ」

——やはり。

少し前まで、三浦は瞳の香水が漂う状況でカレーパンを食べていた。そして最近は恐らく、ひとりで食べるようになっている。つまり、パンを食す際に感じる香りがまったく異なる状況となったはず。

凛弥の推理が、一歩正解に近づく。

「しかし、凛弥くんのおかげで瞳さんにたどり着けたよ。ありがとうね」

「いえ。俺はカレーパンについて調べてただけですから」

「カレーパンか……。何か手伝えることがあったら言ってよ。俺もベーカリー・ソルシエールのパンの信者だからね」

「——ありがとうございます」

カレーパンの謎に瞳の香水が絡んでいるかもしれないことは、まだ確証がない。剛に説明しようかとも思ったけれど、まだ完全に酔いが醒めておらず説明するのが少し面倒だったので、行き詰まったら改めて助けを仰ぐことにした。

——この後、行かなければならない場所もあるし。

剛と別れ、その足で吉祥寺駅方面へと凛弥は向かった。

吉祥寺の駅周辺のサンロードは、なぜかは知らないがドラッグストアがやたらと多い。だがすでに二十二時前のためか、見知った店舗はすでにいくつか閉店していた。どこかまだやってないものかとうろうろしていると、通りの端の大型店舗がまだ開いていた。しめた、と駆け足で凛弥は入店する。大型店舗だけあって、香水は豊富に展開されていた。瞳が教えてくれたクロレの香水もすぐに発見できた。

濃いピンクのリボンが巻かれ、薄ピンクの液で満たされており、とてもかわいらしい瓶だった。箱のパッケージには、濃いピンクの花とレモンのような果実を輪切りにしたイラストが描かれている。早速購入し、店を出た瞬間蓋を開けて匂いを嗅いでみた。

先ほど瞳から漂ってきた香りに、間違いなかった。

＊

アルコールが少し残っているようで、目覚めた時から頭が少し重かった。しかしダラダラしてはいられない。本日の講義は十時三十分開始の二コマ目からで、その二十分前に家を出れば間に合う計算だが、凛弥は十時前に自宅を後にした。

講義の前に、ベーカリー・ソルシエールでカレーパンを買うために。

店につくなり、早速カレーパンをふたつトングでトレイに載せる。ひとつは自分の分。もうひとつは和華の分だ。和華にも、香水によってカレーパンの味が変わるのかどうか、実験に付き合ってもらおうと考えていた。

「なんだか、今日の凛弥くん嬉しそうですね」

カウンターに向かうと、加賀見が凛弥の顔を覗き込みながら言った。二日酔いのせいでいつもよりだらしない顔をしているはずなのでそんなに見つめないでくださいと思いつつも、本日も艶っぽい加賀見の美貌を間近に見て、性懲りもなく胸を高鳴らせる。

「そ、そうですかね？」

「はい、なんとなくウキウキしているように見えます。何かいいことでもありました？」

「あー……そうですね。いいこと、あったかもしれないです！」

――あなたを悩ませているカレーパンの謎について、解けるかもしれないので。

魔女のカレーパンの味はやっぱり変わってなんていない。工程を失敗したなんてこともない。それを自分が証明出来たら、きっと加賀見は大層喜んでくれるに違いない。

初めて彼女の役に立てる。そう思うと、腹の底から嬉しさがこみ上げてくる。

そうすれば、少しは自分のことを男として見てくれるかもしれない。きっと今はいいとこ「年下の素直な常連さん」くらいだろう。

でも今回のことで、頼りがいがあると思ってくれるかもしれない。

「もしかして、この前おっしゃっていた謎解きの件ですか？」

加賀見が楽しそうに尋ねてくる。凛弥は満面の笑みを浮かべた。

「まあ、そんなところです」

「それでは、もう少しで全貌を教えていただけるのですね!?」

加賀見の大きな双眸がきらりと輝いた。性懲りもなく、凛弥は謎解きの状況を洗いざらい吐いてしまいそうになるが、すんでのところで耐え忍ぶ。

「そ、そうですね。もう少しだけ、お待ちいただきたいです！」

「承知いたしました！　あー、楽しみです」

「すべてが解決したら、真っ先に加賀見さんにお伝えいたしますっ」

カレーパンの味が変わっていないことの、証明を携えて。

そして、カレーパンが入った袋を下げながら、大学へと凛弥は向かった。

到着すると、二コマ目が始まる直前だった。すぐにでも香水をつけてカレーパンを食べて実験したかったけれど、もうそんな暇はない。

昼休みに試すことにしようと決めた凛弥は、講義室へと向かった。

すると、ちょうど退室する和華と鉢合わせした。

「あ、和華。おはよ」

「おはようっす、先輩。これからここで講義っすか？」

「うん。和華は一コマ目終わったところ？」

「そうっす。次は空き時間だから、図書館でも行ってのんびりしてくるっす」

「ふーん。……あ！　そうだ！」

凛弥はカレーパンひとつと、昨晩購入した香水瓶を和華に差し出した。

「なんすか？　カレーパンと香水？」

「うん。暇なら、和華に試してほしいことがあるんだけど……」

一刻も早く香水によるカレーパンの味の変化について結果を知りたい凛弥は、時間を持て余しているらしい和華にひとまず先に実験を頼むことにした。

昨日、脳内に生まれた考察を和華に説明する。

「なるほどっす。確かに匂いは、味を大きく左右するって話っすよね」

「お、知ってんのか！　じゃあ頼むわ！　俺講義だから昼休みにどうだったかを教えてくれると助かるわ」

「了解っす」

和華に託して講義に出席した凛弥だったが、結果が気になってまったく集中できなかった。教授に発言を求められたがまったく話を聞いていなかったせいで、見当はずれなことを言ってしまい嫌味を言われてしまう始末。

そんな気まずい講義を終えた後、凛弥は和華とテラスで待ち合わせをした。すると、和華が満面の笑みで駆け寄ってきた。

「凛弥先輩の言っていた通りっす！」

「え!?　マジか！」

「はい！　友達に香水付けてもらって、あたしがカレーパンを食べたんっすけど。やっぱり味が変わったような気がしたっす！」

「おお！」

　──いやあ、自分の才能が憎い。

　望んだとおりの結果に、自画自賛してしまう。こうも考察通りになるなんて。探偵になれるのではないか。剛のような地味な探偵ではなくて、某アニメのような名探偵に。

「やっぱり！　いやー、協力ありがとな。一応、俺も試してみるわ。ちょっと香水くれる？」

　名探偵なら、他人任せじゃなく自分自身でもしっかりと確認しなくては。

　そう意気込んだ凛弥は、和華から香水を受け取ると、蓋を開けて自分の体に吹き付ける。

　しかし香水なんて付けたことがないから、やり方がよく分からない。

　和華がしかめっ面になった。あまりよくない付け方だったのかもしれない。

　しかし、とりあえずあの匂いが十分に香る環境になった。凛弥はひとつ残していたカレーパンを取り出し、恐る恐るかじってみた。──すると。

「やっぱ味が違う！」

　ベーカリー・ソルシエールのカレーパンの味は、完璧に記憶しているという自負がある。だからひと口で分かった。いつもと味が異なる、と。

　異なるというか、はっきり言ってあまりおいしくなかった。

「はい。やっぱり香水の匂いがするとなんとなくまずくなるっすね。食べ物とは合わないっす」

「だよなあ、いつもより格段にまずいわ」

そう言った瞬間に、凜弥の中に違和感が生まれた。

――いつもより格段にまずい？

何かを見落としているような気がした。完璧と思えた推理に何か穴があるんじゃないかと。だがしかし、香水の匂いが漂う状況で、確かにカレーパンの味は変わったのだ。

組み立てた推理を今一度最初から頭の中で辿ってみたが、ほころびは思い当たらない。

――考え過ぎかな。

「それにしても先輩、めっちゃ香水臭いっす。付けすぎっすよ」

和華が眉間に皺を寄せて、心底不快そうな顔をする。

「あ、ごめん。香水なんて付けないから付け方が分からなくってさ」

「香水なんて一滴垂らして手首に付けて、それを首筋に擦ればいいんすよ。馬鹿みたいに何回も体に振りかけるからびっくりしたっすよ」

「えー。それならそうと言ってくれよ」

「驚きのあまり言葉も出なかったっす。その状態で午後の授業出たらまずいっすよ。もはやスメハラってやつっす」

「マジでか！　どうしよ」

「いったん帰ってシャワーでも浴びてきたらどうっすか」

和華に言われた通り、凜弥は一度帰宅してシャワーを浴びて香水を洗い流した。

ボディーソープをつけて念入りに全身を洗ったが、まだほんのり香っている気がする。

その後の講義中ずっと甘い香りをほのかに感じつつも、筋の通った自分の推理を加賀見に披露する光景を想像し、凛弥は胸を躍らせるのだった。

＊

その日は講義が五コマ目まであったので、凛弥がベーカリー・ソルシエールに行けたのは夕方だった。時間が時間だけに、売り場には少ししかパンが残っていなかった。恐らく、もう少しで店は閉店するのだろう。

一刻も早く加賀見に自分の華麗なる推理を披露したかったが、パン屋には駆け込みの客が数組いて、彼女は接客に追われていた。

凛弥はテイクアウト用のミルクティーブリオッシュと、イートイン用のベーグルサンドを購入した。ベーグルを食べながら、加賀見の仕事が一段落するのを待つことにしたのだった。本日のベーグルサンドは、ベーコンとアボカドが挟まれた食事パンだった。

酸味と辛味のある白いソースは、ヨーグルトとマスタードだろう。ベーコンから溢れる肉汁と、クリーミーなアボカドにソースが絡み、かぶりつきたくなるような味わいだった。

昼食にカレーパンひとつしか食べていなかったせいもあって、あっという間に凛弥はベーグルを平らげてしまった。

――加賀見さんは……まだお客さんと話しているな。

売り場にいる加賀見を凛弥はちらりと見る。そしてこの後すぐに起こるだろう状況を想像する。

『加賀見さん、カレーパンの味はやっぱり変わっていなかったです。かくかくしかじか』

『なんと！　そういうわけだったんですね！　三浦さんに言われたのをずっと気にしていたので……謎が解けてよかったです！』

『いやいや、これしきの謎くらい、お茶の子さいさいでしたよ』

『凛弥くん……！　素敵！』

――なんちゃって。

「すみません、凛弥くん」

「はいい!?」

なんて、都合のいい妄想をしていたら、傍らから透き通った魅力的な声が響いてきた。にやけていた凛弥は、しゃきんと背筋を伸ばす。

いつの間にやら凛弥の座る席の傍らに、パンのトレイを持った加賀見が来ていた。

「パンがほぼ売れてしまったので、そろそろ閉めようと思うんです」

「は、はいすみません！　あっ、もう出た方がいいですか？」

しまった、と凛弥は臍(ほぞ)を噛む。くだらないことを想像している間に、店が閉店してしまいそうになるとは。これでは、推理を加賀見に披露できないではないか。

――くそ、明日出直すしかないか？

そう思う凛弥だったが、加賀見は首を横に振る。

「いえ、まだいていただいて大丈夫ですよ。よろしければ、残ってしまったパンでも一緒にどうかなって思って」

「え？」

思わぬ誘いに耳を疑ってしまう。

――え？　今加賀見さんが俺を誘ってくれたってこと……だよな？　一緒にパン食べないかって。

「は、はいです！　ぜひぜひ！　ご一緒に！　どうぞよろしくお願いしますっ！」

嬉しさのあまり、こくこくと小刻みに頷きながら、凛弥は大袈裟に承諾してしまう。そんな様子がおかしかったのか、加賀見がくすりと小さく笑う。

我に返り、恥ずかしくなる凛弥だったが、加賀見は気にした様子もなく向かいに座った。

テーブルに置かれたパンのトレイには、淹れたてらしく湯気が出ているコーヒーカップ二客と、クロワッサン、フォカッチャ、卵サンド、そしてカレーパンが載っていた。

「今日はもうこれしか残っていなくって。だから早めの夕食がてら一緒にいただいてしまおうかと思ったんですよ」

「嬉しいです！　どのパンも大好きなので……」

「本当にいつもありがとうございます」

にこりと微笑むと、小さく開けた口にちぎったフォカッチャを入れる加賀見。そういえば、彼女とふたりきりで食を共にするのは初めてだ。

パンを持つ細く長い指や、薄らとグロスが塗られた唇が、どうしても目に入ってきてしまう。仕草のひとつひとつにすら、凛弥の心臓は刺激される。

――ディテールまできれいな人だよなあ。

気持ちが浮き立ち、頬がだらしなく緩みそうになる。なんとか必死に堪えながらも、凛弥は一番近くにあったカレーパンに目を向けた。

カレーパンはすでに本日いただいているが、大の好物であるため一日何個でもいける。ベーカリー・ソルシエールのものならなおさらである。

昼に食べたカレーパンは、実験のために不本意な味わいになってしまったし。

だがこのパンを味わう前に、凛弥にはやるべきことがあった。

「加賀見さん。俺、真相が分かったんです」

不敵な笑みを浮かべて、凛弥はそう断言する。

「真相……？　あ！　もしかして追っていた謎ですか!?」

加賀見は瞳を輝かせ、凛弥の方に身を乗り出す。魔女の大好物である謎に関わる話だからか、好奇心を抑えられない様子だ。

「はい、そうです！　実は俺が追っていたのは、三浦さんがここのカレーパンの味が変わったって言っていた件についてだったんですが、やっぱり変わっていなかったんです！」

凛弥は、嬉々として真相を一から説明した。

三浦の浮気疑惑。瞳が付けていた香水。そして香りによるカレーパンの味の変化についてを。

興奮のあまり凛弥は、一息つく暇もなく自分の推測をやや早口で述べてしまった。謎を魔女の手を借りずに解けたということから得意げになってしまい、話している間の加賀見の反応を気にするのを忘れてしまっていた。

「……というわけなんです！　だから三浦さんの言っていることを、気にしなくていいんですよっ！　香水のせいで味が変わっていたって、彼が思い込んでいただけだったんですから！」

——あなたの気がかりは、解消されたのだから。俺の手によって。俺、少しは役に立つことができましたか？

なんて、いつも上手（うわて）な加賀見に初めて一歩近づけた凛弥は、誇らしさを抑えきれずに微笑んでしまう。

加賀見は凛弥が推理を述べている間は、口を挟まずに耳を傾けていた。——しかし。

「惜しいです、凛弥くん」

満足するまで自分の自信満々な謎解きを語った凛弥に対して、魔女は意味深に笑ってみせた。

——惜しい？　どういうことだ？

想像と違う加賀見の反応に、凛弥は冷や汗をかいた。

「あ、あれ。もしかして俺、どっか間違ってますか……？」

「いえ。凛弥くんの推理は正しいでしょう。素晴らしいと思います。三浦さんがカレーパンの味に変化を感じたのは、瞳さんの香水が関わっているということは、合っていると私も思います。……ただ、詰めが甘いです。まだひとつ、謎を残しているんですよ」

「え？」

「三浦さんは、少し前までは瞳さんと一緒にカレーパンを食べていた。だけど恐らく彼女に振られてしまった今は、ひとりでカレーパンを食べている。しかし三浦さんは、こう言ったんですよね。『前の方がおいしかった』と。つまり三浦さんは、瞳さんの香水が漂っている状態の方が、カレーパンがおいしかったと感じていたということです」

「あっ……！」

言われてみればそうだ。香水の匂いがする状況ではカレーパンの味が変わるという視点ばかりに囚われていて、実際の味の良しあしについてまで気が回らなかった。

香水の匂いを感じながら凛弥がカレーパンを食べた時、いつもより数段は味が落ちていた。しかし三浦は、その方がおいしいと、断言していたのだ。

確かにこれはまだ解決できていない大きな謎だ。

「た、確かに……」

堂々と、胸を張って推理を述べたというのに、加賀見にあっさりと突っ込まれて、凛弥は恥ずかしさでいっぱいになってしまった。――穴があったら入りたい。

しかし、どうしても気になってしまった。凛弥は恥を忍んで、こう尋ねる。

「なぜ、香水の匂いがする状況で、三浦さんはカレーパンをおいしく感じたのでしょうか……？　そんなこと、ありえますか？　三浦さんが味音痴とか？」

「これは私の推測になってしまいますが、次の理由が考えられます。凛弥くんが推理の中で話していた、かき氷のシロップ理論が関わってきます」

微笑んで話す加賀見に、もうその謎まで解いているのか……と完敗した気持ちになりつつも、凛弥はかき氷のシロップの味について思い出す。本来は同一の味であるかき氷のシロップは、匂いと見た目で味の違いを感じさせている……と、凛弥は剛に聞いた。

その匂いの部分が、今回の三浦のカレーパンの味の変化に関わってきたわけだが。

――と、なると残りは。

「見た目……？」

凛弥が半信半疑でそう言うと、加賀見は満面の笑みを浮かべた。

「そうです、残るは見た目ですよ。食べ物は、匂いと見た目によってある程度はおいしくもまずくもなるんです。三浦さんにとって、瞳さんと食べるカレーパンは、とても見た目がおいしい状況だったのです。たとえ、香水の香りが漂っていても、それを打ち消すくらいに」

「え……それって、つまり。目の前に大好きな瞳さんがいたから、カレーパンを何よりもおいしいと感じたってことですか」

「ええ、そうだと思います」

自信満々に加賀見が答える。しかし凛弥は、いまいち納得できなかった。

カレーパンの外見が変わったわけでもないというのに。好きな人がいる状況は確かに嬉しいが、味覚まで変えるほどの力はあるのだろうか。

「あっ。話に夢中になって、パンのこと忘れていましたね。食べながら、ゆっくり話しましょうか」

売れ残りのパンを食べるという話だったのに、トレイの上のパンはほとんど手を付けていなかった。加賀見が食べかけのフォカッチャを再度食べ始めたので、凛弥はカレーパンを手に取った。

――昼間は香水臭い中で食べたから、おいしくなかったんだよなあ。今なら、おいしくカレーパンが食べられるな。

先ほどベーグルサンドを食したばかりだというのに、カレーパンの匂いを嗅いだだけで食欲がそそられてしまう。やはりカレーパンといえばこのスパイシーな香りが一番だと、凛弥は大口でそのさくさくの生地をかじる。

「……うまい」

――ほら、やっぱり。変に香水の香りが漂った状況よりも、断然おいしい……って、ん？

いつもの絶品カレーパンの味を堪能するつもりだったが、ひと口食べた瞬間凛弥はカッと目を見開いた。

どうしてなのか分からなかった。一体何が起こっているのだろう。味覚が感じるのは、いつものベーカリー・ソルシエールの味に間違いない。……間違いないのに。

――なぜ、いつもの数段おいしく感じるのだろう？

「凛弥くん、どうしましたか？」

「えっ」

無言でカレーパンにかぶりつく凛弥を不審に思ったのか、加賀見が不安そうな顔をする。

「いえ……。無表情で勢いよく食べているので。何かあったのではないかと」

「あ、いや！　違うんです！　カレーパンが本当においしくて！　つい夢中になって食べてしまいました」

「そうだったのですね。……いつも褒めていただいて、本当に嬉しいです。結構励みになっているんですよ」

ほんのりと頬を赤らめて破顔して言う加賀見に、凛弥の心臓の音がさらにうるさくなった。下手をすると加賀見に聞こえるんじゃないだろうかと心配になった。

さらに、意中の人の照れた微笑みを間近に見たことで、しびれるような幸福感が奥から奥から湧き上がってきて、自分の体が忙しい。

――そして。

加賀見の天使の笑みに見惚れた瞬間、口の中のカレーパンが、より深く、甘く、まろやかな味わいへと変貌を遂げたのだった。

——そうか。こういうことか。

加賀見の推測が、ようやく腑に落ちた。

心から愛してやまない人が傍にいる状態は、最高のスパイスとなる。

凛弥はたった今、それを身をもって体感してしまったのだった。

「さっきの話ですけど。加賀見さんの言う通りです。好きな人と食べるご飯は、それだけでおいしさは格段に上がると俺も思います。……最後の最後、一歩及ばずでした。香水の匂いで味が変わる！ってことに気づいて舞い上がっちゃって……。俺、まだまだですね」

「いえ、凛弥くんの推理、見事だったと思います。……何より、嬉しかったです。ありがとうございます」

「嬉しかった？」

どういう意味か分からず、凛弥は首を傾げる。

「自惚れだったらすみませんが。私を元気づけようと、カレーパンの味の謎を追ってくれたのでは……と」

「あ……はい、そうです」

「凛弥くんが頑張って解こうとしていた謎が、まさか自分が関わっていることだとは思っていなくって……。すごく嬉しいです。優しいですね、凛弥くんは」

――我ながら、なんてちょろい男なんだろうと思う。

気休めに褒めてくれたとしか思えない加賀見のこの言葉だけで、数瞬前まで抱えていた無力感が、あっさりと消し飛んで高揚感に変わってしまうなんて。いや、ここまで自分の心を奪ってしまった加賀見の魔力が、底知れないだけなのかもしれないが。

「い、いえそんな俺は……。三浦さんに指摘された後から、加賀見さんが度々元気ないように見えましたから！　あはははは！」

頭をぼりぼりとかきながら、下手な照れ隠しをする。

すると加賀見は「元気ないように見えましたから」という凜弥の言葉の後、一瞬だけ笑顔を強張らせたように見えた。

おや、と思う凜弥だったが、一秒に遠く満たないほどの瞬時の出来事だった。気づいた時には加賀見はいつものたおやかな微笑みになっていたので、気のせいだと思い直す。

「そうだったんですね……。心配をかけてしまっていたみたいで申し訳なかったです。それにしても好きな人と食べるとおいしく感じる、ということを分かっていただけて嬉しいです。凜弥くんってロマンチストなんですね」

「え!?　あー！　い、意外にそうなのかな!?　自分でも初めて気づきました！　ははは！」

さっきカレーパンを食べた時に、加賀見がいたおかげでいつもより格段においしく感じたからだなんて決して言えない。言えるはずがない。

そんなことをこっそり思っていると。

「あれ、もう終わりかな？」

店に入ってきたのは、なんと三浦だった。売り場を見回して、残念そうにそう呟いた。

そんな彼に、加賀見が駆け寄ってぺこりと頭を下げる。

「三浦さん、申し訳ありません。もう売るパンは無くなってしまっていて」

「そうか〜、仕事が片付いたから来てみたけど、やっぱ遅かったかあ。相変わらず人気だね」

「ええ、おかげさまで」

「はは、それは何よりだ。……あ、でもさあ。これ、言うの迷ったんだけど……。今後のお店のことを考えて、言わせてもらうよ。加賀見ちゃんのためを思って」

急に真剣そうな口調で話す三浦に、加賀見は「はい？」と小首を傾げる。

「カレーパンだけどさ……。やっぱり少し前までの方が、おいしかったよ。前の作り方に戻した方がいいと思うんだ。……あ、別に今のがまずいってわけじゃないよ！　十分おいしいけど、やっぱり、その……」

眉尻を下げて、心底申し訳なさそうに三浦が言う。「文句をつけているわけじゃないよ。君のためを思って、言っているんだ」という三浦の心情が、その表情と、言葉を選びながらの喋り方で、ひしひしと凛弥には伝わってきた。

「なんかごめんね、加賀見ちゃん。こんなこと言っちゃって……。あ、でももちろんこれ

から も通うから！　頑張ってね！」

そう言うと、三浦は加賀見の言葉も待たずに店から出て行ってしまった。

残された加賀見と凛弥は、しばしの間沈黙していた。しかし顔を見合わせると。

「……ふふっ」

「あははは！」

声を抑えることもなく、ふたりで笑い合った。

——やっぱり、三浦の恋はもう終わっていたのだ。

たった今の彼の発言によって、魔女と凛弥はそう確信した。

＊

ベーカリー・ソルシエールからの帰り道。凛弥は、浮ついた気持ちで歩きながら、ミルクティーブリオッシュが入ったお店の袋を振り回していた。

——結局推理は中途半端だったけれど、加賀見さんに近づけた気がする。

彼女は「私を元気づけるために推理を頑張ってくれてありがとう」と、微笑んでくれた。

また、凛弥のことをロマンチストだと褒めてくれた。

そして三浦の恋の結末を同じタイミングで理解し、顔を見合わせて笑い合った。まるで、秘密を共有するかのように。

親しい仲同士でないと難しいようなその触れ合いを、何度も何度も凛弥は脳内に蘇らせる。思わずステップを踏むような軽やかな足取りになってしまっていた。——すると。

「わっ!」

前をよく見ていなかった。前方から向かってきた人とぶつかり、袋を落としてしまう。袋はぶつかった人物の足元に転がった。

「す、すみません!」

慌てて凛弥は謝罪をする。すると彼は、パンの入った袋を拾いながら、とても穏和に微笑んだ。

「いいえ、こちらこそ。はい、どうぞ」

「あ、ありがとうございます!」

礼を述べてパンの袋を受け取りながら、凛弥は彼の顔を改めて見てみる。なかなか男前だなと思った。

年齢は二十代後半くらいだろう。華やかな美形ではないが、アクのなく整った顔立ち、すっきりと刈られた清潔感のある黒髪。虫も殺さないような毒気のない柔らかな微笑みは、見るものを安心させるような力がある。

きっと落とし物はきちんと警察に届け、公共の交通機関では真っ先に老人に席を譲る——そんなタイプに見えてならなかった。

彼は凛弥に渡したパンの袋を見つめ、柔和な笑みを顔面に張り付けたまま言った。

「ベーカリー・ソルシエール、ですか」

「あ！　行ったことあるんですか!?」

「あ、いえ。でも気になっていたので、今度足を運ぼうかと思っていたんです」

偶然出会った名前も知らない男性が、ベーカリー・ソルシエールについて言及してきたことを凛弥は嬉しく思った。

自分の知らない世界でも、加賀見の店が認知されている。それは加賀見のすべてを魅力的に思ってしまっている自分の本能が、間違いではないと示されているようで。

「おすすめはミルクティーブリオッシュだと、どこかで聞いた覚えがあります。来店時に買ってみようと思っているんですよ」

「なんと！　今まさにミルクティーブリオッシュがこの袋に入っていますよ。俺も大好きなんです～！　あとはカレーパンなんかもおいしいですよ！」

「へえ、そうなんですか。おいしいパンがたくさんあるんですね。あのお店は店主の方がおひとりでやっていらっしゃるんですか」

「そうなんですよ。たまにお手伝いの方がいるみたいなんですけど、基本おひとりです。すごいですよね～、ひとりでおいしいパンを山ほど焼いちゃうんだから」

ベーカリー・ソルシエールの話題で盛り上がれる人間は少ない。凛弥はつい、男に聞かれたことを素直に喋ってしまった。

すると今まで絶えず菩薩（ぼさつ）のような笑みを浮かべていた男性の頬がぴくりと引きつった。

何かまずいことを言ったのだろうかと、凛弥はうろたえる。

「……女性の方ですか？　お手伝いをしているのは」

「え……あ、男性の方ですけど」

急に彼の声のトーンが少し下がったので、気圧されながらも答えてしまう。今まではのんびりとした雑談の雰囲気だったが、重要なことを尋ねているような、真剣な声音だった。

するると彼は再び、温厚そうな微笑みを浮かべた。

「そうですか。カレーパンも今度買ってみますね。おすすめを教えていただき、ありがとうございます」

ぺこりと会釈をすると、彼は凛弥に背を向けて歩き出した。

――なんだか、一瞬変な感じがしたけれど。一体なんだったんだろう？

見知らぬ男の反応を少しだけ不思議に思った凛弥だったが、ただベーカリー・ソルシエールが気になっているということしか分からない、名前も素性も分からない男だ。店で鉢合わせることはあるかもしれないが、深く関わることは無いだろう。

そう結論付けた凛弥は、再び家路へとつく。そしてまた加賀見とのやり取りを思い出して幸せな気分に浸っているうちに、男と出会ったことは忘却の彼方へと消え去ってしまった。

＊

加賀見は剛と共に、厨房で片付けを行っていた。

パンナイフやまな板を洗って定位置に干し、床に落ちていたパンくずやドライフルーツのかけらなどを、ハンディ掃除機で吸う。

自分ひとりでも店を回せるように、オーブンやミキサーなどといった機器はなるべく小さめで揃えている。そんな機器の隙間に落ちた食材のクズも、残さないように丁寧に掃除機に吸引させる。オーブンの隣に鎮座している、パン生地の発酵管理のための機材であるドウコンディショナー（通称：ドウコン）の中も、ダスターで丁寧に拭いていく。

パン作りでもっとも手間がかかるのは、発酵の際の温度や時間の管理だ。しかしドウコンは、自動でこれらの手間がかかる作業を行ってくれる。

店の再開の時に、値が張るドウコンを導入するかどうかは迷ったが、ほぼひとりでパン作りを行うためには必要だと結論付け、購入した。

結果、負担はかなり減り、店に出すパンの種類を少しだけ増やすことができた。感謝の意を込めて、加賀見はドウコンの外側も拭き掃除をする。

どんなに忙しくても、機材はピカピカにするのが加賀見のモットーだ。厨房の中を客に見られるわけではないのだが、ここが汚れていたら、パンにも客にも失礼な気がしてならないのだった。

――やっぱり、この時間が一番楽しいわ。

実は、パン作りの一連の作業の中でこの片付けの時間が加賀見は一番好きだった。調理器具を整然と片し、床に落下してしまった食品くずを目につく限り除去し、雑然としていた厨房を美しい状態に戻すこの作業が。

掃除の時間は、焼き時間を知らせるタイマーに振り回されることもない。無心になって行える締めの作業は、心地よさしか感じない。

今日も一日やり切った、明日も丹精込めてパンを焼こう——そんな心地のいい満足感に全身が浸される瞬間は、快感すら覚えてしまう。

——しかし、今日は。

「疲れた顔してんな。大丈夫か？」

外へゴミを置きに行った剛が、戻ってくるなり言った。加賀見ははっとする。

——やはり、顔に出てしまっているんだ。

常連のかわいらしい男の子である、凛弥にも先刻指摘されたばかりだ。「最近元気がないように見える」って。

幸い、彼はまったく見当違いの方向に自分を案じてくれていたが。

顔に出さないようにしていたのに。自分もまだまだだなと、今後はもっと気を引き締めなければと加賀見は心に誓う。

何かの瞬間に、ボロが出てしまったら元も子もないのだから。

「大丈夫よ、剛おじさん」

「……そうか。でもお前が気疲れするのも無理はない。もうすぐだしな、例の日は」

「──うん」

「何度も言っているけれど、決して無茶はしないように。俺はそのためにお前を見守っているんだ。絶対に危険なことはするなよ、ゆかり」

「分かっています」

名前を呼ばれ、身が引き締まる。

──そう、剛おじさんの言う通りだ。

加賀見は、もうすぐ人生のすべてを賭けた作戦を決行しなければならない。

加賀見ゆかりと加賀見あおい。姉妹の人生を、取り戻すために。

5．ベルガモットの花嫁

——おかしいのだ、明らかに。

一体加賀見はどうしてしまったのだろうか。

雪のように白い肌と高い鼻梁は見る者にしとやかな印象を与え、形の良い唇と澄んだ双眸から滲み出ているのは、深い色気。それらを絶妙な配合で感じさせる微笑みを浮かべながらも、自分が焼いたパンを前にしながら常連客と他愛もない話をする。

それが、ベーカリー・ソルシエールの店主であり魔女の二つ名を持つ加賀見だ。

しかし最近の加賀見からは、以前とは違うオーラが放たれている。

何が？と問われれば、うまく説明することは凛弥には難しい。

カウンターの中にいる加賀見は、以前と同じように美しく微笑んでいたし、客がパンとはまったく関係ない悩みを相談しても、にこやかな表情で丁寧に答える。

しかし何かが違うのだ。言葉の選び方や、ふとした瞬間の仕草などに、それまでの加賀見とは異なったチョイスがされる時がある……ような気がする。本当に些細なことだった。

加賀見に関することで一日の九割は脳みそを使っている凛弥だから、そう思うのだろう。

常連客はおろか、剛だって彼女の変化には気づいていないようだ。

一度、気になって気になって仕方がなくなり、「何かありましたか？　元気ないような」と尋ねたら「そんなことありませんよ」と断言された。

いつも通り柔らかな口調だったけれど、その時の加賀見の眼光の強さに、有無を言わさぬ圧を感じた。だからそれ以上はもちろん追及できなかった。

やはり、年下の男なんて頼りにされていないんだろうなあと思う。

そもそもが自分の勘違いなのかもしれない。「以前の加賀見なら～」なんて、さも彼女のことを熟知しているように考えてしまっているが、自分は彼女のことをどれだけ知っているというのか。ただの常連客でしかない自分が、「加賀見が変わってしまった」と思うなんて、客観的に考えればおこがましい限りである。

加賀見にひとめぼれしてもう一か月以上たった。自分なりに精一杯アピールをしているし、カレーパン騒動では以前よりも親密になったとは思う。

しかし、恋愛が進展したわけではなかった。男として認識すらしてくれていないかもしれない。いいとこ仲のいい常連客のひとり、悪ければ景色の一部……加賀見にとってきっと自分はその程度の存在だろう。

柔道サークル「やわら」の稽古後の、部室でのまったりとした時間。備え付けのベンチに座り、加賀見にそんな思いを馳せる凛弥の口からは、自然と深い嘆息が洩れる。

「何でっかくため息ついてんですか」

帰り支度を終えたらしい和華が、正面に立って顔をのぞき込んできた。

今部室に居るのは凛弥と和華だけだ。他の三人は、アルバイトだの用事（恐らくデート）だのの予定があるらしく、そそくさと帰ってしまった。

「いや、別に。練習で疲れただけだよ」

口角を上げ、努めていつも通りの口調で言う。しかし和華は胡散臭そうに半眼で凛弥を見据える。

「加賀見さんのこと考えてたんでしょ、どうせ」

「え!? なんで分かったんだ!?」

図星をつかれ、思わず正直な返答をしてしまう。

自分の恋心は和華にはおろか、一切誰にも打ち明けていないというのに。

「……分かっちゃうんすよ、残念ながら」

どこかしんみりとした声だった。何が残念なのかはまったく分からない。

ため息交じりの和華の声に凛弥は狼狽してしまう。

——なんだ？　俺、何かまずいこと言ったか？

特に彼女を消沈させるような事柄はないはずなのに。そもそも、なぜ加賀見に話を繋げてしまうのかすらも分からない。言葉が見つからない凛弥だったが、和華からほんのりとあの香りが漂ってきたので、慌ててこう言った。

「そ、そういえばさあ。和華、あの香水付けてんだね」

我ながら、不自然な話の逸らし方だとは思う。

しかし意外にも和華は微笑んでくれて、ほっと安堵する。

「ああ、そうっすね。せっかくもらったんで」

カレーパンの味の謎を追っていた際に、凛弥が購入したベルガモットの香りのする香水は、和華に渡した。

もともと凛弥には香水を付ける習慣がない上に、女性向けの香水だったため持っていても仕方がない。そして使いかけの物をあげられるような気心の知れた仲である女性は、悲しいことに和華くらいしかいなかった。

「いい匂いだよな」

本心で言う。スナックのママである瞳から香ってきた時からそう思っていた。

上品だがどこか甘く、時々苦みもある爽やかかつ魅惑的な香り。今和華から香ってきた瞬間も、思わず大きく息を吸い込んでしまった。

すると和華はどこか照れ臭そうに微笑んだ。

「凛弥先輩って、ベルガモットの匂い好きっすよね。アールグレイティーをよく飲んでるし、ミルクティーブリオッシュもよく買ってるし」

「え、どういうこと？」

確かにこの香りは好んでいるけれど、アールグレイティーやミルクティーブリオッシュにはまったく結びつかず、凛弥は首を捻る。

「あれ、知らなかったんすか？　アールグレイの香りって、ベルガモットからつけられてるんすよ」

「えっ、そうなんだ。ベルガモットって柑橘系の植物だったよな？」

買った香水のパッケージに、濃いピンクの花とレモンのような果実が輪切りにされたイラストが描かれていた。

これがきっとベルガモットの花と果実なんだろうと凛弥は解釈していた。

「そうっす。その果実から取れる精油とか香料で匂い付けされてるんすよ。ベーカリー・ソルシエールのミルクティーブリオッシュにもアールグレイティーが使われているそうなんで、あれもベルガモットの匂いがほんの少しするっすね」

確かにアールグレイティーもミルクティーブリオッシュも、フローラルで蜜のような甘い香りがする。

香水にはベルガモット由来の香り以外にもいろいろな香料が配合されているので、さすがに食べ物と同一の匂いではないが、言われてみればどこか似ている気がした。

「へえ。全然知らなかったなあ」

好きな香水の匂いにも、好きな飲み物にも、好きなパンにも、同じ香料が使われているなんて。自分はベルガモットの香りを好んでいたらしい。まったく存じていなかった自分の嗜好に、気づかされた瞬間だった。

和華と大学の正門前で別れ、そのまま帰路についた。いつものようにベーカリー・ソルシエールに寄ろうとも思ったけれど、あまり気が進まなかったので取りやめた。

加賀見の微細な変化への疑問やら、どう背伸びしても彼女と対等になれない不甲斐なさやらで、以前のように喜び勇んで会いに行く気持ちにはなれなかった。

＊

六畳一間の、狭いワンルームに置かれたベッドの上に寝そべり、テレビをつけてぼんやりと画面を眺める。再放送らしい初見の古いドラマがやっていた。内容を理解する気持ちは全然なく、殺風景な部屋に音と色を与えるために流しているだけだ。

肘枕をして画面に視線を合わせながらも、頭の中は加賀見のことばかり。――しかし。

「ん……？」

画面には少女が映っていた。まだ七歳か八歳くらいの、年端の行かない子供だった。

彼女が画面いっぱいに映り、「事件の謎はすべて解けました」などと生意気な口ぶりで言った瞬間、それまで気のない視線しか向けていなかった凛弥は驚愕してテレビを凝視した。

艶やかな漆黒のロングストレートの髪。同色の大きく澄んだ双眸。高い鼻梁と、形の良い小さな唇。そして新雪のように純白の肌。

その少女は加賀見によく似ていた。もちろん年齢は全く違うけれど、画面の中の少女が成長した姿を頭の中で想像すると、パン屋の魔女が出現する。少女の顔面のパーツの形や控えめな微笑み方までも、現在の加賀見を彷彿させてならない。

――まさか、加賀見さん本人？

急いでスマートフォンをタップして、現在放映中のドラマの名前を調べる。その名前で検索して分かったのは、十五年前のミステリードラマだということだった。ドラマの詳細ページに載っていたキャストの名前には、千坂小麦と記されていた。

そもそも加賀見の名前は悲しいことに存じていないし、苗字はまったく違うが、だからといって別人と結論付けることはできない。

芸能人の名前なんて本名であることの方が珍しいはずだ。

画面の中では、例の少女が大人顔負けの推理を得意げな顔で述べていた。子供が探偵役という、ややファンタジーなドラマらしい。

少女の顔を見れば見るほど、どうしても加賀見の顔が重なる。

凛弥は立ち上がって、勢いよく自室から出ると、早足で走り出した。行先はもちろん、ベーカリー・ソルシエール。

どうしても気になってしまった。あの少女と加賀見が、同一人物なのかどうかが。

店にたどり着くと、剛が退屈そうな顔で入り口の前を掃き掃除していた。しめた、と凛弥は思う。魔女よりもこのちゃらんぽらんな探偵のおっさんの方が、聞きやすい。

「剛さん！」

「あ、凛弥くん。どうしたんだい、そんなに慌てて」

「さっきテレビでっ！　加賀見さんですかあれ⁉」

「はあ？」

急ぐあまり、説明をだいぶ端折(はしょ)ってしまった凛弥に対し、剛は不審げに眉をひそめた。

落ち着け俺、と自分に言い聞かせて凛弥は改めてこう尋ねる。

「だから！　ミステリードラマの再放送に出演してた女の子！　加賀見さんに似てたんですけど⁉」

気怠(けだる)そうにほうきを動かしていた剛の腕が止まる。彼は衝撃を受けたような面持ちで凛弥を見返していた。凛弥も頬を強張らせる。

やはりそうだったのか、と剛の表情で直感した。――しかし。

「なななな、なんのこと、かなあ？　ドラマに出てた女の子が？　そそそそんなわけ、ないじゃやないかあ」

慌てながら、ぴくぴくと頬を引きつらせて剛は言う。

――絶対そうじゃんこれ。

下手くそすぎる剛の誤魔化しは、「はいそうです」と言っているようなものだった。

「やっぱりそうなんですね！」

「だ、だからなんのことだい？　おおお俺には君の話はさっぱりだよ？」

「とぼけないでくださいよ！　あのドラマの子役は加賀見さん……」

「違いますよ」

さらに剛を追及しようとした凛弥だったが、途中で透き通った声に遮られた。

店内にいたはずの加賀見が、いつの間にか外に出てきていたのだった。

「加賀見さん……？」

「ちょうどお客さんが切れたタイミングだったんですけど、何やらふたりが大声で話しているのが聞こえてきたので……。凛弥くんが見たっていう女の子は、私じゃないですよ」

少し困ったように笑って加賀見が言った。嘘を言っているようには見えない。

まあ、一筋縄ではいかない人物なので、本当のところは推し量れないけれど。

「違うんですか？　でも……」

「あんなに似てるのに、ってことですよね。似ているはずですよ。あの子は私の妹のあおいですからね」

「妹……！」

そう言えば以前に、昔からの常連客に「あなたはお姉さんと妹、どっちなの？」と、加賀見が尋ねられていたことを凛弥は思い出した。見たこともないし、それ以外では話に上がったこともない存在だったので、つい加賀見に姉妹がいることを失念してしまっていた。

「あーあ、言っちゃった」

剛が額に手を当てて、ため息交じりに言う。

「なんでとぼけたんですか剛さんは。別に言ってくれたっていいじゃないですか」

「いや、有名人とつながりがあるって知られるのは結構面倒なんだよ。あおいはもう芸能活動はしていないけど、そこそこ売れていたからファンが結構いてね。いまだに復帰を求めている人もいるとか、いないとか。サインくれとか会わせろとか、言ってくる人もいるからねえ」

「あ、そうなんですね……。それは気づかなかったです、すみません」

凛弥に有名人の親戚や友人はいないので、そこまでは想像が回らなかった。

確かに熱狂的なファンの中に、ストーカーじみた行為をする者がいないとも限らない。

「いえ、いいですよ。凛弥くんならそんなことしないでしょうし」

何気なく放たれた加賀見の一言が、凛弥に跳び上がるほどの嬉しさをもたらした。

『凛弥くんなら』

その言い方は、自分の人間性が加賀見に評価されていることに他ならない。

とりあえず、人柄については信用を得られているようだ。

「も、もちろんです！　加賀見さんに似ているから気になって聞いただけですから」

「子供の頃は私たち本当によく似ていたんですよ。今は昔ほどではないんですけどね」

「へえ……。お会いしてみたいです。妹さんは今どちらにいらっしゃるんですか？」

「今は別々に暮らしているんです。でもいつか、両親の遺してくれたこのパン屋をふたりでやりたいなあとは話しています」

「わー、いいですねえ」

加賀見だけでも近隣の人に慕われているのに、妹まで現れた日には、毎日行列が絶えないほどの人気店になってしまうのではないだろうか。ベーカリー・ソルシエールが繁盛するのはもちろん喜ばしいことだが、これ以上ファンが増えてしまったら加賀見とこうして話す機会も減ってしまうのでは……と、まだ不確定な未来に不安に駆られる凛弥だった。

「それにしても凛弥くん、よく気づきましたね。確かにあおいは私の妹ですが、再放送のドラマは随分昔のものです。子供の頃と今とでは、顔も結構変わっているでしょう」

「ああ……。まあ言われてみれば、輪郭とかはちょっと変わってましたけど……。でも雰囲気とか仕草とかは、今の加賀見さんに通じるものがあったんで」

「そうでしたか。……内緒にしておいてくださいね」

口の前に人差し指を当てて「内緒」のポーズをしながら、かわいらしく加賀見が言う。時々見せる茶目っ気がたまらない。本人としては本意ではないかもしれないが、グロスの塗られた唇が笑みの形になると、どこか小悪魔的な魅力が放たれるのだ。

「は、墓場まで持っていく次第であります！」

「そこまで大袈裟にしなくて大丈夫ですよ。あ、パンは買われますか？」

尋ねられて凛弥ははっとする。子役の正体が気になり、無我夢中で店まで走ってきてしまったけれど、ここはパン屋なのである。来て話をしただけでとんぼ返りは、失礼だろう。ちょうど小腹もすいてくる時間だった。少し早いが、夕飯にしてもいいかもしれない。

「あ、食べていきます」

「いつもありがとうございます」

目を細めて加賀見は笑う。客のすべてに向けられている笑みだとは頭では分かっているのに、性懲りもなく胸が高鳴る。なんてちょろい男なのだろう。

カレーパンとミルクティーブリオッシュ、飲み物はアールグレイティーを注文し、凛弥はイートインスペースで夕餉にありついた。

とりあえずのいつもの三点セット。冒険心が出ない限り、この三つの組み合わせだった。

「ベルガモットの香りが好きなんすね」という和華の言葉をふと思い出す。

ストレートのアールグレイティーをちびちび飲みながら、パンを半分ほど食べた時のことだった。

扉が開いた音がした。ブリオッシュをちぎりながら口に運び、ぼんやりと入店した客を眺める。遠目だから顔まではうかがえないけれど、男性だった。

「いらっしゃいま……」

柔らかく微笑みながら、毎度の挨拶をした加賀見だったけれど、途中でその笑顔が凍った。入ってきた男性の顔を見た瞬間だった。文字通り凍り付いたように、微笑んだまま固まったのだ。

「やあ、ゆかりさん。久しぶりだね、五年ぶりくらいかな？」

男はのんびりとした口調で、片手を軽く上げながら言う。

加賀見の通常とはかけ離れた状態に、凛弥は思わず目を凝らして彼を見た。

虫も殺さぬような毒気のない笑みは菩薩を彷彿させる。派手ではないが端正な顔立ちに、短く刈られた髪。清潔感の漂う、好青年……に見える。

見覚えがある。つい最近のことだったので、凛弥はすぐに思い出した。

先日、ベーカリー・ソルシエールに行った帰りにぶつかった男性だ。ここに今度足を運ぼうと思っていたと話していた、彼だ。

——っていうか、加賀見さんの下の名前ってゆかりだったのか。しとやかでぴったりな名前だなあ……。ってそれよりも、あの男誰だ!? なんだかただならない雰囲気だけど。

まさか、恋人!?

聞き耳を立てたが、少し離れていたので「あおいが」だとか「もうすぐ」だとか、断片的にしか内容が聞こえない。

こんなところに座ってのんびりとパンを味わっている場合ではない。

凛弥は忍び足でカウンターの方に近づき、柱の陰に隠れてふたりの様子をうかがう。かなりあやしい挙動だが、幸い現在店内には三人しかいない。剛は探偵の仕事をしに、すでに店からは去っている。

「だから、何度も言っているでしょう。あおいはここにはいません」

驚くほど冷淡な口ぶりだった。美しい双眸には鋭い光が宿り、男に対して明らかな敵意が向けられている。どうやら最悪の予想だった加賀見の恋人という線はなさそうだが、かといって安心できる状況ではない。あの加賀見が嫌悪感むき出しで相手をする人間なのだから、あまりよろしくない事情があることは明白だ。

「そんなわけはないでしょう」

加賀見の態度など一向に気にした様子もなく、男は柔和な微笑みを浮かべたまま言う。

ぞくり、と凛弥の背筋が凍った。あんなに至近距離で加賀見から拒絶を示されているのに、まったく意に介さない彼に、異常性を感じたのだった。

加賀見を真っすぐに見つめながら、彼はさらにこう続けた。

「もうすぐあの日……ベルガモットが誕生花の日なのだから。だから私とあおいは、もうじき再会するんだよ」

——ベルガモット？

何の話かは分からないけれど、凛弥の周囲で最近よく話題に上るベルガモットという単語が男から発せられて、驚く。ベルガモットがふたりに何か関係があるのだろうか？

すると彼を睨みつけながらも、加賀見は鼻を鳴らした。小馬鹿にしたような、嘲るような、そんな冷笑を浮かべる。

——あんな加賀見さん、初めてだ。でもあれはあれで魔女っぽくていい。……って、こんなこと考えてる場合じゃなかった。

「それは映画の話です。虚構と現実の区別もつかないのですか、あなたは」

「ついているさ。ロマンチストなあおいは、あの素晴らしい映画を現実にすることを夢見ているはずだ。私と同様にね」

「いい加減にしてください。警察を呼ばれたいのですか」

「私は君と話をしているだけだ。この状況で呼んでも、相手にされないと思うが」

凛弥にとって、どんどんわけの分からない話が展開されていく。いちいち意味を思考しているうちに、内容が物騒になっていてうろたえる。

——どうしよう。俺が加賀見さんを助けに行った方がいいんだろうか？　でもいまいち何話してるのか分かんないし、俺が間に入っても……。

そんな風に凛弥が二の足を踏んでいると。

「私はあおいを愛しているんだ」

「……！」

カウンターの中に入り、加賀見に迫るように彼は近寄ると、彼女の背後の壁に音を立てて手を置いた。いわゆる壁ドン、という行為だ。

「姉だろうと、私たちの仲を引き裂くのは許さないよ。私とあおいは、もうすぐ結ばれる運命だ」

その光景を見た瞬間、凛弥は我を忘れて飛び出していた。

「やめてください！　やめろ！」

加賀見の前に出て、彼女を守るように凛弥は男に立ちふさがった。すると彼は、興味深そうに凛弥を見下ろした。身長差が腹立たしい。

「君はこの前の……。勇敢だねえ。この間も閉店後のここから出てきたからもしかしてと思っていたが。ゆかりさんの恋人かい？」

そうだ！と言いたいところだが、残念ながら違う。でも悔しいのでその質問には答えずに、凛弥はこう啖呵（たんか）を切る。

「本当にここにあおいさんはいません！　頻繁に通っているけれど俺見たことないから！加賀見さんに付きまとわないでください！」

精一杯強気で叫んだつもりだったが、男はまったく怯んだ様子もなく、穏やかに微笑んだままだった。加賀見が睨みつけても、凛弥が怒鳴っても、仮面のようにくっつけられたままの微笑みは、とてつもなく不気味だった。

「ゆかりさんには興味がないよ。あおいにさえ会えればね」

そう言いながら彼は、カウンターに置かれていたベーカリー・ソルシエールの袋を大事そうに抱えた。ミルクティーブリオッシュが入っているのがちらりと見えた。

いくら何らかの確執がある相手だとしても、パンを買う行為の拒否はできなかったのだろう。加賀見らしい。

「ミルクティーブリオッシュ、味わって食べるよ。……私とあおいのベルガモットにちなんだパンだからね」

やけに静かな声音だった。しかし、今までは微笑みによって細められていた目が大きく見開かれた。ぎょろりとした瞳の光には、狂気じみた気配が内包されているように思えた。

――こいつ、やっぱり普通じゃない。

加賀見やその妹との間に何があったのかは凛弥にはまだ分からない。しかし、彼の眼光を間近で見た凛弥は、それだけは確信したのだった。

再び男はあの笑みを浮かべた後、小さく会釈して退店した。

残されたのは加賀見と凛弥のふたりきり。しばしの間、静寂が場を支配する。凛弥は何から尋ねていいのか分からなかった。

一方の加賀見は、男が出て行った店の出入り口の扉を無表情で見据えたままこう言った。

「かばっていただいてありがとうございます、凛弥くん」

「えっ。あ、はい」

いつもの達観した雰囲気がない加賀見に、戸惑った凛弥はとりあえずの返事しか口から出てこない。

――あの男、何者なんですか？　妹のあおいさんに会いたがっているんですか？　昔何かあったんですか？

「あ、あの」

いろいろな質問が胸中をぐるぐる旋回し半ば混乱している凛弥だったが、場の雰囲気に耐えられなくなりとりあえず口を開いた。しかしその瞬間、店舗の扉が勢いよく開かれる。

反射的にあの男が戻って来たのではと思った凛弥は、身構えた。

「加賀見ちゃーん！」

「今日も来ちゃったー！」

やけに明るく甲高い声が店内に響いた。入店したのは、常連のふたり組の中年女性だった。凛弥も何度か世間話をしたことがある。

あの不気味で静かな男ではなく、凛弥は内心安堵する。

「いらっしゃいませ、徳永さんに内田さん。今日もふたりとも角食六枚切りですか？」

しとやかに、しかしどこか人懐っこく、加賀見は破顔する。いつもの彼女の微笑み。

数分前まで、不審な男とやり合っていた気配など微塵も感じさせないその様子に、やはり凛弥は「さすが」と思わされてしまう。

「そうね！　角食をお願い～。あ、クリームパンとバゲットも欲しいわねー」

「私はポンデケージョが食べたいわー。この前買ったらおいしくて子供たちがはまっちゃって！」

おば様たちは大きな声で楽しそうに話す。加賀見は口角をあげたまま頷いていた。このふたりが立ち去ったら、改めて先ほどのことを尋ねようと凛弥は考えた。

しかし、マダムたちは「ねー、加賀見ちゃん聞いてよ家の主人ったらね」などと、パンとは関係ないことを話し始めた。加賀見も「あらまあ」などと、いつものようににこやかに対応している。お喋り好きな女性客の相手は、しばらくの間終わりそうもなかった。

さらに別の常連客まで入店してきて、店内が賑わい始めた。先ほどまでの殺伐とした空気などまるで存在しなかったかのように、朗らかな空間となった。

――詳しく聞く暇はなさそうだな……。

あの男が何者なのか、加賀見と一体どんな関係なのか、心底気になった。

しかし常連客との触れ合いを大切にしている加賀見の邪魔などできない。仕方なしに凛弥は店を立ち去ることにした。そして家路の途中に、男と加賀見のやり取りを思い出す。

——もうすぐベルガモットが誕生花の日だとか、それは映画の話です、だとか言っていたっけ。

加賀見の妹であるあおいは、過去に子役をやっていた。ひょっとすると彼女が出演していた映画が何か関連があるのかもしれない。

そう思いついた凛弥は、スマートフォンであおいの芸名である千坂小麦について検索し、出演作品について調べてみた。すると出演した映画の中にあったのだ。「ベルガモットの花嫁」というタイトルの映画が。ふたりが話していた映画は、間違いなくこれだろう。

十五年以上前の映画である上に、どうやらかなりマイナーらしく公式サイトは存在しなかった。映画の口コミ投稿サイトにも、たった二件しかレビューはない。しかも「自分には合わなかったです」「退屈だった」という、内容がまったく分からない感想しかなかった。

——一体どんな映画なんだろう。

凛弥は方向転換し、吉祥寺大通り沿いにあるレンタルDVDが置いてある大型書店へと足を運んだ。そして、旧作の棚へ行き、「ベルガモットの花嫁」というタイトルを探す。

しかし、見当たらなかった。在庫検索ができる端末でも調べてみたが、検索には引っかからなかった。

──なんで無いんだろう？　古くてマイナーだからかな。

内容が気になって仕方がなかった凛弥は、意気消沈して帰路に就いた。

すると自宅近くの大通りから外れた路地に来たところで、ある看板を見つけ、思わず「あっ」と声を上げた。

どうやら、個人の趣味でやっているレンタルショップらしい。

看板には「レンタルビデオ・ＤＶＤ」と色褪せた文字で書かれていた。店構えもお世辞にも綺麗と言えず、入り口からは昭和くさいＶＨＳのテープが入った棚が覗いている。

──家の近くにこんな店があったのか。今まで興味がなくて、気が付かなかったのかも。

だがこういう場所ならば、マイナーな映画のＤＶＤもひょっとしたら置いているかもしれない。凛弥は一縷の望みをかけて、入店した。

店舗奥のカウンターの中では、いかにもバンドでギターでもやっていそうな金髪の店員が、気怠そうに漫画を読んでいた。

入店した凛弥の方を見ようともしない。個人商店あるあるの風景だ。

大型書店とは違って、種類別になど並んでいないＤＶＤの棚を端から見ていった。

すると、隅の方に「ベルガモットの花嫁」と背表紙に書かれたＤＶＤケースが置かれていたのだった。「あった！」と内心小躍りしながら、凛弥はそれを手に取る。

しかし、肝心のＤＶＤの中身が入っていない。どうやら貸し出し中のようだ。しかも、パッケージは写真も字もほとんど見えないほど色褪せていた。

ネットの情報だと十五年以上前の映画のようなので、無理もないかもしれない。

——タイミングが悪かったな。そのうち返却されるだろうから、こまめに通って確認しよう。

だが映画の内容を一刻も早く知りたい凛弥は、レンタルショップを出てすぐにスマートフォンで「ベルガモットの花嫁」についてさらに詳しく調べ始めた。

ネットの情報によると、どうやら大手映画会社で製作した映画ではなく単館系の映画で、ミニシアター数か所だけで上映していた、玄人向けの映画らしい。そのため鑑賞した人も少ないようで、詳しい内容の紹介や考察などは見つけられなかった。

簡単なあらすじだけは発見できた。幼い頃に出会い恋に落ちたが離れ離れになった男女ふたりが、紆余曲折を経て再会し、最後には結ばれる、といったよくある王道恋愛ストーリーのようだ。

——ひょっとすると幼い頃の女の方を、あおいさんが演じていたってことか？

あの男はこう言っていた。「ロマンチストなあおいは、あの素晴らしい映画を現実にすることを夢見ているはずだ。私と同様にね」と。

つまり、「ベルガモットの花嫁」のストーリーになぞらえて、大人になって自分とあおいが再会し、結ばれることを思い描いているということなのだろうか。

しかし加賀見はそんな男に敵意を向けていた。自分の妹であるあおいを守っているようだった。つまり、彼は妄想癖の強い身勝手なストーカーという線が強い。

——なんだか、めちゃくちゃ危ない男に思えてきたぞ。

和やかでおいしいパン屋に立ち込める暗雲。能面のように微笑むあの男の存在に、凛弥は強い不安を覚えるのだった。

＊

一夜明け、開店の時間に間に合うように凛弥はベーカリー・ソルシエールへと向かった。昨晩はあの男の存在や映画「ベルガモットの花嫁」の内容が気になって、あまり寝付けなかった。

自分が首を突っ込むべき問題ではないのかもしれないと、何事も無かったかのように振舞うことも少し考えた。

しかし加賀見から先鋭な視線を浴びせられても、気にも留めずに仏のように微笑み続けるあの男の存在を見過ごすことはどうしてもできなかった。

加賀見や妹のあおいが危険な目に遭ってしまうかもしれない。

そんなに賢くもないし、少し上手に人を投げられるくらいの自分が役に立つかは分からない。しかし恋焦がれている女性の険しい表情を見てスルー出来るほど、自分は器用な人間ではない。

——とにかく。あの男がどんな人間で、自分にできることがあるかどうかを加賀見さんに聞いてみよう。

そんなことを決意しながら、ベーカリー・ソルシエールの店先に凛弥は辿り着いた。しかし店の扉には「準備中」のプレートがぶら下げられていた。

早く着きすぎたのかと時間を確認したが、もう開店時間は数分過ぎている。プレートの外し忘れだろうかと扉の取っ手を押してみたが、固く閉ざされている。

——何かあったのか⁉

不安に駆られ、思わず凛弥は裏口に回る。表の扉が閉まっていても、そちらなら開いていて中に加賀見がいるのを確認できるかもしれない。

そう思った凛弥だったが、店の裏に回った瞬間立ち尽くした。その異常な光景を目の当たりにして。

まず感じたのは、その強烈な香りだった。甘いけれど柑橘系のような爽やかさも感じさせる匂い。自分好みの匂いであるはずだが、あまりの強さに鼻の奥がツーンと痛み、目じりには涙すら浮かぶ。

そう、それはベルガモットの香りだった。店の裏には、パンパンに膨らんだ大量のごみ袋が歩く隙間もないくらいに置かれていた。

半透明の袋から、濃いピンク色と鮮やかな緑色が透けて見える。袋の中は、すべてベルガモットの花のようだった。ベルガモットの香りのする香水を購入した時に、パッケージに花のイラストが描かれていたので、この色合いは間違いなかった。

――どうしてこんなに大量にベルガモットの花が。

呆然とする凛弥だったが。

「凛弥くん？」

背後から名を呼ばれて、はっとする。振り返ると、ゴミ袋を両手に持った加賀見が首を傾げて立っていた。

「か、加賀見さん！」

「おはようございます。もしかしてお店に来てくれたんですか？　ごめんなさい、もうすぐ開店できるので」

「この袋に入った花は……」

加賀見は苦笑を浮かべた。とても気安い表情に見えた。

「――ああ。なんか今朝、店の前にいっぱい置かれていたんですよ。つまらない悪戯ですね。片付けちゃえばいいだけです」

言葉もとても軽い。その言いぶりに、「本当につまらない悪戯なんだ」と、危うく思わされてしまいそうだった。

しかし、昨日の男とベルガモットの関係について確証がある凛弥は、そう納得するわけにはいかなかった。明らかに加賀見は自分に気をつかっている。恐らく、あの男とこの店とのいざこざに巻き込まないために。

だから凜弥は神妙な面持ちをして、加賀見を見つめた。そしてゆっくりと、はっきりとこう告げた。

「昨日の男がやったんですよね」

加賀見が表情を強張らせた。笑みの形になっていた口角は下がり、唇が真一文字に引き結ばれる。無表情になった彼女は、凜弥を静かに見つめ返した。

「昨日来ていたあの男と加賀見さんの会話、だいたい聞いていていました。盗み聞きみたいになってしまって申し訳ないです。昨日『ベルガモットが誕生花の日』だとか、加賀見さんの妹であるあおいさんについて、あの男が話していましたよね。それで俺、調べたんです。あおいさんが昔『ベルガモットの花嫁』っていう映画に出てたって」

「…………」

「……あの男はあおいさんに付きまとっているんですか？　映画の内容みたいに、自分とあおいさんが結ばれることを妄想して。ベルガモットって、アールグレイティーの香りづけにも使われていますよね。お店のミルクティーブリオッシュもアールグレイティーが入っているから、あの男があてつけに昨日買ったんじゃ」

「――私は凜弥くんを見くびっていたようです」

意外な一言を言われて凜弥は戸惑う。加賀見の瞳は自分にまっすぐと向けられていた。

「私がいまだに何ひとつ説明していないというのに、まさかそこまで把握されているなんて。思えば、カレーパンの味の時もほとんどひとりで謎を解いていらっしゃいました。凜弥くんは素晴らしい観察眼をお持ちなのですね」

「え、いやあ、それほどでも……」

いきなり大絶賛され、凛弥は状況も忘れて照れてしまう。

「そこまで分かっている凛弥くんにすべてを隠し通すのは無理なようですし、顔を覚えられてしまっている凛弥くんが相手をまったく知らないのは逆に危険かもしれません。分かりました。あの男と私、そして私の妹であるあおいの関係について、お話しいたします」

加賀見は神妙な面持ちになると、あの不気味な笑みの男と自分たち姉妹の確執について、語り始めた。

あの男は真中（まなか）というらしい。役者をやっていた頃のあおいの熱心なファンだった。

いつ頃からあおいを追いかけていたのかは、加賀見も記憶が無いと言う。あおいが中学生の時には、すでにイベントでは常連だった。

最初は他の常識的なファンと同じようににこやかな応対をしていたあおいだった。しかし彼女が高校に上がった頃から、待ち伏せや望んでいないプレゼントなど、次第に真中の行動がエスカレートしていき、避けるようになった。マネージャーや姉である加賀見があおいを守るために、常に一緒に行動するようにもなった。

「それまではきっと、かわいい子供を見守る気分だったんでしょう。しかし徐々に大人の魅力も備わってきたあおいに、真中の見る目が変わってきたのだと思います。愛すべき子供から、愛すべき女へと」

加賀見は遠い目をして、切なそうに言った。

元々あおいは、生涯役者の仕事をする気はなかった。彼女は加賀見と同じで、将来は街角でパンを焼くことを夢見ていたのだ。高校卒業後はパンの道に進むことを決断していたので、中学の終わりくらいから役者の仕事は徐々に減らしていた。

しかしそれが真中の歪んだ恋心に油を注いだらしかった。公式の場所で会う機会が減れば、会えない寂しさによって恋情はさらに深まる。プライベートを支配したくなる。相手の気持ちを顧みずに盲目の恋をしてしまうタイプの人間は、そうなってしまうらしい。

真中の度重なる付きまといに辟易した姉妹は、ついに警察に相談した。しかし、真中は非常に狡猾で物的証拠を一切残さなかった。そのため警察はまともに取り合ってくれなかったという。

「え……！　なんでですか!?　警察が守ってくれないなんて！」

警察のあんまりな対応を聞き、凛弥は思わず声を荒らげてしまう。

しかし加賀見は静かに首を横に振った。

「当時は私も理不尽だと思いました。でも、仕方ないことなんですよ。警察も、いるかいないか分からないほどのストーカーに付き合うほど、暇じゃないんです。身体的被害を受けたり、不法侵入の痕跡があったりすれば、話は別なんですけど」

「そんな……」

そんなことがあってからでは遅いのに。過去の警察の対応に憤りを覚えつつも、証拠がなければ動けないということは渋々納得できる。

世の中にはきっと、もっと凶悪な事件などざらに起こっているのだから。

「真中の嫌がらせをなんとかかわしてあおいを守る日々が続きました。しかしそんな時に、決定的な事件が起こります」

「決定的な事件……？」

「それまでは証拠を残すまいと思っていたらしく、真中が白昼堂々と付きまとってくることはありませんでした。でも、一向に自分に振り向かないあおいに痺れを切らしたんでしょう。友達と下校中のあおいの前に、突然現れたんです。『迎えに来たよ、さあ行こう』と言いながら」

「えっ……」

あおいが外出する時は、ほぼ加賀見が付き添っていた。しかし学校の行き帰りは「友達と普通に過ごしたいから」とあおいに言われ、渋々引き下がっていたのだった。

小賢（こざか）しい真中は証拠を残すことを避けていたので、昼間友人と一緒に居るあおいを襲ってくることは無いだろうと、油断もしていた。

だが無防備なあおいの前に彼は現れた。日常を楽しんでいる瞬間に現れた狂気に、あおいはパニックになり、彼から逃げるように走り出した。そして車道に飛び出し——。

「あおいは車と接触してしまいました。幸い、大きな怪我はありませんでした。しかし、顔に一生消えない傷痕が残ってしまったのです」

「えっ……！」

「そのせいで役者は予定よりも早く引退する羽目になりました。そしてさすがに真中は、警察の取り調べを受けることになりました」

「捕まったんですよね？」

さすがにあおいが事故に遭って怪我をしたのなら、その原因を作った真中はしょっ引かれるはずではないのか。しかし加賀見は、沈痛そうな面持ちになって首を横に振った。

「あの時真中は、あおいに話しかけただけなんです。それまでの恐怖から、あおいは混乱して道路に飛び出してしまいましたが……。真中があおいを道路に突き飛ばしたわけでも、危害を加えようとしたわけでもないんですよ。だから罪には問えませんでした」

「そんな……！」

女性の顔に傷を付けさせて、何の罪にもならないなんて。

しかし接近禁止命令の申し出を行い、審問の結果無事に一年間という期限で発令されたので、その間にあおいは東京をひとりで離れた。それからも真中に場所を悟られないように、あおいは加賀見とは連絡を取りつつもひっそりと暮らしている。

それから昨日再会するまで、加賀見は五年ほど真中とは顔を合わせていなかった。遠方で暮らしているあおいも、彼とは一度も会っていないとのことだ。

しかしあの真中が、あっさりと諦めるはずはなかったのだ。

「あの映画……『ベルガモットの花嫁』になぞらえた手紙が、去年このパン屋に届きました。映画でも重要なシーンの日付である、ベルガモットが誕生花の日である七月十日に合わせて。『来年だね』と」

あおいの居場所は真中も突き止められず、姉である加賀見のいるこのパン屋に手紙を送るしかなかったのだろう。

「本来なら、あおいと繋がってしまうかもしれない客商売なんて、私がやるべきではないのかもしれません。でも、このパン屋は亡くなった両親が遺してくれた大切な場所でした。だから、何があってもこの店だけは捨てられない、という私たちの思いは一致し、製パン学校を卒業したあと、姉である私がこの店を引き継いだのです」

「……そうだったんですね」

不特定多数の人間と毎日のように会う仕事なんて、加賀見に危険が及ぶのではないかと、凛弥にも今さらながら不安な気持ちが生まれる。

だが、ストーカーは完全に連絡を絶ってしまうよりも、少し繋がりを持たせておく方が凶行に及ばないと、凛弥はテレビで見たことがあった。欲望が多少発散されるためらしい。あおい本人の居場所は隠し姉である加賀見を窓口にして、真中をやり過ごす。加賀見の負担は大きそうだが、あおいの身の安全を確保するためにはそれが最善なのかもしれない。

加賀見の話では、真中からのアプローチは今のところ手紙が届いただけだったようだし。

しかしそれはこれまでの話だ。痺れを切らしたのか、とうとう真中は加賀見の前に姿を現したのだ。

「今まではやり過ごせましたが、今年は真中の方からもっと濃厚な接触をしてくるだろうと予想はしていました」

「なぜですか？」

「今年はあおいが二十三歳になります。『ベルガモットの花嫁』では、ヒロインが二十三歳の時にヒーローと運命の再会を果たす、というストーリーなのです」

「なるほど。映画のヒーローに自己投影している真中は、今年になんとしてでもあおいさんとの再会を目論んでいる、というわけですね」

「――そうです」

珍しく覇気のない声で加賀見は言った。

ひょっとすると、真中のことを考えて気持ちが張りつめていて、最近の加賀見はいつもと様子が違うように見えたのだろうか、と凛弥は考えた。

「あの映画と同じことが起こらなければ。真中があおいと再会できなければ。あの思い込みの強い男が諦めてくれるかもしれない……私はそれに望みをかけているのです。ああいうタイプの人間は、他人がどう説得しても無理なので。自分から諦めてもらうしかありません」

確かに、運命的なストーリーを現実にすることができなければ、妄想癖のある男を現実に引き戻すきっかけにはなるかもしれない。――しかし。

「そうだといいですけど……。それくらいで諦めるでしょうか？」

になる。

あの男の、感情のまったく読めない不気味な微笑みを思い出すたびに、背筋が凍りそう

たとえ映画のストーリー通りに事が運ばなくても、勝手に都合のいいように解釈をしてますますあおいに執着したり、あるいは激高したりして、今度こそ危害を加えに来るのではないか。何年もあおいを追いかけまわしているらしい真中が、たやすく諦めてくれるとは凛弥にはどうしても思えなかった。

「望みが薄いことは、私にも分かっています。しかし実害がない今、警察にも頼れないので……。あの子を守るためには、姉である私がなんとかするしかないんです」

「――俺は加賀見さんが心配ですよ」

ターゲットである加賀見の妹の安全ももちろん大切だが、真中と対面して相手をするのは加賀見なのだ。

思い人である彼女に何かあったら……と思うと、凛弥は落ち着かなくてたまらない。

すると、今まで緊張した面持ちで話していた加賀見は、凛弥に向かってにこりと微笑んだ。たおやかだが、内面から気品や色気が滲み出ている、なんとも魅惑的ないつもの彼女の笑みだった。

「心配してくださっているのですね、凛弥くん。ありがとうございます」

「え……。そ、そりゃそうですよ！　妹さんのストーカーがうろついているなんて……！」

性懲りもなく見惚れてにやけそうになるのを堪えながらも、自分の思いを主張する。

「大丈夫ですよ。事情を知っている剛おじさんも見回ってくれていますし、盗聴器のチェックもしてくれていますしね」

「え！　あの人そんなことやってたんですか」

最近以前よりも店の周りをうろついているのをよく見る気がしたが、加賀見のボディガードのためだったとは。

伊達に探偵を名乗っているわけじゃないんだな、と凜弥は感心する。

信頼のできる男性が近くにいるのなら、確かに心強くはある。しかしそれでも、絶対に安全とはもちろん言い切れない。

「俺にできることがあったら何でも言ってください。あ、いや、たいしたことはできないんですけど……。でもいざって時に、人を投げるくらいは！」

加賀見のためならば危険など厭わない覚悟だが、この賢い魔女を守るなんて大それたことと、自分にできるのだろうか……と、言葉の途中で怯んでしまい、なんだか中途半端な台詞になってしまった。

――もっとかっこよく言いたかったのに。頼りがいのある男感を出したかったのに。

「ありがとうございます、凜弥くん」

そう言った加賀見は変わらずに微笑んだままだった。凜弥の言葉が特に深く心に響いている様子は見られない。

好意は素直に受け取ってくれてはいるようだが、頼ろうとは思ってはいないだろう。聡明な魔女のことだ。平凡な年下の男に頼るまでもないのだ。きっと加賀見は、自分の手でなんとかしようと考えているだろう。

それは重々承知している凛弥だが、このまま何もしないつもりは毛頭ない。

どんな小さなことでもいい。加賀見の助けになるために、自分は自分で行動しようと決意するのだった。

＊

ベーカリー・ソルシエールを退店した後、講義開始までまだ時間があったため、昨日も行ったレンタルＤＶＤ屋に立ち寄った。しかし、「ベルガモットの花嫁」は相変わらず貸し出し中だった。一刻も早く映画を鑑賞したかったというのに。

意気消沈しながら大学構内につくと、廊下で和華と鉢合わせした。彼女の顔を見た瞬間「そう言えば和華って、映画研究会に入っていたな」と思い起こす。

――「ベルガモットの花嫁」を観たことがあるかもしれない。

早速凛弥は、件の映画について和華に尋ねてみた。すると彼女は眉をひそめる。

「『ベルガモットの花嫁』？　マニアックなとこ突くっすね、凛弥先輩」

「知ってんの!?」

かなりマイナーな映画らしかったのでダメ元で質問したのだが、和華が知っているような口ぶりだったので、希望を見出した凛弥は前のめりで尋ねる。

「え、なんすかそのテンション」

「いや、ちょっとその映画について早急に知りたいんだ。でもレンタル屋で借りられてて、観られなくてさ」

「ふーん」

「和華は観たことあるのか？」

「結構前に一度だけあるっすよ。でもあまり好みの映画じゃなかったっす」

「え？　なんで？」

「いや、あたしは分かりやすい話が好きなんすよ。ああいう空気感で見せるような、文芸的な作品はちょっとね」

「……うげ。俺もそういうの苦手だわ」

映画なんて、シネマコンプレックスでやっていて興行収入ランキングにランクインするようなエンターテインメント作品か、アニメくらいしか観ない。

「で、どんな話なんだ？　ウェブで見た簡単なあらすじだと、小さい頃に出会ったふたりが大人になって再会して結ばれるって書いてあったけど」

「別に、その通りっすよ」

「……？　でもそれだけだと単純な話だよな。分かりにくいって何が？」

「んーと、よく分からないシーンが多いんすよ。急に現実離れした景色になったり、台詞も叙情的で何言ってるか意味不明だったり。映研の先輩の話だと、実は全編が頭のおかしくなったヒロインの妄想だとか、ヒーローは実は猟奇殺人鬼なんだっていう考察もあるらしいっすよ」

「ふーん……。って、猟奇殺人鬼⁉」

物騒な言葉に凛弥は戦慄する。もしその考察が正しいとしたら、かなり危険なのではないか。映画のストーリーを模したい真中が、殺人を犯す可能性も……。

驚愕する凛弥だったが、和華は軽く笑ってこう言った。

「いや、解釈のひとつっすよ。あたしはそうは思いませんでしたし、その説を唱えているのは少数派みたいっす。公式にもそんな話は一切ないっすし」

「なんだ、そうなんだ」

それならば大丈夫、か？　しかし真中もなかなかの狂いっぷりのようだし、安心するのは早いような気もする。まあ可能性のひとつとして考えておいた方がいいかもしれない。

「あ、だけど確実な殺人のシーンがあって。これははっきりと描写があるっす」

「え⁉」

「ふたりの仲をよく思っていない、ヒロインの姉がいるんすよ。その姉が殺されているシーンは確かにあるっす」

「な、なんだってー！」

思わず絶叫してしまい、廊下を歩く他の学生たちが不審そうに凛弥と和華を眺めてきた。和華も「なんなんすか」と、引いたような目つきで凛弥を見た。

しかし、そんなことに構っている場合ではない。

ヒロインの姉。つまり、あおいの姉。現実に置き換えたら、それは加賀見のことである。慎重そうな真中が殺人まで犯すとは考えにくいが、映画のストーリーを完璧に真似ることにこだわっているとしたら、加賀見の命が狙われる可能性は十分にある。

「そ、その姉はさ。作中ではいつ殺されるの……？」

恐る恐る凛弥が尋ねると、和華は人差し指を顎に当てて虚空に視線を泳がせ、考え込むようなポーズを取った。

「んーと。いつだったかなあ。うろ覚えなんすよね、内容」

結構前に一度だけ鑑賞したと言っていたから、内容を思い出しているのだろう。

「お、思い出して！」

「確かラストシーンのちょい前だったような……。ラストはベルガモットが誕生花になってる七月十日なので。……あっ！　思い出しました！　七夕すよ。『今日は七夕だね』って話した直後だったと思うっす！」

「七夕って……今日じゃん！」

そう。折しも本日が七月七日、七夕であった。

──加賀見さんの身が危ない。こうしちゃいられない。

「ありがとう和華！　俺用事思い出したから帰るわ！」

「えっ。講義に来たんじゃないんすか？」

「すっぽかすわ！」

早口でそう告げると、踵を返してエントランスの方へ凛弥は走り出す。――すると。

「凛弥先輩！」

「何!?」

和華に呼び止められたので、足を止めて振り返る。彼女はなぜか、歯がゆそうな顔をしていた。

「……何かあったんすか？　どうせ加賀見さんがらみのことでしょうっすけど」

なぜ加賀見が関係していると分かったのだろうか。凛弥は首を傾げる。

「なんで分かったの？」

「…………。それをあたしに言わせるんすか？　はあ、まったくひどいやつっすね先輩は」

恨みがましい目つきと口ぶりだった。まったく意味が分からない。――しかし。

「ごめん、よく分かんないんだけどさ。今回のことは和華にはちょっと言えない。巻き込みたくないから」

猫の行方不明事件やカレーパンの味の謎とはわけが違う。犯罪が絡むかもしれない今回の件には、和華には関わってほしくなかった。

「ええー。今までいろいろ協力したのに。あたしは蚊帳の外っすか」

「……すまんとしか言えないわ。でも、今回はマジ危ないかもだからさ。大事な後輩の和華を危ない目に遭わせたくないんだよ」

「大事な後輩……大事、か。大事なら、まあいいか」

「え……？」

凜弥としては重要ではないポイントにやけに和華がこだわっていて、ますますわけが分からなかった。

しかし不機嫌そうな顔をしていた和華が、なぜか嬉しそうに微笑んだのでよしとしよう。

「そういうことなら別にいいっす。でも何かあたしに手伝えることがあったら言ってください」

「おお！　サンキューな！　本当に和華にはいろいろ助けられてるよ……ってまずい、早く行かなきゃならなかった。じゃあまたな！」

和華の返事も待たずに、凜弥は再び走り出した。危険な目に遭っているかもしれない加賀見の元へ、一刻も早く向かうために。

＊

キャンパスから徒歩十五分程度の場所にある、ハモニカ横丁のベーカリー・ソルシエール。全速力で向かえば七、八分程度で辿りつくはずだが、やたらと長く感じた。

走っている間ずっと、加賀見が悲惨な目に遭っている様子がリアルに想像され、それが凛弥の時間の感覚を狂わせていたのかもしれない。

——頼む。加賀見さん、無事でいてくれ！

藁(わら)にもすがる思いで祈りながら、店に到着した凛弥は扉を勢いよく開ける。——すると。

「いらっしゃいませ。……あら、凛弥くん。どうしたのですか？　そんなに慌てて」

カウンターの中には、何事もなかったかのように加賀見が存在していた。いつものように、凛とした魅力的な微笑みを浮かべて。

「よ、よかったあ……」

最悪の事態まで想定していた凛弥は、底知れない安堵感におそわれてへなへなとその場に座り込んだ。

「え。何がよかったんです……？」

「だ、だって！　加賀見さんが殺されているかもしれないって思ったら！」

「ええ？」

きょとんとする加賀見に、凛弥は自分の考えを述べる。

「ベルガモットの花嫁」の中で、七夕の日にヒロインの姉が殺されるシーンがあると聞いたので、加賀見も同じ目に遭う可能性があるのではないか、と。

すると加賀見は噴き出し、珍しく声を出して笑った。

「うふふふ。確かにヒロインの姉は殺されますけど、私は絶対に大丈夫ですよ」

「なぜです？」

「だって映画の中で姉を殺すのはヒロインですからね。あおいが私を殺すわけはありませんから」

「えっ！　ヒロインだったんですか!?　なんだ、てっきりヒーローかと……」

よくよく思い出してみたら、和華に誰がヒロインの姉を殺すのかは聞いていなかった。ヒーローが殺人鬼かもしれないという考察があると言っていたから、てっきり姉を殺したのもヒーローかと凛弥は思い込んでしまっていたのだった。

それに、もしヒーローが姉を殺す話ならば、思慮深い加賀見ならもっと警戒してなんらかの対策を打っているはずだろう。七夕である本日もいつも通り店に立っているのならば、その心配は無いということに他ならない。

安堵する凛弥だったが、加賀見は少しだけ表情を曇らせてこう言った。

「――まあ。思い込みの激しい真中は、なんであおいが私を殺していないんだ?くらいは思うかもしれないですね」

「思ってるかもね。私が大好きな姉さんを殺すなんて、あり得ないのに」

加賀見の言葉に被せるように、似たような声調の声が凛弥の背後から聞こえてきた。

驚いて振り返ると、そこには――。

「あおい！」

加賀見が彼女の名を呼ばなかったとしても、凛弥には一瞬でその人物の素性が分かっただろう。

大きく切れ長の瞳。通った鼻筋に、形の良い唇。艶やかなロングストレートの髪。そして全身からにじみ出るミステリアスな色香。その人物は、加賀見とよく似ていた。

加賀見がフルで下ろしている前髪があおいはセンター分けだったり、パーツの形や位置などの多少の相違点は見受けられるため、瓜二つというわけではない。

だが、ふたりが同じ遺伝子を所持しているだろうことは、一見して分かる。髪型や服装をまったく同じにしたら、遠目では見分けがつかないと思う。

「ベルガモットの花嫁」こと、加賀見あおい。彼女がいつの間にか、凛弥の背後に佇んでいたのだった。

「あおい！　どうしてここにいるの!?　危ないからこっちに来てはダメって言ったじゃない！」

姉である加賀見は、血相を変えた様子であおいに詰め寄る。

だがあおいは平然とこう言ってのけた。

「だって、あいつが姉さんの前に現れたって剛おじさんに電話で聞いて。私の問題なんだし、姉さんひとりに任せるわけにはいかないじゃない」

「何言ってるの!?　私は狙われてるわけじゃないんだから大丈夫よ！　あなたさえ隠れていれば……！」

「うん、それはそうなんだけどね。剛おじさんの話では、あいつも探偵を雇って私の居場所を捜していたらしいの。ひとりでいるところを襲われたら、それこそ危ないじゃない？　それなら姉さんや剛おじさんの近くにいた方がいいかなって」

——なるほど。それなら確かに、あおいさんの言うことも一理あるな。

真中から身を隠すために、あおいはひとりで離れたところに住んでいると加賀見は言っていた。しかし居場所を突き止められてしまったら、ひとりでいてはかえって危険な状況になってしまうことは明らかだ。

「とにかく奥へ……二階の厨房へ！　ここにいるところ真中に見られたら大変だわ！」

「大袈裟だなあ。もう、姉さんは心配性なんだから」

呆れたようにあおいは言う。自分がストーカーに狙われているというのに、やけに能天気だなと凛弥は意外に思った。

加賀見に急かされるように階段を上らされるあおいの額には、二センチほどの大きさの傷痕があった。ファンデーションやコンシーラーか何かで目立たないようにはしているようだが、完全には隠せていない。これが例の交通事故でできた傷なのだろう。

「……大丈夫なんですか」

いきなりのあおいの登場に呆気に取られていた凛弥は、彼女の姿が見えなくなってからやっとのことで声を絞り出した。すると加賀見は嘆息交じりにこう言った。

「あおいが見つかった時のことを考えたらもちろん不安ですが……。まあ、真中が実力行使に出てきたら速攻で警察を呼びますし。手っ取り早く捕まえようと考えるなら、かえっていいかもしれません。正直、ダラダラとこの状況が続くのは精神的にきついものがあるんですよ。……もう何年も彼には悩まされていますから」

「……そっか、真中と関わって長いですもんね」

常に家族を狙っている人物が存在している状況は、確かに気が休まらないだろう。

確かに、多少の危険を冒してでも早く解決したいという思いが生まれてもおかしくない。

もちろんそれでも、あおいが何らかの被害を受けるのを阻止するのが第一だろうけれど。

「とりあえず、今後のあおいの居場所は剛おじさんになんとかしてもらうことにします」

「そうですね、それが良さそうです」

そう言った直後、カウンター奥の店の電話が鳴った。「はい、ベーカリー・ソルシエールです」ときりりとした声で加賀見は出たが、電話の向こうの声を聞くなり「ああ、そうなの」と気安い口調へと変わる。

「分かったわよ、ちょっと待っててね」

電話を切った加賀見は、困ったように微笑んだ。

「どなたからです？」

「厨房にいるあおいからでした。お腹がすいたからパンがいくつか欲しいって」

「ああ……そうなんですか」

腹がすくのは仕方がないが、真中が近くにいるかもしれないこの場所に到着するなりパンを食べることを所望するとは。やはりあおいはどこか呑気な人なんだなと凛弥は思う。

「私が持っていきたいのはやまやまなのですが、窓越しに常連さんが歩いているのが見えました。たぶんいらっしゃると思うので、凛弥くんにお願いしてもいいでしょうか」

「はい、いいですよ」

加賀見はメロンパンとパン・オ・ショコラ、ガーリックトーストを袋に入れると、凛弥へと手渡した。それを受け取り、カウンター奥の階段を凛弥は上がる。

——この階段を上がるのも、厨房に入るのも初めてだな。

ただの常連客のひとりに過ぎないのだから、料理人の聖域である厨房に立ち入れなかったのは当然のことだろう。しかし今回、加賀見は凛弥に自分のテリトリーへ足を踏み入れることを許可してくれた。しかも、自分の妹への用事を依頼するという形で。

パン屋の店主とは別の、加賀見の側面に触れることを許された気分だった。

現在間違いなく、彼女のプライベートに自分が関わっている。ストーカーに妹が狙われているという好ましくない事態にもかかわらず、浮ついた気持ちになってしまう。

木製の扉を開け、厨房へと入る。シンクの横に設置された業務用オーブンには、「上火」や「下火」といったスイッチや温度を調整するボタンなどが、まるでパソコンのキーボードのように配列されている。他にも、業務用のミキサーやオーブン横の謎の巨大な機材など、凛弥は普段目にしないようなものばかりが、厨房に所狭しと並んでいた。

特に気になったのは、たくさんのキッチンタイマーだった。マグネット式なのか、すべてオーブンの側面に張り付けられている。その数、パッと見で十個以上。

——こんなにいっぱいタイマーが必要なくらい、パン作りって綿密な時間管理が必要なんだな。

緻密な作業が苦手な凛弥は、それを見ただけで目が回りそうだった。

さらに部屋の中央にある調理台の上には、キッチンスケールやふるい、数えきれないほどたくさんのボウルが整然と並んでいる。

この場所で、加賀見がほぼ毎日たくさんの種類のパンを焼きあげているのを想像した。タイマーに合わせて、いくつものパンを並行作業で作り上げていく魔女。大層な重労働だろう。そして恐らく、それは凛弥の想像の何倍も。

それらをこなした後に、店先に涼しい顔で立っている加賀見に改めて尊敬の念を抱いた。

そして、魔女の妹であるあおいはというと。

「ふーん、やっぱりドウコンを導入したのね……。まあ、ひとりで回すんなら必要よね。ってか、相変わらず全部きれいにしてるわね。ちゃんと寝られてるのかなあ」

なんてことを、謎の機材を前にしてぶつぶつと独り言ちていた。凛弥の存在にはまだ気づいていないらしい。その口ぶりからすると、あおいもパン作りについての知識は深いようだ。いつか、彼女と一緒にこの店を切り盛りしていきたいと加賀見は言っていたし。

「あの、すみません」

声をかけると、あおいは髪を靡かせながら凛弥の方を向いた。絹のように艶やかな髪の流れ、振り向きざまに醸し出される色気に、加賀見との血の繋がりが感じられる。

凛弥の姿を認めると、あおいは人懐っこく微笑んだ。

「あれ、君はさっき姉さんと一緒に居た子よね」

気さくそうな声音だった。透き通るような声だが、本人の知らぬところで色気が漏れてしまっているところは、やはり加賀見によく似ている。

あおいの方が若干声が低い気がした。

「はい。加賀見さんに頼まれて、パンを持ってきました」

先ほどはあおいのいきなりの登場に驚いて、彼女と話す隙はなかった。今年で二十三歳になると加賀見が言っていたから、自分より年長なはず。凛弥は念のため敬語を使う。

「やったー、ありがとう。姉さんのパン久しぶり」

凛弥が袋を差し出すと、弾んだ声であおいは受け取る。そして作業台の脇に置かれた丸椅子に座ると、心底嬉しそうに微笑みながら、早速メロンパンをかじる。

——やっぱりなんだかマイペースな人だなあ。

パンを心から味わっているその様子は、危ない男に狙われている本人には到底見えない。ひょっとすると、長い間付きまとわれているから慣れてしまっているのだろうか。なんてことを凛弥が考えていると、あおいはパンを頬張りながらじっと凛弥を見つめてきた。目を細めて、まるで理科の観察でもしているかのように念入りに。

「な、なんすか？」

「……君さあ」

「え？」

「姉さんに惚れてるよね」

はっきりと、自信ありげにそう言われた。吃驚し、凛弥は絶句してしまう。するとあおいは、意地悪そうににやりと笑う。

「見たところ、姉さんより年下だね。でも年齢とか気にするタイプじゃないから、そこは大丈夫だと思う」

「え、いや、あの」

　年下でも大丈夫という発言は嬉しかったが、それ以前に自分はあおいの発言に肯定も否定もしていない。勝手に加賀見に恋心を抱いている前提で話を進められても困る。いや、抱いているのだが。

「あの、俺は別に」

「結構かわいい顔してるし、優しそうだし。私から見たら合格かな。頑張ってね」

「…………」

　エールまで送られてしまい、否定する気が失せてしまった。いや、たとえ違うと言ったところで、こういうタイプは受け入れてくれないだろう。

　加賀見とは違う種類の強さを、あおいからは感じる。しかしなぜ一瞬で、自分の気持ちを悟られてしまったのだろうか。やはり魔女の妹は魔女なのだろうか。

「……加賀見さんには言わないでくださいよ」

観念した凛弥は、とにかく口止めをしないとと、ため息交じりに言う。

するとあおいはおかしそうに笑った。

「あはは。大丈夫、野暮なことはしないわよ。姉さんは人のことは鋭いくせに、自分のことになると鈍いから、分かりやすくアピールした方がいいと思う」

「わ、分かりやすくアピール」

いつの間にか凛弥の恋愛相談室になってしまっている。だが加賀見の実の妹のアドバイスとなれば、絶対的な信頼がある。

――そうなのか。もっと分かりやすく好意的な態度を取ることにしよう。

凛弥は固く決意した。するとメロンパンを食べ終えたあおいはガーリックトーストに手を伸ばしながら、こう言った。

「私にパンを持ってきてくれてるってことは、君は私たちの事情は知ってるのよね？　私が出てる映画やドラマは、観たことがあるの？」

「あー。申し訳ないんですけど、あんまり観たことがなくて。ドラマの再放送で一瞬映ったのを観たくらいです」

「別に謝らなくてもいいわよ。テレビや映画にたくさん出ていたのは、子役の頃だしね」

「『ベルガモットの花嫁』を観たいんですけどね。ちょうどレンタルされちゃってて」

「ああ、あれね。でもそんなに面白くないから観なくていいと思う」

面白いか面白くないかはこの際どうでもよくて、今回の騒動の背景を詳しく知りたいから観たいのだが。しかしそう言ったら「それならますます観なくていいわよ」と言われそうな気がしたため凛弥は口を噤む。

するとあおいは、ガーリックトーストを頬張りながら再びまじまじと凛弥を見据えた。加賀見よりもやや釣っている瞳に、真剣そうな光が宿る。

「そっか。あんまり観たことがないのね。――それならまあ、仕方ないか」

「……？」

あおいの言葉の意味がまったく分からず、凛弥の脳内をクエスチョンマークが支配する。仕方がないとは、一体どういうことなのだろうか。なんのことなのか尋ねようと思った凛弥だったが、あおいは瞳を閉じてガーリックトーストの味を堪能していた。

質問したところで、答えてくれる気配はまったくない。加賀見以上につかみどころのない印象のあるあおいは、気分の乗らないことは一切してくれなさそうだ。

――まあいいか。なんだかマイペースな人っぽいし、深い意味はないんだろう。

諦めた凛弥は自分をそう納得させたのだった。

その後、常連客を捌き終えたらしい加賀見が厨房に入ってきた。剛にあおいのことを相談した結果、あおいは剛の知人の家に匿われることになったとのことだった。

あおいは「ええ、私姉さんの家に行きたいのに」とぶー垂れていたが、加賀見にたしなめられて渋々迎えの剛の車に乗った。

――いきなり現れてどうなることかと思ったけれど。剛さんが連れて行くのなら安心だろう。ベーカリー・ソルシエールにあおいさんが居た時間も、一時間もなかった。きっと真中にも見つかっていないはずだ。

あおいを乗せて走り出した車の後部を、加賀見と見守りながらそう考える凛弥だったが。ベーカリー・ソルシエールの向かいの、二階の窓から一筋の光が漏れる。双眼鏡を通して魔女のパン屋を盗み見ていた真中は、追いかけ続けていた花嫁の久しい姿にほくそ笑む。何かに怯えた様子も、緊張した様子もない、いつも通りのあおいだ。やはり自分を受け入れてくれているのだ、会いに来てくれたのだ、と彼は思ったのだった。

*

久方ぶりの最愛の妹との再会を果たして、加賀見ゆかりは過去の出来事を思い起こしていた。

――役者はそろそろ引退するわ。姉さんと一緒にお父さんとお母さんが遺してくれたパン屋をやりたいから、高校を卒業したら製パン学校に通うね。

自分が現在通っている製パン学校のパンフレットを見ながら、制服姿のあおいが弾んだ声で言っていたのを、昨日のことのようにゆかりは覚えている。

役者の才能を周囲から認められていたため、関係者から引退は惜しまれたが、姉としては一緒に店先に立つ未来の方が断然嬉しい。

それに、昔からあおいのファンである真中が、そのころやたらと熱心だった。熱心を通り過ぎて、時々怖いくらいに感じる時もあった。

エスカレートする前に役者の道を降りた方が安全だろうとゆかりは考えていた。

「パン、焼けたわよ」

「わーい！」

自宅の小さなオーブンでゆかりがパンを焼くと、その度にあおいは文字通り諸手を挙げて歓喜するのだった。

「やった！　今日はミルクティーブリオッシュね！」

無邪気に微笑みながらそのパンを頬張るあおいは、まるで少女のようだ。両親がミルクティーブリオッシュを焼き、姉妹に与えてくれたあの頃とまったく変わらない微笑み。

両親が作り出すパンは、まさに魔法だった。ただの真っ白な粉だった物が、数時間で頬がとろけるほどの絶品のパンに変わる。

「お父さんもお母さんも魔法使いみたいだね！」と幼い頃姉妹が口を揃えて言ったため、両親が開いたパン屋の店名は「ベーカリー・ソルシエール」となったのだ。

しかし十年ほど前に両親は不慮の事故で亡くなった。パン屋は閉店を余儀なくされ、姉妹は親戚の家で暮らした。

しかしゆかりが高校を卒業後は、両親の遺産を元手に姉妹ふたりでアパート暮らしを始めた。小さな部屋で、姉妹肩を寄せ合った。

両親の魔法をもう一度自分たちの手で蘇らせよう。ふたりが愛情を込めて焼いたパンを復活させよう。——毎晩ふたりで夢を語った。

高校卒業後、ゆかりは製パンの専門学校に通い始めた。

実はパン屋の世界では、専門学校には行かずに弟子入りした店で長年下積みをしてから、自分の店の開店にこぎつけるのを美徳とする風潮が、昔から強い。

傍からはおしゃれで洗練された世界に見えるらしいが、意外にも体育会系であり、根性を示してなんぼの業界なのだ。

だが、若くして自分の店を持つ人も増え、「専門学校は基礎からしっかり教えてもらえるし、自分の店を持つための最短のルート」という考えも多くなってきている。

早く独り立ちしたかったゆかりは、その最短ルートを選んだ。

両親が存命の頃にパン作りの基礎はほとんど教わっていたこと、両親の作り方を大切にしたかったことも、他店に弟子入りを考えなかった理由だった。

しかし在学中、習った知識と両親からの伝承を頼りにパンを作っても、まだまだあの甘く優しく、深みのある味には届かなかった。それなりにうまく作れるようにはなったけれど、家族の思い出の味にするためには、ゆかりはもっと頑張らなくてはならなかった。

そして、ゆかりが製パン学校を卒業間近となり、ミルクティーブリオッシュも納得のいく味にやや近づいたころだった。真中の行動がエスカレートしてきたのだった。

公式のイベントに必ずいるのは以前からだが、家族と仕事関係者しか知らないはずの仕事場での出待ちや、移動中の尾行などが見られるようになった。

姉妹が暮らす自宅への無言電話も増えた。番号が非通知なので真中とは断言できないが、タイミング的にほぼ間違いはなかった。

高校卒業と同時に引退の予定だったが、それを待たずにもうやめてしまおうとゆかりはあおいに提案した。だが、三月末までの舞台はどうしてもやり遂げたいとあおいは首を縦に振らなかった。

確かに、あおいの言い分はもっともだった。公演の途中で引退をしてしまったら、他の役者やスタッフにも迷惑がかかるし、チケットを購入済みの観客だって納得しないだろう。

真中以外にも、あおい目当てで毎日のように劇場まで通い、声援を送ってくれる良識あるファンは、少なからず存在したのだ。

不安は大きかったが、役者人生最後の舞台に責任を持ちたいというあおいの意思をゆかりは尊重することにした。

真中から守るために、あおいが外出する際はゆかりが毎回付き添うことにした。登下校だけは、友達といつも通り過ごしたいからとあおいに難色を示されたので、渋々諦めたが。

まあ、今までも姿を現すだけで、真中が危害を加えようとしてきたことはなかったので、友人が一緒ならそんなに危険なことは無いだろう。ゆかりはそう高をくくってしまった。

だが狡猾な真中は、守る姉がいない下校の時に照準を合わせ、あおいの前に現れたのだった。そして「迎えに来たよ」と優しく微笑んだ。しかしやけに瞳がぎらついていた。真中のその狂気の笑みを見た瞬間、戦慄したとあおいは後に語った。

気づいたらあおいは、走り出していたという。一刻も早くこの不気味な男から離れなくてはと、本能が強く主張したのだと。そして無我夢中で疾走した結果、車道に飛び出してしまい、走行中の車と接触してしまったのだった。

その結果、あおいの美しい顔には一生消えることのない傷痕ができてしまった。舞台は結局途中で降板することになってしまい、あおいは泣きながら自分の行動を悔いた。

そして現れて微笑んだだけの真中は、刑事罰に問われることは無かった。その上あおいが役者業を引退したにもかかわらず、付け回してきた。

幸いにも、接近禁止命令は発令することができたので、その間にゆかりはあおいをなんの所縁の無い北関東の地へと逃がした。

あおいはその土地の製パン専門学校に通うことになったが、第一希望であったゆかりの母校に通うことは諦めるしかなかった。役者としての華々しい幕引きも、美しく整った顔も、望んでいた進路も、あおいは奪われてしまった。

そしてさらに、あの男は家族の思い出のパンであるミルクティーブリオッシュにまでケチをつける行動を取ってきた。開業したパン屋に手紙を送り付け、あおいが出演した「ベルガモットの花嫁」のヒーローに自己投影をして。

ミルクティーブリオッシュから漂うベルガモットの香りは、両親を思い出す懐かしく優しい匂いだったのに。それよりもあの男の不気味な微笑みが先に思い出されてしまうようになってしまった。

――許せない。あおいのかわいい顔に傷をつけて。私たちの大切な記憶にも、土足で入り込んできて。絶対に許さない。

だけど必ず私は……いや、私たちはあおいの人生を取り戻してみせる。あおいの自由を、必ず取り戻す。

額を触り、あおいに刻まれてしまった残酷な傷痕を思い出しながら、ゆかりは強く決意したのだった。

＊

――明日はベルガモットが誕生花の日だ。真中が何か行動を起こすとしたら明日だろう。

そう思うと、凜弥はなかなか眠りにつけなかった。

真中や加賀見、あおいのことに四六時中思考を巡らせていたせいか気疲れしてしまい、早めに床に就いたのに、目が冴えてしまって一向に睡魔は現れてくれなかった。

七月七日にあおいが加賀見の店にやって来た時はどうなることかと思ったが、あの後真中は現れなかった。

映画のようにあおいと再会できなかったため、諦めてくれたのなら幸いだが……。

何年もストーカーをしている人物が、そう簡単に引き下がるとは考えにくい。

やはり、映画の中でヒーローとヒロインが結ばれるらしい七月十日に合わせて、何かを仕掛けてくるだろう。

明日は朝一でベーカリー・ソルシエールに向かう予定だった。加賀見に何かを頼まれたわけではないけれど、かなりの高確率で何らかの事件が起きるだろう時に、スルーするなんてことはできない。

——柔道技で役に立つことくらいはできるかもしれない。もしそうなれたら本望だな。

そんなことを考えつつスマートフォンの時計を見たら、時刻はちょうど二十二時だった。すると腹の虫が大きく鳴いた。そういえば、夕飯は加賀見からもらったあまりのカレーパンを食べただけだ。

——腹が膨れれば眠れるかも。コンビニでなんか買うか。

そう考えて早速家の近くのコンビニエンスストアへと凛弥は向かう。そしてカップラーメンと炭酸飲料という、ジャンクな組み合わせの夜食を購入して退店する。

そこでふと、あのレンタルＤＶＤ屋、そういえば二十四時間営業だったなと思い出した。

本日も大学の帰りに寄ってみたが、「ベルガモットの花嫁」は相変わらず貸し出し中だった。旧作で貸出日数が長いためなかなか戻ってこないのだろうけれど、とっとと観て返却しろよと勝手なことを凛弥は思った。

たぶんまだ返却されてはいないだろうが、外に出たついでに確認してみようと凛弥は思い立ち、レンタルＤＶＤ屋へと足を運んだ。

閑散とした狭い店内の中を進み、邦画の棚へとのんびりと向かう。そして一切期待せずに、「ベルガモットの花嫁」のパッケージを手に取った。

「……ある」

思わず声に出てしまった。パッケージの中には、ＤＶＤケースが差し込まれていた。開けてみると、確かにディスクが入っていた。やや擦り切れた文字で「ベルガモットの花嫁」と記載された、ディスクが。

疲れて少しボケていた脳が一気に目覚めた感覚だった。凛弥は急いでレジへと向かう。退屈そうに欠伸（あくび）をしていた店員は、凛弥の血相を変えた様子に戸惑いながら「会員カードはお持ちですかー？」と尋ねてきた。

——そんなもん持ってないわ！　早くしてくれ！

そう思いつつも、会員にならなければレンタルはできない仕組みである。登録用紙に個人情報を殴り書きして会員カードを作成してもらい、ようやく念願の「ベルガモットの花嫁」のＤＶＤを手にしたのだった。

ようやく、といってもものの数分の出来事の話だが。しかしずっと待ち望んでいた凛弥にとっては、やたらと無駄で長い時間に思えた。

そして全速力で帰宅し、ノートパソコンに電源を入れて早速ＤＶＤの鑑賞を始めた。夜食も睡眠ももうどうでもいい。

今回の騒動の元となった映画を、凛弥は一刻も早くこの目で観たかったのだ。

映画は和華に聞いていた通りの内容だった。

大まかなストーリーとしては、幼い頃に出会い、別れた男女ふたりが大人になって再会し結ばれるという、よくある展開。しかし現実離れした、意味の分からない抽象的なシーンが多々あり、他人の白昼夢でも見せられているような気分にさせられた。

細部のエピソードに関してはまるで理解できない。

ヒーローとヒロインが幼少の頃の舞台は北海道で、鮮やかなベルガモットの花が咲き乱れたハーブ畑でふたりは遊んでいた。小学校低学年とは思えない、色気ある大人びた微笑みを浮かべるあおいが、とても印象深かった。

子役で出演していたあおいの出番は冒頭二十分のみ。成長した後は凛弥が初めて見る女優にヒロイン役をバトンタッチしていた。

靄のかかったような風景の中でヒロインが花に囲まれたり、急に空を飛んで意味不明のポエムを語り出したりと、単純明快な話を好む凛弥にとっては本当に退屈な映画だった。

加賀見とは似ても似つかない、性悪なヒロインの姉が殺害されるシーンは、確かに確認できたけれど。

ラストシーンがもっともわけが分からなかった。

七月十日、誕生花がベルガモットの日に、ベルガモットの花にヒーローとヒロインが囲まれるシーン。ふたり以外は花のみしか映っておらず、場所がどこなのかも分からない。

「ずっと一緒だ」と言うヒーローに、「ええ、そうね永遠に」と応えるヒロイン。そしてふたりとベルガモットの花を映したまま、フェードアウト。現実離れしたラストシーンは、ふたりが実際に結ばれたのかどうかもよく分からなかった。

確かにこの内容なら、すべては頭のおかしくなったヒロインの妄想だ、なんて考察が出てしまうのも頷ける。本当に何がしたいのか分からない映画だったのだ。

だが、凛弥はこの映画に衝撃を受けていた。今まで信じ込んでいたもののすべてが、覆されてしまった。映画を見始めた、わりと早い段階で。しかしどうしても信じられず、「まさか、そんなわけない」とそれを理解した以降も映画を観続けた。

だが映画が終わり、気になっているシーンを観直してもやはり……そうだったのだ。

──見紛うはずがない。明らかにそうだった。だけどそれならどうして、彼女はあんな行動を取っている……？

不可解だった。しかし彼女がそうしている原因を追及することよりも、もっとまずい事態にすぐに気づいた。

──もしあの男が。真中が、このことに気づいているとしたら？

いや、確実に気づいているはずだ。気づいていなければ、おかしい。真中は何年もあいのことだけを見て生きているのだ。

加賀見と出会ったばかりの凛弥が察したのに、彼が気づかないわけがない。

日付はすでに変わっていて、現在は七月十日の午前零時過ぎ。凛弥は慌てて立ち上がる。

何かが起こるとしたら一夜明けてからだろう、と勝手に思い込んでしまっていた。しかし「ベルガモットの花嫁」でのラストシーンは、七月十日に日付が変わった直後だった。つまり、今まさにその時なのだ。「ベルガモットの花嫁」が、運命の人と結ばれる瞬間なのだ。

――加賀見さんが何を考えているかは分からない。だけど真中が彼女を狙うとしたら、今だ……！

凛弥は夜の街を駆けだした。最愛の魔女を、狂気の笑みから守るために。

*

――どうして君の姉さんは、私たちの仲を引き裂こうとするんだい。

真中は静かに、深夜のハモニカ横丁を歩いていた。

スナックや居酒屋からは明かりが漏れ、時々酔いどれの談笑が風に流れてくる。しかし半分以上の店舗にはシャッターが下りていて、通りの人はまばらだ。

まさにあの映画の中のような、夢と現のはざまにあるような時間帯。七月十日、ベルガモットを誕生花とする、運命の日。

あおいは五年以上も自分の目の前に現れることがなかった。だがとうとう数日前、ベーカリー・ソルシエールの店舗に姿を現した。

十代の少女から二十代の女性へと成長したあおいは、あの頃のあどけなさはほとんどなくなり、妖艶な笑みを浮かべるようになっていた。しかし相変わらず女神のように気品に満ち溢れた美しさを湛えていて、真中の想像通りの麗しい大人の女性へと変貌を遂げていた。

それまではきっと、真中の愛が深すぎて照れていたのだろう。だがやはり、運命の日の間近にあおいは自分の元へと来てくれた。

やはり自分たちは相思相愛だ。誰にも入り込む隙間など、ないほどに。

しかしあの忌々しい姉は、自分を危険な人物と決めつけあおいから遠ざけようとした。

「ベルガモットの花嫁」のヒロインの姉と同一の、性悪で独善的な人物。

──てっきりあおいが彼女を殺してくれると思っていたのに。どうしてやってくれなかったんだい？

そんな風にあおいの愛を、真中は愚かにも疑ってしまった。

ひょっとするとあおいはそんな真中の胸の内に気づき、せっかく近くにやってきてくれたのに意地を張って身を隠してしまったのかもしれない。叔父に連れられていった彼女の行先を真中は血眼になって捜したが、見つけられなかった。

きっと彼女は、わざと映画と違う行動を取って、自分を試していたのだろう。

そうか。あの姉は、自分が始末するべきだったのだ。恐らくあおいはそれを望んでいた。きっとそうすれば、姿を現してくれるに違いない。

いかなかったのだ。手を汚すべきは、私だったのだ。

ゆかりを始末するべきだった七夕はとうに過ぎてしまった。だが、あおいは寛大な心を持っている。きっと今から行動を起こしても、許してくれるはず。そして邪魔者がいなくなった後、やっと自分とベルガモットの花嫁は、永遠に結ばれるのだ。

ベーカリー・ソルシエールの裏口に真中はたどり着いた。二階の明かりがついているのが外からは確認できている。

パン屋が仕込みにかけるのは、平均で五～七時間。開店時間に余裕を持って間に合わせるとしたら、あの女が仕込みを始めている頃のはず。愛するあおいにかかわる事柄なのだから、パン屋についての基礎知識は当たり前のように持ち合わせている。

裏口の扉のドアノブにそっと手をかけ、回すとあっさりと扉は開いた。まさか施錠していないとは。優秀なあおいと同じ遺伝子を持っているのにもかかわらず、なんて間抜けな女なのだろう。窓ガラスを割って侵入する予定だったが手間が省けた。

そろりそろりと忍び足で店内に入り、ゆっくりと慎重に階段を上る。厨房の扉は開いていた。中には、ボウルの中の粉を混ぜているゆかりがいた。真中はバッグに潜ませていた包丁を手に取り、厨房に侵入した。

「……！」

真中が入る際に物音がしたせいか、ゆかりはびくりと身を震わせて扉の方へ視線を合わせた。真中とはたりと目が合う。彼が持っている包丁が目に入ったのか、顔を強張らせた。

「……とうとう犯罪に手を染める気ですか？」

刃物を持つ男を前にしているというのに、強気にゆかりは言う。だが言葉の節々が少し震えていたように聞こえた。常に堂々としているこの忌々しい女が恐怖を感じているかもしれないことに、真中は恍惚感を覚える。

「私とあおいの仲を引き裂くものは、何人たりとも許さない。いや、許されないんだよ。それがたとえ、あおいの姉であるあなたでもね」

「お話になりませんね。前提からして間違っているのでどこから突っ込めばいいのやら」

「だがね、私だって慈悲の心は持っているつもりだ。邪魔さえしなければ、この包丁は今すぐ床に捨てよう。さあ、あおいの居場所を教えてくれるかい？」

真中にとって最大限の譲歩だった。本来なら死すべきゆかりを、自分の温情で見逃してやると言っているのだ。

これ以上の慈悲深い行為は、この世に存在しないとすら彼には思えた。――しかし。

丸腰の加賀見は、なぜか真中を正面から見据えて微笑んだのだった。

口角は美しく上向きとなり、大きな双眸に宿った粛々とした強い光が真中に向けられる。美麗で荘厳とも表現できる、堂々たる笑みだった。

その微笑みを目にした瞬間、真中はたじろいだ。何か自分は大きな間違いを犯しているのではないか。理由は分からないが、そんな気にさせられた。

未来永劫ゆるがなかったはずのあおいへの愛に、亀裂が走ったような感覚に陥る。

そして、その瞬間だった。

「ゆかりさん！　いやあおいさん！　危ない！　逃げて！　こいつも気づいているんでしょ!?　やっぱりあおいさんを襲いに……！　逃げてくれ！」

厨房内に、若い男のそんな叫び声が響き渡った。目の前の女に気を取られていた真中は、初めて彼の存在に気づく。パン屋の常連客らしい、あの大学生の男だった。

――今、この男はなんと言ったのだ。この女に「あおいさん」って？　いや、この女はあおいの姉のゆかりのはずでは……。

一体どういうことなのだと、真中は目をしばたたかせてパン屋の店主の女を見つめる。

「大丈夫です凛弥くん。……この男は何も気づいてはいません。ねえ？」

「ねえ」の部分でほくそ笑んだように笑ったその女は、きれいに下ろしていた前髪を自分の手で持ち上げる。

漆黒の髪に覆われていた美しい額には、一筋の傷が刻み込まれていた。

――なぜだ？　なぜこの女に、あおいにあるはずの傷痕がある？　だってこの傷はあおいの……。

真中は全身を震わせ、愕然とする。手の力が抜け、持っていた包丁を床へと落としてしまった。カランカランと、どこか切ない乾いた音色が、厨房内にこだました。

＊

凛弥が真夜中のベーカリー・ソルシエールにたどり着くと、厨房のある二階には明かりがついており、裏口のドアが半開きになっていた。

その光景を見た瞬間、凛弥はさっと青ざめる。こんな時間に施錠されていないなんて。明らかに誰かが……十中八九真中が、店内に侵入しているに違いなかった。

慌てて厨房へと続く階段を駆け上がる。扉の隙間から明かりが漏れていた厨房の中では、まさに包丁を持った真中が加賀見と対峙していた。

「ゆかりさん！　いやあおいさん！　危ない！　逃げて！　こいつも気づいているんでしょ!?　やっぱりあおいさんを襲いに……！　逃げてくれ！」

凛弥はそう叫びながら、加賀見に駆け寄ろうとした。——すると。

「大丈夫です凛弥くん。……この男は何も気づいてはいません。ねえ？」

加賀見は勝ち誇ったように微笑みながら、手の平で自分の前髪をあげた。美しい形をした彼女の額がさらされる。そこには、一筋の古傷が刻印されていた。

そう、凛弥が思っていた通りの傷痕が。

パン屋の店主である加賀見は、あおいの姉のゆかりではない。ひと月ほど前に凛弥が恋に落ちた、魅惑的でミステリアスな魔女の正体は——。

加賀見あおいだった。幼少の頃から役者業につき、とある事故で引退を余儀なくされた、演技力に定評のある女優である、加賀見あおいその人だったのだ。

「ベルガモットの花嫁」で、幼少の頃の加賀見あおいの演技を見た結果、凛弥には直感で分かった。一目瞭然だった。ミステリードラマを見た時は、ほんの一瞬しか見られなかったため、さすがに気が付かなかったが。

この子は凛弥もよく知っている、毎日のようにおいしいパンを焼き続けている、ベーカリー・ソルシエールの店主の加賀見だと。

なぜ、加賀見あおいが姉であるゆかりのふりをしていたのか、そして本来は恐らくゆかりであろう人物があおいのふりをしていたのかは、凛弥にはまだ見当もつかない。

しかし、パン屋で起こる日常の謎を、常にいとも簡単に解いてしまう魔女のことだ。きっとなんらかの思惑があってのことだろう。

「あなたの愛なんて、所詮自分本位のまがい物。私があおいであることに、気づきもしないなんてね。お笑い種ですよ」

愕然とした表情で立ち尽くす真中に向かって、加賀見は冷笑を向けながらそう言い放った。——すると。

「う……うわあああああああっ」

信じがたい事実を突きつけられ、真中は錯乱してしまったらしい。腕を振りかぶって、加賀見に襲い掛かろうとした。

咄嗟に凛弥は加賀見を自分の背中で守るように、彼女と真中の間に体を滑りこませる。

そして彼の袖口と胸倉を掴み、大内刈を仕掛けて見事に転ばせた。

無我夢中だった。気づいたら真中に腕挫十字固を目いっぱいの力でかけていた。

すぐにビリビリという断裂音が響く。「ぐ、ああああ」と、低い悲鳴が彼の口から洩れた瞬間、凜弥ははっとして彼を解放する。

人体の限界以上にまで引っ張られてしまった腕を、真中はもう片方の手のひらで押さえながら、うめき声をあげてその場でうずくまっていた。

――やべえ。やりすぎたかもしれねえ。

こめかみに青筋を浮かべ苦悶の表情を浮かべる真中を見て、凜弥は自分のとっさの行動をほんの少し後悔した。――しかし。

「ありがとうございます、凜弥くん」

すっかり落ちつきはらった様子の加賀見に、いつものたおやかな笑みを向けられて、真中に対する懺悔など一瞬で吹き飛んでしまう。

――とにかくこの人を守れてよかった。この人……加賀見あおいを。

「っていうか、気づいてなかったんですかこの男。加賀見さんがあおいさんのお姉さんじゃなくて、あおいさん本人だったたってことに」

「そうです。早くあおいの居場所を教えろ、そうすれば命だけは取らないって言ってましたからね。七月十日になってもあおいと再会できる気配がなかったため、痺れを切らしていまだに姉だと思い込んでいる私のところに来たのでしょう」

「そうだったんですか……」

加賀見があおいだと気づいた真中から、加賀見を守るためにここに来たというのに。結局加賀見を助けることはできたので、結果オーライだが。

「アホねえ、こいつ本当に」

不意に、厨房の入り口付近から声が響いた。涼し気で麗しく、加賀見とよく似ている声だが、彼女よりも幾分か低い。

「あおい……じゃなくってゆかりさん……ですよね？」

凛弥が恐る恐る問うと、加賀見あおいのふりをしていたゆかりは不敵な笑みを浮かべた。

「すごいわ、気づいたのねあなたは。そう、本当は私が姉のゆかりの方。堂々とパン屋をやっていた方があおい。……さすがね、あおいは。長年のストーカーですら、演技力で騙したんだもの」

そう言った後、ゆかりは額に刻まれていた傷をなんとぺりぺりと剥がした。どうやら傷が描かれていたシールだったらしい。シールの下からは、つるりとした形の良い額が姿を見せた。

「姉さんこそ、ご協力ありがとう」

魔女は姉に小さく頭を下げた。ゆかりは首を横に振る。

「かわいい妹のためだもの。何だってするわよ。私のふりをするとはいえ、あおいが堂々と客商売をやるなんて、バレたら危ないって常にハラハラしてたけどね。でもそうでもしないと、この男は諦めなそうだもの。……自分の愛が、身勝手な物だって身をもって分からせるためにはね」

「……そういうことだったんですね」

ゆかりの言葉に、姉妹の思惑を凛弥ははっきりと理解した。

あおい――パン屋の魔女は以前こう言っていた。

『ああいうタイプの人間は、他人がどう説得しても無理なので。自分から諦めてもらうしかありません』と。

つまりあおいとゆかりは、体を張って真中に示そうとしたのだ。お前が愛していると思い込んでいた人間は、別人だったと。少し演技をしただけで、お前は騙されたのだと。

それしきのことでしてやられるお前の愛など、偽物でしかないと。

凛弥が加賀見の様子に違和感を覚えたのは、きっと真中がそろそろ姿を現すことを見越して、演技を丁寧にし始めたからだったのだろう。

彼に自分はあおいではなく、姉のゆかりだと思わせるための。

そもそも、五年間も真中は姉妹の顔を見ていなかった。女性が十代から二十代になるということは、少女が大人へ成長するということに他ならない。顔からは幼さが消え、体つきはより女性らしくなる。

さらにふたりは元々よく似た姉妹なのだ。成長による変化もある中、密かに入れ替わったとしても、長年ふたりと顔を合わせていないならその正体に気づけるはずはない。

しかも、堂々とパン屋を営んで「加賀見ゆかり」だと名乗る方が、実はストーカー被害に遭って身を隠しているはずの「加賀見あおい」だとは、真中は考えもしなかったのだ。

あおいのふりをしたゆかりが突然パン屋に現れたのも、作戦のうちなのだろう。あおいが七月十日間際になって突然姿を見せたことで、真中はますます自分の思い込みを運命だと過信する。あおいがゆかりのふりをしていることなど、ますます考えもしなくなる。

あおいぶっているゆかりが呑気そうに振舞っていたのも、彼を油断させるためだったのだ。「あおいは怖がっていない。昔のように笑っている。やはり自分を受け入れてくれている」と、思わせるための。

そして今この場面で、事実を突きつけて姉妹が並んでその額を見せることで、彼に確実な絶望を与えられる。

——ほら、やはりお前の愛はまがい物だ、と。

「嘘だ……。俺があおいを他の誰かと見間違える……？　そんな、わけ……」

真中はいまだに腕を押さえながらも、呆けたように天井を見ていた。

掠れた声で吐き出された彼の言葉。彼にとっての絶対的な絶望を、まだ受け入れられないようだった。——すると。

「これを見ても、まだそんなことを言うの？」

パン屋の魔女——あおいは、真中に向かって微笑む。いつもの親し気な笑みとは違う、どこかあやしく妖艶さを込めた笑み。

それは「ベルガモットの花嫁」の中で凛弥が見た、子役時代のあおいが浮かべていた大人びた微笑みだった。今のあおいはあの時とは違って大の大人なのにもかかわらず、まったく同じ表情であることに凛弥は驚愕させられる。

あの時からだいぶ年齢を重ね、顔の造形もかなり変わってしまっているのに。

それなのに「同じ微笑みだ、確実に同一人物だ」と、一分の隙もなく思わせられた。

真中は虚ろな光を瞳に宿し、抜け殻のように床に身を投げていた。微動だにしない様子は、魂でも抜けてしまったかのようだ。あおいの、幼少の頃からまったく変わらないあの微笑みを見せつけられ、今度こそ認めてしまったのだろう。

——自分の愛が、思い込みだったということを。

その後、すぐに剛が警察をつれてやってきた。実は厨房には隠しカメラが仕掛けられていて、真中が加賀見を襲おうとしたところはばっちり録画されていたのだ。

姉妹の入れ替わりについては、剛も一枚噛んでいたのだった。

実際に加賀見が被害を受けたわけではなかったので、真中は住居侵入罪の現行犯で警察に連行されていった。恐らくたいした罪にはならないだろう。

しかし、自分の愛が偽物だと思い知らされた真中は、きっとあおいへの執着心を失う。

ちなみに凛弥が腕挫十字固をかけた真中の腕は、靭帯を損傷していた。

凛弥は正当防衛としてお咎めなしだったが、警察官のひとりに「ちょっとやりすぎだよ」とちくりと言われたのだった。

＊

ハモニカ横丁の一角にある、ベーカリー・ソルシエールの大きなウィンドウには西日が差していた。

販売分の本日のパンはすでに売り切り、店の扉の外側には「本日は終了しました」の札が釣り下げられている。だが店内のイートインスペースのテーブルの上には、ポンデケージョやクラミック、ガーリックトーストやクリームパンなど、人気のパンがずらりと並び香ばしい匂いを漂わせていた。

もちろん凛弥の好物であるカレーパンと……ミルクティーブリオッシュも置かれている。その他にもポテトフライやアボカドとトマトのサラダなどの副菜、ウーロン茶が入れられたグラスも並び、テーブルの上は大渋滞だった。

「まさかこんなにたくさん準備してくれるなんて……！　ありがとうございます！」

今までに食べたベーカリー・ソルシエールのすべてのパンが好物の凛弥にとっては、夢のような光景だった。感極まり、嬉しさのあまり涙ぐみながら礼を言う。

すると加賀見は、小さく微笑んだ。

「いえいえ、いいんですよ。凛弥くんには今回助けてもらいましたからね」

あの日——真中が警察に連行されてから数日。ベーカリー・ソルシエールはいつも通り、おいしいパンを求めてくる人のために店を開けていた。

凜弥も普段と同様パンを買うために通っていたが、昨日訪れた時に加賀見にこう提案されたのだ。

「凜弥くんにお礼がしたいので、明日閉店後に来てくれませんか」と。

もちろん加賀見からのそんな誘い、断るわけがない。閉店後の店内という、ほぼプライベートな場所と時間に呼び出されたのだ。嬉しくて昨日はよく眠れなかったくらいである。

――残念ながら、ふたりっきりではなかったけれど。

「いやー、やっぱりあおいのパンは最高ね。本当に腕をあげたわねえ」

ビールを片手に、プレッツェルにかぶりつくのは加賀見の姉であるゆかりだ。数日前まで凜弥があおいだと信じて疑わなかった人物である。

ちなみに剛も来る予定だったが、急な探偵の仕事が入ってしまったらしい。

「そう？　ところで姉さんの修業の方はどうなの？」

「うん、いい感じよ。次は東北の方のパン屋をめぐってみようと思うわ」

加賀見の質問に、プレッツェルを頬張りながらゆかりは答える。彼女は数年前から全国各地の有名パン屋を巡って、パンの研究をしているらしい。いつか妹と共にベーカリー・ソルシエールを経営する際、ふたりで作り上げる新たなパンを店先に並べるために。

今でも十分おいしいパンばっかりなのになと、凜弥はカレーパンをかじりながら思う。

カリっとした香ばしい生地に、肉汁たっぷりで食べ応えのあるカレーの具。これのさらに上を目指そうだなんて、この姉妹は本当に末恐ろしい。

「ところで凛弥くん」

ゆかりの隣に座った加賀見が、ミルクティーブリオッシュをちぎりながら言う。

こうして席についている彼女を見るのは二度目だが、いまだに新鮮だった。彼女のプライベートに立ち入れたことに、改めて嬉しさが湧き起こる。

「はい？」

「どうして私がゆかりではなく……あおいだと気づいたのですか？　あなたは過去の私たちを知らないのだから、区別しようがないのに」

さも不思議そうに尋ねる加賀見だったが、凛弥は虚を衝かれる思いだった。自分にとって、何ら難しいことではなかった。

「だって……見れば分かりましたよ」

「え？」

「『ベルガモットの花嫁』に出ているあおいさんを見たら、一発で分かりましたよ。これは加賀見さんだって。なんでかって言われたら説明しようがないんですけど。見れば分かる、としか。むしろなんで真中が勘違いしてたのか、不思議でしょうがないです。こんなの見間違える方があり得ないのに」

凛弥の言葉に、加賀見はきょとんとして目をしばたたかせた。

「……そんな。だって十年以上前の作品ですよ……？　それに私は姉さんに見えるように演技をしていたのに。一発で分かった、なんて」

信じがたい、という面持ちで凛弥を見ながら加賀見が声を絞り出す。

するとゆかりは、ぷっと噴き出した。

「……ふっ。愛の力でしょうねえ。だって凛弥くんは」

「わーわー！　それは言わないでくださいって言ったでしょう！」

最大の秘密をあっさりゆかりに暴露されそうになり、凛弥は大声で彼女の言葉を遮る。

しかしゆかりは、悪びれもせずにどこか意地悪く笑っていた。

「あーそうだったわね。ごめんごめん」

「いやほんと勘弁してください」

「……？　何の話ですか？」

ふたりの会話の意味が分かっていないのか、加賀見は首を傾げた。凛弥はぶんぶんと頭を振る。

「なんでもないです気にしないでください」

「そうですか……？　分かりました」

加賀見はまだ気になっていたようだったが、凛弥が話題を逸らすのに必死なのを察したのか、ちぎったミルクティーブリオッシュを口に運んだ。

——それにしても、だ。

今考えても、姉妹のやっていたことは非常に危険な賭けだったと凛弥には思える。

本来ならば真中の前に姿を見せてはいけない加賀見あおいが、この店を再オープンした一年前から堂々と客商売をしていたのだ。その間、ふたりの両親が店をやっていた時代からの古参の客にも、「自分は姉のゆかり」だと、言い張りながら。

もし早い段階で真中が、ゆかりのふりをしている加賀見が実はあおいだと気づいてしまったら。この決死の作戦は、その時点で失敗だったし、加賀見の身も危なかっただろう。

加賀見には絶対的な自信があったのだ。自分をずっと執拗に追い続けた、偏屈な愛情を持った真中でさえも、この演技力で騙せると。

真中も心の奥底で思っていたのだろう。自分から逃げ続けているあおいが、人前に姿を晒すはずがないと。毎日常連客と愛想よく話している加賀見が、まさかあおいだなんてことは思いもしなかったのだ。

加賀見の演技力と、真中の思い込み。そのふたつが絡み合って、姉妹の策略は功を奏したのだろう。

「今回のことで合点がいきましたよ。加賀見さんがどうして魔法を使えるのかって。なぜ魔女だって言われているのかって」

「え？」

「役者をやっていたから。人間観察力で人の裏を読んで、役をやる際に知りえた知識で魔法のように謎を解いていた。そうでしょう？」

加賀見があおいだと信じようとしない真中に、彼女が「ベルガモットの花嫁」の劇中とまったく同じ笑みを見せた時に、凛弥は確信したのだ。

　こんな風に完璧な演技ができるのだ。きっと彼女の内面は、役者時代に培った経験と知識で埋め尽くされているに違いないと。

　加賀見は超然とした微笑みを浮かべる。形の良い唇から滲み出る色気、切れ長の漆黒の瞳に宿るミステリアスな光。毎度のことながら、凛弥の心臓は高鳴ってしまう。

「正解です」

　かつて超一流だった女優がみせる、ストーカーさえも騙す神業。それはまさに、魔法と呼んでも差し支えない。

　そして凛弥は今日もまた、彼女に魅了の魔法をかけられてしまうのだ。

「――さて。じゃあ私はそろそろ行くわ」

　ビールジョッキの中身を空にするなり、ゆかりは言った。そして壁際に置かれていた、スーツケースの取っ手を取る。

「姉さん？　もう行っちゃうの？」

「今夜の仙台行きの夜行バスに乗りたくて。その前に寄りたいパン屋もあるしね」

「あら、そう」

　久しぶりの再会だったらしいが、ふたりともあっさりとしたものだった。それにかえってふたりの絆を凛弥は感じてしまう。

「お元気で、ゆかりさん」

凛弥も立ち上がり、あおいを守るために奮闘した姉のゆかりに別れを告げる。すると彼女はにやりとして凛弥に近づき、こう耳打ちした。

「あの子、他人のことは鋭いけど自分の恋愛はからっきしだから。年下だけど、凛弥くんがリードするのよ」

「……っ！」

何の前触れもなく恋愛指南をされて、凛弥は赤面して絶句する。加賀見は不思議そうにふたりを見ていた。

何も言えない凛弥をなおざりにして、ゆかりはスーツケースを引きずってベーカリー・ソルシエールの出入り口まで歩んだ。

「じゃあ、行くわね。あ、おふたりはそのまま楽しんでちょうだい。お見送りとかもういいから。それじゃあ、元気でね」

そう言うと、こちらの返事も待たずにゆかりは出て行ってしまった。

我が道を行く人なんだなあと、ゆかりに対して思う。そう言えば、ゆかりのふりをするために加賀見が演技をし始めたらしい頃、今思えばどことなくいつもよりマイペースで淡々としていたかもしれない。今になって言えることだが。

「姉さんは行ってしまいましたが、私たちはのんびりやりましょうか、凛弥くん」

「は、はい！」

思わず声を上ずらせる。図らずも魔女とふたりきりになってしまった。いつもは常連客で賑わう店内を、加賀見と自分だけで支配しているのは、特別な気分にさせられてしまう。

「凛弥くん。ミルクティーブリオッシュ食べました？」

「いいえ、まだです」

「今日はいつも以上に香ばしい仕上がりになったんです。ひと口いかがですか？」

「あ、是非！」

弾んだ声を上げると、なんと加賀見は持っていたミルクティーブリオッシュを千切り、凛弥の口元に差し出した。

――これって男の願望である女性からの「あーん」ではないか……！

興奮しながらも、加賀見の手から自分の口へと運ばれたミルクティーブリオッシュを凛弥は頬張る。

こんなの味なんて感じられねえと思ったけれど、さすが加賀見の作ったパンだった。

ひと口噛みしめた瞬間に、ミルクティーの甘苦い味が口内いっぱいに広がり、幸福感に満たされる。魔女のパンは、いつだって幸せな味がする。

「とってもおいしいです……！」

「それはよかったです」

パン屋の美しき魔女は、にこりと微笑んだのだった。

あとがき

　こんにちは、湊祥です。この度は『魔女は謎解き好きなパン屋さん―吉祥寺ハモニカ横丁の幸せな味―』を手に取っていただき、誠にありがとうございます。

　これまでの私の作品は、児童向けやあやかし恋愛ものがほとんどで、今回は初のライトミステリーになります。ですが元々ミステリーは大好物でして、作家になってからというもの、日常の謎解きを楽しむライトミステリーの本をいつか出版したい！と願っていました。そしてその念願叶った作品が本作でして、憧れのことのは文庫さまから皆様にお届けすることができ、大変嬉しく思っております！

　ちなみに丸々一冊パンのお話を書いておきながら、実は私はご飯派です（笑）。朝食はご飯を食べなければ力が出ませんし、海外旅行に行っても三日目くらいに白米が食べたくてたまらなくなります……。しかしだからこそ、本作のベーカリーソルシエールのような、おしゃれで洗練されたパン屋さんのパンには、特別感を抱いています。仲のいい友人たちや家族と、たまのランチの時に食べるこだわりのおいしいパンからは、慣れ親しんだ白米では得らないとびきりの幸福を味わうことができるんです。

つまり、ご飯は毎日食べても飽きないおいしさだけど、パン屋さんのパンも極上の幸せを感じてしまうくらいおいしいよ、結局両方大好きです！、ということです（笑）。

本作の内容についてですが、最初は加賀見さんのキャラ付けに非常に悩みました。やはり魔女らしくクールで怪しい雰囲気がいいのかなと最初は考えていました。しかし、私が書きたかったのは、ライトミステリーを絡めたほのぼの人情劇だったので、結局あまり魔女らしくない、穏やかで人当たりの良い加賀見さんとなりました。

しかし、加賀美さんは本作、特に最終章でその魔女っぷりをいかんなく発揮しています。彼女が魔女と呼ばれる所以を物語から感じ取っていただけたら幸いです。

この作品を刊行するにあたって、たくさんの方にお力添えをいただきました。編集担当の佐藤様と田中様、いつも的確なご指摘ありがとうございました！　おかげ様でより面白いお話になりました。装画を担当してくださった細居美恵子様。お忙しい中、とてもかわいく美しいイラストを描いてくださってありがとうございます！　表紙の加賀見さんがまさにイメージ通りです。また、取材協力をしてくださったオハヨードーベーカリーのキャサリン様。パン屋の裏側が詳しく分かり、本当に助かりました！　また貴店のおいしいパンを食べに伺いますね。そしてこの本に関わる全ての皆さま、読者様に心より感謝を申し上げます。

また、皆さまにお会いできることを心から願っております。

令和五年八月　湊祥

ことのは文庫

魔女は謎解き好きなパン屋さん

—吉祥寺ハモニカ横丁の幸せな味—

2023年9月25日　初版発行

著者　湊祥

発行人　子安喜美子

編集　佐藤　理

編集補助　田中夢華

印刷所　株式会社広済堂ネクスト

発行　株式会社マイクロマガジン社
URL：https://micromagazine.co.jp/
〒104-0041
東京都中央区新富1-3-7 ヨドコウビル
TEL.03-3206-1641 FAX.03-3551-1208（販売部）
TEL.03-3551-9563 FAX.03-3551-9565（編集部）

本書は、小説投稿サイト「エブリスタ」（https://estar.jp/）に掲載されていた作品を、加筆・修正の上、書籍化したものです。
定価はカバーに印刷されています。

ISBN978-4-86716-469-3　C0193
乱丁、落丁本はお取り替えいたします。